JN150824

古典文学にとって会話文とは何か

半沢幹一

ひつじ書房

まえがき

「会話文」とは何かという問いは、あるいは、何でわざわざ?と思われるかもしれません。小学生の作文にさえも、とくに意識されることもなく、「会話文」は用いられているでしょうし。

では、その答えは何でしょうか。その言葉どおり、会話を文章にしたものということならば、口述筆記とか速記録とかになりませんか。文章が文字で書かれたものとすれば、電子メールのやりとりも「会話文」になりそうです。しかし、これらは、「会話文」の一般的なイメージとは異なるのではないでしょうか。

たとえば、『三省堂現代新国語辞典　第七版』(２０２４年)の「会話文」の項を見ると、「〔小説などで〕話されたことばとして書かれた文」という説明があります。なるほど、なのですが、説明の平明さゆえにか、ちょっと考えてみると、よく分からない点が出て来ます。

〔その1〕「話されたことば」の「話された」というのは、現実に音声として実現されたものなのか。つまり、実際の音声言語を再現したものなのかということです。

〔その2〕「として書かれた」の「として」というのは、話されたことばは、書かれたことばとは違うということを意味するのか。これは、音声言語と文字言語、談話と文章がどのように異なるのかという問題につながります。

〔その3〕「文」が言語単位としての1文でなく、文章の意だとすれば、1つの文章全体が「話された言葉として書かれた」場合も、「会話文」と称するのかという疑問があります。

もっとも、一般的な理解としては、このような説明でもなんら差支えないのであり、他の国語辞典も大同小異です。しかし、学術用語として、「会話文」をきちんと定義したらどうなるかというと、驚くべきことに、日本語学の専門辞典での説明も、国語辞典と同程度というのが現状です。この事実は、「会話文」とは何かが、専門的に本気で問われることがなかったということを示しています。

もとより、「会話文」が言葉の研究にとって重要性がないのならば、それはそれで、やむをえないことでしょう。実際、これまでも、「会話文」は文章における口語的な資料部分となる特殊ケースとみなされるか、あるいは「会話文」とそれ以外の文との違いがほとんど無視されるか、のどちらかでしかなく、「会話文」なるものがそれとして正当に扱われてこなかったように見受けられます。

たとえば、「語り」という用語は近年、幅広く用いられていますが、文章に関してそれがおもに論じられるのは、「地の文」のほうであって、なぜか「語り」に近そうな「会話文」ではありません。逆に、「役割語」というのが取り上げられるのは、もっぱら「会話文」のほうなのですが、なぜ文章における「会話文」なのかが問われることがありません。さらに、「会話文」は引用文の一種であるにもかかわらず、レトリックとしての引用法にあっては、「会話文」が問題にされることがありません。

このような状況をふまえ、小著は、「会話文」というものを改めて考え直してみようとするものです。そもそもどういう表現が「会話文」と認められるのかというところから、なぜ、どのように、どのくらい「会話文」が用いられているか、そしてそれが文章全体にどのような影響を与えているかというあたりまでの、ごく基礎的なことを、個々の古典文学作品に即して、具体的に記述するだけですが、おそらくはこの程度でさえ初めての試みではないかと思います。

「会話文」というのは、言語行動の捉え方や言語資料としての扱い方の問題に始まり、言語の各要素のありよう、さらには文体や文学の領域にまで及ぶ対象・観点であると考えます。小著が取り上げるのは、そのごく一部にすぎません。「会話文」に注目することによって、さらにどういうことが見えてくるか、正直なところ、著者自身にもまだ見当を付けかねているところがあります。読者になってくださる方々からのさまざまなご指摘・ご教示に期待するばかりです。

目次

まえがき……iii
序章 1
第1章 古事記 17
第2章 日本霊異記 37
第3章 土左日記 55
第4章 竹取物語 79

第5章　伊勢物語　97
第6章　和泉式部日記　111
第7章　堤中納言物語　131
第8章　平治物語　159
第9章　徒然草　179
第10章　世間胸算用　199
第11章　おくのほそ道　225

第12章　雨月物語　241
終章　267
付章　古今集　277
あとがき……305
小見出し語句分類索引……307

序章

会話文の規定

物語や小説などの文章には、当り前のように会話文が出て来る。だから、読んでいる際、会話文が登場することと自体に違和を感じることはない。しかし、翻って考えてみれば、いつ頃から、どのようにして、それが当り前のようになったのであろうか。

それを検討する前に、まずは、会話文とは何かについて、考えておきたい。

物語や小説の文章において中心を成すのは、「地の文」と呼ばれるものであるが、この語の定義の仕方が、じつは微妙である。

日本国語大辞典第二版には、「文章や語り物で、会話や歌を除いた叙述の部分の文章」という説明があり、初出例は近代になってからの、坪内逍遥の「小説神髄」である（ちなみに、「会話文」は立項されているが、用例は示されていない）。

その「小説神髄」では、「文体論」における「俗文体」のところに、「おのれは断じていへらく、俗言をもて物語の詞（物語中に現われたる人物の言語をいふ）を写すは妨害なし、但し地の文にいたりては、（我が国の俗言に一大改革の行はれざるあひだは）俗言をもて写すべからず」のように出ていて、このうち「詞」が会話文に相当するようである。

日本語学大辞典にも「地の文」は立項されていて、「物語や小説などの文章において、作者（語り手）が不特定多数の読者に向けて、主として3人称的に述べる部分であり、登場人物が主に他の登場人物に向けて1人称的に語る会話文とは対比、区別される部分である」（阿久澤忠執筆）という説明がある。

何が微妙かというと、ゲシュタルト心理学における「図」と「地」の関係にも似て、その全体において、地の文というのは結果的に設定された、「図」の残余部分という感じがするという点である。つまり、「図」相当の会話文や歌など以外を地の文としているのではあるまいか。どちらの辞典の説明でも、地の文が何を叙述するか、その特徴が積極的には示されていないのである。

しかし、物語や小説において、地の文のみの文章というのはありえても、会話文のみというのは通常、ありえない。だからこそ、地の文は何でもありの、無標的な位置付けをされてきたのかもしれない。

地の文との違い

では、文章における地の文と会話文との違いは何か。さしあたり思い当たることを、3点、挙げておく。

第一に、地の文と会話文とは文章における主従の関係にあるという点である。

会話文は地の文の中に引用されるものである。文章展開の中心を担うのは地の文であって、会話文はあくまでもその一部を担うにすぎないし、必須というわけでもない。その意味で、会話文を引用することは、有標的となりうる。

これに関して、高崎みどりは、次のような、逆転した見方を示している（「引用表現とは何か」『言語行動としての広義引用表現の研究』平成19～21年度科学研究費補助金研究基盤研究(c)研究成果報告書、

2010年)。

中古和文の物語の会話や引歌は地の文となめらかにつながっていることなどを考え合わせると、そもそも物語の主役は引用である会話文体であって、地の文の方は〝従〟であるというあり方が、自然であるかもしれない。それだけ物語・小説の中では引用形式の会話文が力を持っているのである。

「会話文が力を持っている」のを認めるのはやぶさかではないにしても、地の文と会話文の差異は文章と談話の違いに根差した文体の如何に還元されるものではなく、かりに「会話文体」なるものがあるにせよ、それが口語体ということにはならない。地の文の方が〝従〟となる文章があるとすれば、物語・小説とは異なるジャンルにおいてである。

第二に、地の文と会話文とは文章における位相が異なるという点である。

「位相」とは、言葉と使用者との関係のことであるが、地の文は文章全体の書き手(語り手)が使用者であるのに対して、会話文は文章に登場する人物が直接の使用者であるという点で、位相が異なる。会話文も結局は書き手(語り手)によるものではあるが、相手を読み手(聞き手)とするか、登場人物同士とするかという場面設定の違いによって、おのずと言葉は使い分けられる。

換言すれば、会話文は物語内の直接的なコミュニケーション、地の文は物語外の間接的なコミュニケーションとして成り立つ。ただし、会話文が登場人物を越えて、間接的に読み手に語りかけるように意図することも受け取ることも十分にありえることであり、また、書き手が登場人物に、あるいは読み手に直接的に語りかけていると見られる表現もあり、それは「草子地」と称されている。

第三に、第一・第二点から、地の文と会話文では文章における役割が違うという点である。

文章全体の構成・展開を担うのが地の文であるのに対して、会話文はそれを補助する役割を担う。その補助はおもに描写に関わる。登場人物あるいはその関係や場面・状況などを具体的・個別的に描写する必要がある際に、会話文が引用されるのである。

以上に加え、さらに3点の補足をする。

1つめは、会話文は、引用文の1つであるという点である。物語や小説における引用文としては、他に、詩歌、書簡文、故事・格言などがある。それらは表現としての性格を異にするが、文章における基本的な性質が引用としてあるという点では共通する。

2つめは、心話文は引用文には含まれないという点である。古典の注釈書の多くでは、心話文相当を、会話文同様に、カギカッコで表示している。これは、引用の格助詞「と」などを伴うからであろうが、心話文が地の文と位相が異なるとまではみなしがたい。ただし、文脈によっては、心話文と独言（呟き）とが区別しがたいこともあり、明確な境界線があるわけではない。

3つめは、会話文として認定されるのは直接話法に限られるという点である。間接話法は引用される地の文に回収されたものであって、会話文そのものとは言いがたい。

会話文とは、会話を記した文の謂いであるが、この点についても、3点、留意すべきことがある。

第一点は、その「会話」は、実際に行われた会話の再現記録ではないという点である。というより、かりに実際の会話にモデルがあったとしても、虚構としての物語や小説においては、それ用に整理されて創作された会話であって、それでも、地の文とは区別され、会話らしく表現されたものである。

第二点は、「会話」は通常、1対1のことばのやりとりを意味するが、特定個人ではなく不特定多数を相手にする発話も、相手のいない発話（独話）もそれに含まれるという点である。どちらも、会話文として地の文に引用される際は、発話行為つまり実際に音声で発せられたものとして表示される。その限りでは、文章中には出現しない人物の会話も対象となりうる。

第三点は、「会話文」と称されるが、その「文」は必ずしも言語単位としての「文」に対応しているわけではないという点である。1人1回の発話を1区切りの発話とすると、それを表わす会話文の表現は言語単位としては、1文の場合もあるが、1単語のみの場合も、複数の文から成る場合もある。これは談話における「発話」という単位にも当てはまる。

引用の理由

さて問題は、なぜ物語や小説に会話文が引用されるのか、である。

演劇台本や戯曲の場合は基本的に会話文（セリフ）が文章の中心であって、地の文に当たる、いわゆるト書きはその補助である。これは演じられること、つまり役者が所作を伴って実際に発話することを中心に芝居が展開することを想定することによる。それに対して、物語や小説における会話文は地の文における描写の補助として引用される。ただし、文章一般においては、それがすべてではなく、その目的によっては、地の文相当の説明に対する根拠の補強や論の要約のために引用されることもある。

ジャンルとして必ずしも会話文が必須ではない文章において、それが引用されるにはそれなりの必然性がなければならない。近代小説になると、話が複雑になるので、以下は近代以前の物語に限って、この問題を考えてみる。

物語は、過去にあったとされる出来事の推移・展開を軸とするものであるが、その出来事の中心にあるのは人間であって、出来事のありようを表現するには、人間の言動を抜きにしてはありえない。その言動は説明によっても描写によっても表現することが可能である。

問われるのは、物語において説明と描写のどちらが効果的かである。筋を辿ることが目的ならば、地の文の説明によってだけでも十分であろうが、物語に求められるのはリアリティであり、それを重視する限り、表現としては説明よりも描写のほうが優先される。しかも、描写の中でも、書き手の判断を経由する地の文とは違って、会話文はあたかも実際のそれを直接、再現するかのように表現するものであることにより、リアリティ性を強く示す。それは、文字の視覚的な認知だけではなく、それを通して喚起される音声の認知が加わるからではないかと考えられる。

ただ、物語にあって会話文を文章の主軸にしてしまうと、出来事自体の推移・展開が停滞してしまうので、それとの兼ね合いにおいて、要所要所で引用することになる。その要所とは、出来事の発端あるいは経過あるいは結末のそれぞれにおいて、登場人物の誰かの会話がそのありように大きな影響を与えるとみなされるところである。

なお、描写に関する近年の論として、山梨正明『小説の描写と技巧』（ひつじ書房、２０２３年）があるが、その冒頭で「一般に、小説のような散文芸術に代表される文学作品を特徴づける言語表現には、様々な描写の技巧が関わっている」とし、「認知言語学的な観点から、散文芸術としての文学表現の描写の諸相を考察」するとはしているものの、取り上げられているのはもっぱら地の文における外面描写であって、会話文については、Ｒ・チャンドラーや村上春樹の例、また病理的な例をわずかに扱うのみで、その引用の如何に関する言及はまったく見られない。

会話文一般の特徴

前節をふまえて、会話文を含む引用文の全般について、もう少し考えておきたい。

日本語学大辞典の「引用」の項には、「ある話者がある時空間において発話・思考した（あるいは、発話・思考する）ことを別の時空間において同じ話者、あるいは、別の話者が引いて用いる言語的行為」（鎌田修執筆）という定義がある。この説明に関しては、いくつかの留保が必要のようである。

たとえば、「話者」とあるが、これには文章の書き手も含まれ、別人による場合だけではなく、本人による自己引用もあることが示されている。また、「発話・思考」のように、両者が並列的に対象とされ、それゆえに、引用されるのが「言葉」あるいは「表現」ではなく、「こと」としている点や、「発話・思考した（あるいは、発話・思考する）」という言い換えは、引用の元と先の前後関係を問わないのみならず、それが実際だけではなく仮想的な場合も想定しているという点に注意される。ただし、引用先の言語的文脈の有無や、そもそもなぜ引用するかには触れられていない。

定義付けとしてやむをえないところがあるにしても、やや包括的すぎる感があり、言語が模倣反復によって習得されるとすれば、言語使用全体が引用と言えなくもない。

明治期の代表的な修辞学書の1つである、五十嵐力『新文章講話』における「引用法」（第二編第二部）には、次のような説明がある。

> 引用法は顕はに成語或は古事を引いて文章を飾るもの、詳しくいへば、我が立言を助くべき古事、或は古の格言、諺、詩歌等を引いて我が説に重みをつけ、文の内容を富まし、趣致を豊かにする装飾法である。

レトリックとしての引用には、会話文は含まれず、その対象がかなり限定的である。これはたとえば、現代における、佐々木健一監修『レトリック事典』（大修館書店、2006年）においても、同様である。

やや狭く、言語表現における引用が成り立つ前提としては、4つの条件が想定されよう。

1つめは、引用元と引用先の別個の言語表現が存在すること、2つめは、引用という行為の主体が存在し、その主体が引用先の言語表現の主体でもあること、3つめは、引用先の言語表現において、引用表現がそれ以外と区別されること、そして4つめは、引用にあたっては、それをするだけの目的・意図があることである。

これらを、物語の文章に引用される会話文に限って当てはめてみると、次のような補足説明が必要になる。

1つめについては、引用元の所在あるいはその真偽は不問に付され、仮想的に設定されるということである。重要なのは、引用元つまりその発話が実際に存在したかのように表現できているか否かである。

2つめについては、その主体はあくまでも引用先のテクストを書いた主体としてであって、実際の書き手が誰であるかは問題にされない。つまり、まずはその言語テクストありき、ということである。

3つめについては、引用が符号や発話動詞などによってそれが示されることも、示されないこともあり、その判別には難易度の差がある。その差は書き手によって意図される場合さえあって、判別できるか否かによって読みの質・レベルが変わりうる。4つめの条件にも関わるが、引用が明示的である表現と非明示的である表現には、それぞれ異なる意図があると考えられる。

4つめの意図に関して、それはあくまでも物語テクストを自律的に展開・成立させるのに必要な意図ということであって、コミュニケーション一般における、相手を想定した意図とは性質が異なる。

そのうえで、他の引用文にはない、会話文独自の特徴が何かと言えば、次の3点が挙げられる。

第一に、発話さらにはそのやりとりという人間の行動が具体的に示されるという点である。第二に、その結果として、発話内容の如何だけではなく、発話やそのやりとりのあり方を示すことを通して、その主体あるいは場面それぞれの差異が明らかにされるという点である。そして第三に、それらによって、物語の展開が積極的に誘導あるいは促進されるという点である。

以上の特徴は、会話文の引用の仕方として、いわゆる「直接話法」の形式をとることにより、端的に現われる。それが先に述べたような、描写のリアリティに結び付く。描写というのは、説明が主体寄りの表現であるのに対して、対象寄りの表現であって、その意味では、間接話法が主体寄りであるのに対して、直接話法は対象寄りの、聞いたままを再現するかのように、いわばイコン的に表現するものである。

会話文らしさ

では、さまざまな引用文の中で、会話文のそれとしての表現らしさとは、どのようなものであろうか。

さきほど会話文の判別には難易度の差があるとしたが、じつは、引用の助詞「と」や発話動詞によって、さらに近代以降ならば、カギカッコなどの符号あるいは改行によって、当該文脈が会話文であることが示される場合のほうが多い。その場合、極端には、地の文とまったく同質の表現であっても、会話文として取り立てられる。それは、地の文ではなく会話文であるということ自体に意味があるということであって、固有のらしさが認められるには及ばない。

それに対して、会話文か否かを判別することが容易ではない、つまりその引用表示が欠けている、あるいは稀薄な文脈においては、なぜそれをあえて会話文と認めなければならないかということが問題になる。それは、消極的には、地の文らしからぬ表現、積極的には、会話文らしい表現があるとみなすからに他ならない。その背景には、文章と談話という位相的な対立と、それに基づく文体的な差異がある。

文章と談話それぞれの基本的な様態をふまえて、言語表現としての両者の違いと、それがもたらす地の文と会話文の違いを挙げれば、次の3点がある。

第一に、文章の主体は1人であるのに対して、談話は2人以上の主体相互のやりとりで成り立つという点である。したがって、たとえば、物語の文章において、メインの1人の書き手以外と見られる主体、具体的には登場人物による表現とみなされる場合には、会話文の引用という可能性が生じる。

第二に、文章はコミュニケーションの相手となる読み手およびそれとの関係に関する条件の如何を問わないのに対して、文章は、談話における話し手と聞き手は、時空間を共有し、かつ相手も限定的であるという点である。物語の文章における読み手は不特定であり、かつ書き手との個別的な関係を持たないので、その表現は両者の関係に対しては中立的であるが、文章内の登場人物相互の当該場面における直接的なコミュニケーションとして表現される場合には、その関係に応じたバイアスがかかる。それはダイクティックな表現や待遇表現、対相手のモダリティ表現として見出される。

第三に、文章はその表現を途中からであれ後からであれ、書き手1人によって全体を統一的に調整・平準化しうるものであるのに対して、談話は音声の特性上、線状的かつ不可逆的であるため、余剰あるいは省略、反復あるいは前後の交替、文脈からの逸脱、実現形態の変異など、さまざまにアド・ホックな不統一・不整合が生じやすい。そのような要素が文章において顕著に認められる場合には、会話文として表現されたとみなしうる。

以上に関しても、3つの補足をする。

1つめは、地の文から会話文が差別化されるとすれば、それは書き手がそのように、会話文の引用を、量的・頻度的・質的に、当該文脈にとって必要と判断する限りにおいて、行うということである。2つめは、それが明示的な場合は、その意図も明確であるが、非明示的な場合は、たとえば、古典文学における本歌取りや本説取りのような、レトリックとしての「暗示引用」という、さらに高次の表現意図を含むこともありうるいっぽう、地の文と会話文をあえて渾然と表現するということもありえよう。そして、3つめは、全体が1つの会話文（語り）あるいは対話として成り立っているような文章においては、それを文章と認めるとしたら、地の文を中心とした、通常レベルとは異なる会話文の引用である。

文章史における会話文

古典文学における会話表現を歴史的に捉えようとする際、避けて通れないのは、それが引用される日本語の文章全体の歴史がどうなっているかである。

おもに使用される文字種や語彙や語法、文末表現など観点から、文章史・文体史が構想されてきた。その分類としては、漢字文・仮名文・漢字仮名交じり文、訓読文・和文・和漢混淆文、雅文・俗文・雅俗折衷文などがあり、これらが歴史的に、文章の普及、種類の拡大などに伴って推移してきたとされる。その中にあって、会話文はどのように位置付けられてきたかを考えるにあたって、文章史・文体史との関連において押さえておくべきことは、次の4点であろう。

第一に、いつの時代であれ、会話文の引用がそもそもなじまない文章ジャンルがあるという点である。たとえば、実用を目的とする文章一般である。これは説明を主とするからであり、会話文による描写は普通、必要とされない。また、和歌に会話文が取り込まれることもほとんどない。分量的な制約だけでなく、日常会話を「ただごと」とみなして、忌避する意識による（「付章」参照）。会話文の引用がそれなりの位置を占めるのは、もっぱら文学とりわけ物語の文章においてであり、会話表現史が成り立つとしたら、そのジャンルの文章が中心になるということである。

第二に、従来の文章史・文体史における分類は、地の文に即したものであって、和歌との関係について言及されることはあっても、会話文のありようは問われてこなかったという点である。文章の中心はあくまでも地の文にあるから、当然の措置ではあるが、物語の文章においては、無視しえないほどの役割を担う会話文が文章全体のありように関与していないとは考えがたい。地の文と会話文との相互関係という観点からの文章史・文体史というものも構想しえよう。

第三に、書き言葉と話し言葉の関係と同様に、会話表現の歴史は口（頭）語史とそのままは重ならないという点である。文章に引用される限り、会話文も書き言葉の中に位置付けられるべきものであり、擬古的な文章の場合はもとより、たとえ会話文に当代の口語が反映されているとみなされることがあったとしても、それは文章用に加工されたものでしかない。

第四に、和歌と異なり、会話文は地の文との書記上の区別がされていないという点である。ただし、これは符号を用いて両者の区別を明示することが一般化した近代の眼から見てということであって、それ以前には両者を区別する意識がなかったことを必ずしも意味するものではない。少なくとも、直接話法としての会話文が認められるという事実は、それを表現するにあたって、地の文と一続きではない、表現シフトが意識されたと考えるほうが妥当であることを示していよう。考えるべきは、その表現シフトをどのように浮かび上がらせるかであって、それ自体は近代以降と変わりがあるわけではない。

会話文研究

会話文を含む引用に関わる研究としては、現代日本語についての、文法論あるいは語用論における理論的な研究が中心であり、多少は見られる文体論あるいは表現論の観点からの実証的な研究も近現代の文学作品が中心であって、古典からの歴史的な研究はほとんど見られない。

日本語学大辞典における「会話文」の項目（阿久澤忠執筆）の解説がそれに触れている、ほとんど唯一のものと思われ、その参考文献を見ても、特定の時代・作品に限られていて、通史的なものは見出せない。件んの解説において、「歴史」として示してある、近代以前の、各時代における文学作品の会話文の要点となるところを挙げれば、次のようになろう。

奈良時代：（1）早くに『古事記』『日本書紀』にその原型が見られる。
（2）会話文の直前には「曰」「白」「詔」が置かれることが多い。
（3）疑問（反語）表現が会話文にしか現れない。
平安時代：（1）竹取物語では、会話文の直前に「言ふやう」「言はく」など、直後には「と（言ひ）て」などを用い、量も多い。
（2）伊勢物語では、会話文の直前に「言ふやう」などが置かれないことが多く、量も少ない。
（3）落窪物語では、登場人物によって会話文の質が異なり、量が多い。
（4）蜻蛉日記などでは、地の文に近い言葉で書かれている。
鎌倉・室町時代：平家物語では、会話文の言葉が文章化している。擬古物語や御伽草子も同様。
江戸時代：後期の洒落本、滑稽本、人情本などでは、実際の会話に近い会話文で書かれている。

ただし、時代・作品によって、取り上げる項目が異なっているため、必ずしも歴史的な変化を示していることにはならないが、小著における検討の中には、これらに対する検証も含まれる。

小著では、目次に掲げたように、日本語学大辞典における解説もふまえて、奈良時代から江戸時代までの古典文学における12の作品を取り上げ、一応、成立年代として認められる順に、配列してある。作品の選択は任意であるが、いわゆる物語に限らず、できるだけ相異なるジャンルの作品を選んでみた。とはいえ、繁簡よろしきをえず、しかも、全体の分量バランスを考慮して、あえて「源氏物語」や「今昔物語集」、「平家物語」などの大作は外している。

各作品を選んだ理由は、奈良時代では、古事記を歴史物語および日本語の文章の始発として、平安時代では、日本霊異記を説話物語の最初として、土左日記を日記文学かつ和文の創始として、竹取物語を作り物語の、伊勢物語を歌物語の、それぞれの起源として、和泉式部日記を物語的な性格を持つものとして、堤中納言物語を後期短編物語の集成として、鎌倉時代では、平治物語を軍記物語の初期段階として、徒然草を随筆文学として、江戸時代では、世間胸算用を浮世草子の代表として、おくのほそ道を俳文による紀行文学として、そして雨月物語を読本の草分けとして、それぞれ位置付けたことによる。

結果的に、平安時代の作品が半分を占めることになったが、これは故無きことではなく、和文散文としての物語の文章が創造され定着さらには成熟する過程がその時代だからであり、その中で、会話文の引用の仕方についても、さまざまな模索が行われたと考えられるからに他ならない。

調査の観点と資料

取り上げる作品全体を一貫して共通に検討・比較するにあたり、次の5つの観点を基本に据える。

(a) 会話文の分量がどのくらいあるか。
(b) 会話文がどのような形で引用されているか。
(c) 1つの会話文がどのように構成されているか。
(d) 会話のやりとりはどのくらいあるか。
(e) 会話文はどのような意図を表わすものになっているか。

(a)は、文章全体の中で会話文が量的にどの程度の重きを成すかを知るための観点である。実際には、テキストの行数によって比較する。

(b)は、会話文が地の文に引用される際、その上下に、引用であることを示すマーカー相当の表現があるか否か、ある場合には、どのような表現になっているかを見るための観点である。

(c)は、具体的にはいくつの文から成るか、さらには1文内がいくつの文節から成るかにより、会話文の長さを計るための観点である。

(d)は、問答を典型として、登場人物の当事者相互の会話のやりとりが会話文の連続として、どの程度見られるかを確かめるためのものである。

(e)は、会話文のとくに文末に注目して、疑問や命令など、相手に行動を働きかける表現がどのくらい、どのように用いられているかを知るためのものである。

以上を基本としつつも、個々の作品を扱うに当たっては、それぞれの特徴を浮き彫りにするために、整理の仕方に多少の粗密があったり、作品独自の観点による整理を試みたりすることもあって、どの作品に対しても均一な処理をしているわけではない。

そのうえで小著がめざすのは、古典文学の文章において、会話文が地の文とどのように関わり、どのように差別化されているかを、歴史的に明らかにすることである。設定した上記5つの観点は、まさにそのような関係のあり方の一端を示すと考えられるものであり、取り上げるどの作品にも適用でき、かつ具体的な結果として比較・整理することが可能であるとみなされる。その全体像については、終章においてまとめて示すことにする。

テキストには、どの作品も比較の便宜を考えて、小学館新編日本古典文学全集本に所収されているものを用い、底本・表記・句読など、すべてそれに従う。ただし、古事記と日本霊異記については、原文ではなく、日本語の文章として、その訓読文に拠る。また、テキストに付された振り仮名は適宜省略する。本文を引用する際は、必要に応じ、数字や符号、傍線、太字、四角囲み、あるいは(略)などを加えることがある。

会話文の認定は原則として、テキストでカギカッコで表示され、かつ作品内にあって実際に発話しているものとして表現されている部分とするが、カギカッコがなくてもそれとみなされる場合には採用し、逆に、カギカッコ表示されていても、間接話法、心話文や書簡文などの引用とみなされる場合は取り上げない。ただし、古詩歌の一節の引用であっても、それを登場人物が口にしたものとして表現されている場合は、会話文に含める。以上を含め、何らかの例外的な処理をする場合には、逐一その旨を注記する。会話文の二重引用については、元になるほうの会話文のみを調査対象とする。

第1章　古事記

会話文の分量

古事記を、日本文章史における最初の作品として位置付けることに異論はないであろう。それが文学書か歴史書か、あるいは和文か漢文かという議論はあるとしても。

古事記の文章は、よく知られているように、稗田阿礼の口述を筆記したものとされるが、その序文にあるように、阿礼は帝紀や旧辞という、現存しない歴史書の文章を読み習い覚えたということであるから、古くからの口承のままというわけではない。その意味で、古事記の文章は、阿礼が暗記し音読した文章を改訂したものということになる。

その文章全体において引用と認められる部分がある。その引用には、会話文、歌謡、文書などの種類があり、テキストでは、歌謡は改行字下げによって、それ以外はカギカッコによって表示される。

これらの引用文のうち、会話文に限って、まず、序章に示した(a)の観点から、その分量を調べてみると、テキスト本文全3366行のうちの716行、つまり全体の約2割を会話文が占めていることになる。

これが多いのか否か、ほぼ同時期の文章である日本書紀と比べてみる。日本書紀は古事記に対して、正格漢文による正史として位置付けられているので、古事記よりも会話文が少ないことが見込まれるが、全8262行（一書の記述は除く）のうち、会話文は2727行、全体のほぼ3分の1を占める。つまり、日本書紀のほうが古事記より、会話文の分量比率が1割以上も高いのである。

日本書紀との比較

古事記と日本書紀はともに、神代から推古天皇までの歴史を紀伝体で記した文章であるが、取り上げられた天皇ごとの記述量も、引用された会話文の量も異なる。そこに、それぞれの段における重点の置き方の違いを認めることができそうである。

配列順に、古事記と日本書紀における会話文の、行単位での各全体に対する分量比率（%）のみを示す。なお、古事記には神功天皇単独の記述はなく、「0」は会話文が出現しないことを表わす。神代記（紀）には複数の神が登場するが、それを1段とみなすと、全部で35段の話から成る（古事記／日本書紀）。

神代（29・2／31・4）、神武（31・5／34・3）、綏靖（0／18・2）、安寧（0／0）、懿徳（0／0）、孝昭（0／0）、孝安（0／0）、孝霊（0／0）、孝元（0／0）、開化（0／0）、崇神（18・2／31・6）、垂仁（27・4／76・4）、景行（17・3／28・0）、成務（0／30・3）、仲哀（23・4／31・3）、神功（――／36・4）、応神（15・0／12・0）、仁徳（7・9／26・8）、履中（27・8／30・5）、反正（0／0）、允恭（5・2／30・8）、安康（40・9／30・1）、雄略（15・2／28・4）、清寧（14・8／16・7）、顕宗（32・3／33・0）、仁賢（0／29・1）、武烈（0／13・6）、継体（0／37・8）、安閑（0／30・6）、宣化（0／35・2）、欽明（0／57・3）、敏達（0／30・6）、用明（0／22・8）、崇峻（0／21・3）、推古（0／28・7）

この一覧から、各段における会話文の特徴として指摘できることは、次の4点である。

第一に、前半の安寧天皇から開化天皇までの6名と、後半の反正天皇1名の計7名の記述には、古事記と日本書紀のどちらにも会話文が見られないという点である。これらにおいては、そもそも全記述量が、古事記では6行（孝安天皇）〜49行（開化天皇）、日本書紀では平均的に21行〜24行と、どちらも少なめである。

第二に、前半の綏靖天皇と成務天皇、後半の仁賢天皇から最後の推古天皇まで、古事記には会話文が見られないのに対して、日本書紀には程度差はあれ、会話文が引用されているということである。この違いには、記述量としても、古事記のこれらの記述量は3行（崇峻天皇）〜27行（継体天皇）のように、第一点の場合と同様、少なめであるのに対して、日本書紀のほうは、54行（宣化天皇）〜1043行（欽明天皇）のように、古事記とは比べようもないほど、記述量が多いことも関わっていよう。

第三に、会話文の比率の分布を見ると、古事記では、最少で5・2％（允恭天皇）、最多で40・9％（安康天皇）であるのに対して、日本書紀では、最少でも12・0％（応仁天皇）、最多ではじつに76・4％（垂仁天皇）と、全体に会話文の比率が高い。

第四に、古事記・日本書紀ともに会話文が引用されている中で、その比率において古事記が日本書紀を上回るのは応仁天皇と安康天皇の2名のみで、他はすべて日本書紀のほうが上回っているという点である。この後者のうち、10％未満の差しかないのは、神代・神武天皇・仲哀天皇・履中天皇・清寧天皇・顕宗天皇の記述にしかなく、それ以外は、垂仁天皇での約50％差を最大として、総じて差が大きい。

以上のような結果については、全記述量が古事記では336行であるのに対して、日本書紀は8262行と、古事記の約2・5倍あることも勘案されなければならない。つまり、全体の記述量が会話文の引用量と相関しているかもしれないということである。これは逆に言えば、古事記における会話文は、記述にとって欠くべからざるところだけに引用されているということが推察される。

漢文の会話文

古事記や日本書紀以前に、帝紀や旧辞はあったにしても、また口承はあったとしても、古事記あるいは日本書紀の文章の範となるものがあったとすれば、漢文しかありえなかったはずである。当時、すでに中国の歴史書は渡来していたと考えられるが、それらには、はたして会話文が引用されていたのであろうか。

たとえば、中国古代のもっとも古い史書の1つとされる春秋左氏伝を見てみると、杜預による、その序から、次のような問答形式の会話文が1度ならず引用されている（新釈漢文大系本の訓読文による。ただし漢字は常用に改める。テキストでの会話文の表示は読点のみで、カギカッコは付されていないので、該当部分に波線を付す）。

【例1】或《ある》ひと曰く、春秋は文を錯《まじ》ふるを以て義を見《あら》はす。若《も》し論ずる所の如くんば、即ち経は当《まさ》に事同じく文異《こと》にして其の義無きもの在るべし。先儒の伝ふる所、皆其れ然らず、と。答へて曰く、春秋は一字を以て褒貶を為《な》すと雖も、然れども皆数句を須《もち》ひて以て言を成す。八卦の爻《かう》、錯綜して六十四と為す可きが如きに非《あら》ざるなり。固《もと》より当に伝に依りて以て断を為すべし、と。

テキストの注によれば、この問答は「自問自答であるが、ある人が質問して杜預が答えた形式を取っている」とあって、それが一種のレトリックとして用いられていたようである。それ以外の会話文も、序のみならず、春秋左氏伝の本編にもしばしば引用されている。

また、中国の代表的な史書である史記にも、たとえば、次のような会話のやりとりが連続的に頻出する。

〔例2〕堯《げう》曰く、誰か此の事に順《したが》ふ可き、と。放斉《はうせい》曰く、嗣子丹朱《たんしゅ》開明なり、と。堯曰く、吁《ああ》、頑凶なり、用ひられず、と。堯又曰く、誰か可なる者ぞ、と。驩兜《くわんとう》曰く、共工は遍《あまね》く聚《あつ》めて功を布《し》かん、用ふ可し、と。堯曰く、共工は善く言へども、其の用ふるや僻《へき》す。恭に似たれども天を漫《あなど》る。不可なり、と。堯又曰く、嗟《ああ》、四嶽《しがく》、湯湯《しやうしやう》たる洪水天に滔《はびこ》り、浩浩として山を懐み陵《をか》に襄《のぼ》る。下民《かみん》其れ憂ふ。能《よ》く治めしむる者有らんや、と。皆曰く、鯀《こん》可なり、と。堯曰く、鯀は命《めい》に負《そむ》き族を毀《やぶ》る。不可なり、と。嶽曰く、异《あ》げん哉。試みて、用ふ可からずんば而《すなは》ち已《や》めん、と。

（五帝本紀第一）

つまり、古事記や日本書紀よりも、はるかに時代的に先行する中国史書の文章において、すでに会話文は当たり前のように引用されていたのであった。

ここで留意しておきたいのは、それは中国においても、もともとに口承があったからということではなく、あくまでも文章として書き記す中に、会話文が意図的に引用されたということである。

このことからすれば、古事記や日本書紀の文章における会話文の引用は、日本の独創によるものではなく、中国史書に倣ったという蓋然性がきわめて高い。

序文の会話文

古事記は上巻冒頭に序文が付されている（跋文はない）。その序文は「臣《やつこ》安万呂言《まを》す」で始まり、「臣《やつこ》安万呂、誠に惶《おそ》り誠に恐《かしこ》み、頓々首々《ぬかつきまをす》」で終わり、「和銅五年正月廿八日　正五位上勲五等太朝臣安万呂」という日付・署名を添えた、天皇に対する上表文の体裁になっている。

じつは、その中にも、春秋左氏伝の序文のように、会話文が引用されている。ただし、問答形式ではなく、どちらも天皇（〔例3〕が天武、〔例4〕が元明）の単独会話（発話）である。

〔例3〕是《ここ》に、天皇《すめらみこと》の詔《のりたま》ひしく、「朕《あれ》聞く、諸の家の賷《も》てる帝紀《すめろきのふみ》と本辞《さきつよのことば》と、既に正実《まこと》に違ひ、多く虚偽《いつはり》を加へたり。今の時に当りて其の失《あやまち》を改めずは、幾ばくの年も経ずして其の旨滅びなむと欲《す》。斯《こ》れ乃ち、邦家《みかど》の経緯《たてぬき》にして、王化《おもぶけ》の鴻基《おほきもとゐ》なり。故惟《かれおもひ》みれば、帝紀《すめろきのふみ》を撰ひ録《しる》し、旧辞《ふること》を討《たづ》ね覈《きは》め、偽を削り、実を定めて、後葉《のちのよ》に流《つた》へむと欲《おも》ふ」とのりたまひき。

〔例4〕焉《ここ》に、旧辞《ふること》の誤り忤《たが》へるを惜しみ、先紀《さきつよのふみ》の謬《あやま》り錯《たが》へるを正さむとして、和銅四年九月十八日を以て、臣安万呂に詔はく、「稗田阿礼が誦《よ》める勅語《みことのり》の旧辞を撰ひ録して献上《たてまつ》れ」とのりたまへば、謹みて詔旨《みことのり》の随《まにま》に、子細《こまやか》に採り摭《ひり》ひつ。

描写が必須であるとは考えがたい序文の中にさえ、なぜ会話文が引用されたのか。それはともに天皇の発話だからに他ならない。

たとえば、〔例3〕は発話ではなく、天皇がそのように考えて稗田阿礼に命じたというように説明しても、また〔例4〕は会話文の引用がなくても、文脈としては十分成り立ちえよう。にもかかわらず、天皇自らが発した言葉をそのまま引用する形で示したのは、それ自体が力を持つものと捉えられたからであり、それがあってこそ、古事記が成立したということを明記するためであろう。

その意味では、これらの会話文は序文としての成り立ちの説明の、まさに要となる証拠として、必然的に引用されたと考えられる。

会話文の用例

それでは、古事記本編のほうでは、どのような会話文がどのように引用されているか。それを明らかにするために、序章に示した、(b)〜(e)の4つの観点で、順にその整理をする。

仮説として、(b)については、ある程度パターン化しているのではないか、(c)については、1文が多いのではないか、(d)については、会話のやりとりより単独の会話のほうが多いのではないか、そして(e)については、神あるいは天皇からの命令や禁止などの表現が多いのではないか、である。

以下、順に検証の結果を示してゆくが、その前に基礎データを示しておく。

会話文の数は、全体で350例（上巻（含む序）153例〔43・7％〕、中巻126例〔36・0％〕、下巻71例〔20・3％〕）で、巻を追うにつれ漸減している。テキストにおける各巻の頁数の割合を見ると、上巻は123頁（33・4％）、中巻は144頁（39・1％）、下巻は101頁（27・4％）であるから、中巻をはさんで、上巻と下巻の差はもっと大きくなる。

これらの会話文は、1例を除き、すべてカギカッコで表示されている。例外の1例は、直前の地の文の最後に「云はく」とあるが、その後にカギカッコではなく、改行2字下げという、歌謡と同じ体裁で、次のように引用されている（この点について、テキストにとくに注記はない）。

【例5】是《こ》の、我が燧《き》れる火は、高天原には、神産巣日御祖命《かむむすひのみおやのみこと》の、とだる天の新巣《にひす》の凝烟《すす》の、八拳《やつか》垂るまで焼《た》き挙げ、地《つち》の下は、底津石根に焼き凝らして、栲縄《たくなは》の千尋縄打ち莚へ、釣為る海人《あま》が、口大《くちおほ》の尾翼《をはた》鱸《すずき》、さわさわに控《ひ》き依せ騰げて、打竹のとををとををに、天の真魚咋《まなぐひ》を献る。

先に示したように、古事記の会話文の総行数は716行であるから、単純平均すれば、1つの会話文は約2行ということになる。

これらの会話文において、やや特殊なケースとして、二重引用が見られる。上巻に6例、中巻に2例、下巻に1例の、計9例ある。中には、次のように、三重引用になっている会話文も、中巻に見出せる。会話文中に用いられた二重カギカッコ内に、さらにカギカッコで会話文が示されている。

【例6】故《かれ》、天つ神御子、其の横刀《たち》を獲《え》し所由《ゆゑ》を問ひしに、高倉下《たかくらじ》が答へて曰ひしく、「①己が夢みつらく、『天照大神・高木神の二柱の神の命以て、建御雷《たけみかづちのかみ》神を召して詔はく、「葦原中国は、いたくさやぎてありなり。我が御子等、平らかならず坐《いま》すらし。其の葦原中国は、専ら汝《なむち》が言向けたる国ぞ。故、汝建御雷神、降《くだ》るべし」とのりたまふ。爾《しか》くして、答へて白さく、「僕《やつかれ》は降らずとも、専ら其の国を平らげし横刀有り。是の刀を降すべし。（割注略）此の刀を降さむ状《かたち》は、高倉下が倉の頂きを穿ちて、其より堕しいれむ」とまをす。「故、あさめよく、汝、取り持ちて天つ神御子に献れ」といふ』といめみつ。②故、夢の教の如く、旦《あした》に己が倉を見れば、信《まこと》に横刀有り。③故、是の横刀を以て献りつらくのみ」といひき。

このような二重さらには三重の会話文の引用は、原文に、その符号表示がなくても、反復確認できる文章だからこそ、判別・理解が可能なのであり、音声による伝達では、声音を変えるなどしなければ、混乱が生じると考えられる。

なお、このような二重以上の引用内の会話は、会話文数としても、文数としても含めていない。上の会話文の場合は、丸数字で示したように、3文から成る1会話文として処理する。

引用形式

まずは、(b)の「会話文がどのような形で引用されているか」について、整理する。

その前に断っておかなければならないのは、古事記はすべて漢字で表記されているため、それを日本語としてどのように訓むかという大問題がある、ということである。テキストの「凡例」にも、「本書に掲げた訓読文は、当時の常識的な読み方を追究し、一応一つの読み方に絞って示したものであって、他の読み方は考えられないというようなものでは必ずしもない」とある。その点を十分に承知したうえで、会話文も含めた訓読文はすべてテキストに従う。

地の文と、その中に引用された会話文とが区別されうるのは、会話文の前後の地の文に、それが会話文であることを示す、いわばマーカーとなる語が用いられているからである。マーカーとなる語とは、発話を表わす動詞、たとえば「詔（のりたまふ）」「曰（いふ）」「白（まをす）」「告（のる）」などである。

その引用マーカーの出現の仕方から、会話文の引用形式を、次の4つのパターンに分類し、それぞれの該当用例数を示す。なお、地の文と会話文との文法的な切れ続きは問わない。

Ⅰ：会話文の上下にマーカーがある。……29例
Ⅱ：会話文の上だけにマーカーがある。……312例
Ⅲ：会話文の下だけにマーカーがある。……5例
Ⅳ：会話文の上下にマーカーがない。……4例

結果は一目瞭然であり、会話文の9割近くがⅡのパターンである。ただし、テキストでは、Ⅱの312例のうち7例（発話動詞とはみなしがたい）を除いては、会話文の下に上と同じマーカーが補読されている。これはおそらくⅠパターンに倣ったのであろう。

Ⅰパターンの典型例は、次のように、引用マーカーとなる発話動詞が反復する例である（該当語を太字で示す）。

〔例7〕是に、**詔はく**、「此地《ここ》は、韓国《からくに》に向ひ、笠沙《かささ》の御前《みさき》を真来《まき》通りて、朝日の直《ただ》刺す国、夕日の日照る国ぞ。故《かれ》、此地は、甚《いと》吉《よ》き地《ところ》」と、**詔ひて**、（略）

〔例8〕（略）鼠、来て**云ひしく**、「内はほらほら、外はすぶすぶ」と、如此《かく》**言ひき**。

〔例9〕伊耶那岐命、桃子に**告《の》らさく**、「汝、吾を助けしが如く、葦原中国に所有《あらゆ》る、うつくしき青人草の、苦しき瀬に落ちて患《うれ》へ惚《なや》む時に、助くべし」と、**告らし**、（略）

以上のように、ⅠとⅡの先行するマーカー語は、すべてク語法の訓みで統一されている。

Ⅲパターンの例は、次のようなものである。

〔例10〕且《また》、従へる諸の神に問へども、皆、「知らず」と**白《まを》しき**。

〔例11〕「待ち撃たむ」と、**云ひて**、軍《いくさ》を聚《あつ》めき。

最少のⅣパターンの4例は、そもそもなぜ会話文と認定されたか自体が問題になろう。

〔例12〕次に、「思金神《おもひかねのかみ》は、前の事を取り持ちて政《まつりごと》を為よ」とのりたまひき。

〔例13〕爾くして、火遠理命《ほをりのみこと》、其の婢《つかひめ》を見て、「水を得むと欲《おも》ふ」と乞ひき。

〔例14〕天照大御神の命を以て、「豊葦原千秋長五百秋水穂国は、我が御子、正勝《まさかつ》吾《あ》勝々速日《かつかちはやひ》天忍穂耳命《あめのおしほみみのみこと》の知らさむ国ぞ」と、言因《ことよ》し賜ひて、天降《あまくだ》しき。

〔例15〕是に、天皇、大きに驚きて、「吾は、既に先の事を忘れたり。然れども、汝が志を守り、命《みこと》を待ちて、徒《いたづら》に盛りの年を過しつること、是甚愛《うつく》しく悲し」と、心の裏《うち》に婚《あ》はむと欲《おも》へども、（略）

〔例12〕は、会話文の前には「次に」のみあり、会話文を受ける「とのりたまひき」は補読である。じつは、この会話文の直前には、「詔ひしく、「此の鏡は、専ら我が御魂《みたま》と為《し》て、吾が前を拝《おろが》むが如く、いつき奉《まつ》れ」とのりたまひ、」とあって、「次」という語が中間にあるため、2つの会話文に分けられたと見られる。〔例13〕で問題になるのは会話文直後の「乞ふ」という動詞で、言葉によって「乞ふ」こともあるので会話文とみなしたが、この語自体は直接は発話を表わさない動詞なので、マーカー語とはみなさない。〔例14〕の会話文直前の「命」、直後の「言因す」についても同様である。〔例15〕は、会話文に「と」が補読され、その後に「心の裏に婚はむと欲」ふと続くので、会話文ではなく、心話文ととれなくもない。ただし、会話文の内容がそのまま「婚はむと欲」ふということにはならないので、ここはそれと区別して、会話文ととっておく。

会話文の構成と分布

次は、(c)について、古事記全体で、1つの会話文がいくつの文から成るかを示すと、次のとおりである。

1文：183例、2文：112例、3文：34例、4文：9例、5文：7例、6文：3例、7文：1例、8文：1例

1文のみで全体の52%、2文が約33%になるので、この2つで全体の85%にも及んでいる。1文と2文の巻ごとの分布は次のとおりであり、下巻での割合がやや低いものの、1文か2文から成る会話文が全体的に大勢を占める点に変わりない（カッコ内は各巻会話文総数に対する比率）。

	上巻	中巻	下巻
1文	80	75	28
2文	50	34	28
計	130（85・0）	109（86・5）	56（78・9）

参考までに、8文という、最多の文数の会話文を示しておく。神武天皇が次々と乙女を探し求めていた時に、大久米命が天皇に語ったもので、その内容は、それだけで1つの挿話を成している。

〔例16〕大久米命の白ししく、「①此間《ここ》に媛女《をとめ》有り。②是、神の御子と謂ふ。③其の、神の御子と謂ふ所以は、三島の湟咋《みぞくひ》が女《むすめ》、名は勢夜陀多良比売、其の容姿《かたち》麗美《うるは》しきが故に、美和の大物主神、見感《め》でて、其の美人《をとめ》の大便《くそま》らむと為し時に、丹塗矢と化《な》りて、其の大便らむと為し溝より流れ下りて、其の美人のほとを突きき。④爾《しか》くして、其の美人、驚きて、立ち走りいすすきき。⑤乃ち、其の矢を将《も》ち来て、床の辺に置くに、忽ちに麗しき壮夫《をとこ》と成りき。⑥即ち其の美人を娶りて、生みし子の名は、富登多々良伊須々岐比売命と謂ふ。⑦亦の名は、比売多々良伊須気余理比売と謂ふ（割注略）。⑧故、是を以て神の御子と謂ふぞ」とまをしき。

1文のみで成り立つ会話文が183例、全体の過半に達するが、同じ1文とはいえ、長さも構造も同じではない。1つの目安として、文節数を示すと、次のようになる(カッコ内は、各巻の用例数)。

1文節:10例(2・8・0)、2文節:25例(7・14・4)、3文節:25例(6・12・7)、
4文節:28例(21・3・4)、5文節:21例(13・7・1)、6文節:13例(5・6・2)、
7文節:16例(5・8・3)、8文節:8例(4・2・2)、9文節:10例(5・3・2)、
10文節:5例(2・3・0)、11文節:3例(1・1・1)、12文節:5例(3・2・0)、
13文節:2例(1・1・0)、14文節:3例(0・3・0)、15文節:2例(0・1・1)、
17文節:2例(0・1・1)、19文節:1例(1・0・0)、20文節:2例(1・1・0)、
25文節:1例(1・0・0)、26文節:1例(1・0・0)、34文節:1例(1・0・0)

1文節から34文節まで幅があるものの、全体の中央値は5文節であり、1文節から5文節までで総計の約6割を占める。巻ごとの中央値を見ても、上巻は5文節、中巻は4文節、下巻は6文節であるから、どの巻もこのあたりに集中していると言える。

最少の1文節のみの1文を挙げると、上巻に「知らず」「仕へ奉らむ」(各1例)、中巻に「仕へ奉らむ」「恐し」(各2例)「待ち撃たむ」「あづまはや」「男子ぞ」「能はじ」(各1例)がある。主語や目的語などを省略した述体句がほとんどであり、「あづま(吾妻)はや」のみが喚体句である。

2文節から成る1文25例の中では、目立つ点が2つある。1つは喚体句、もう1つは疑問文である。

前者には、上巻に、伊邪那岐と伊邪那美が順番に呼びかけ合う「あなにやし、えをとこを」「あなにやし、えをとめを」が各2例あり、後者には、上巻で「汝等は、誰ぞ」「誰が女ぞ」の2例、中巻で「汝は、

誰ぞ」が4例もある他、「如何にかねぎしつる」「何の由ぞ」、下巻にも「此間は、何処ぞ」の1例が見られる。

中央値の5文節から成る1文21例は、いくつかの種類があって、とくに偏りなく見られる。たとえば、命令を示す「若し賢しき人有らば、貢上れ」(中巻)、疑問を示す「若し、人、門の外に有りや」(上巻)、発話者の意志を示す「僕は、一日に送りて即ち還り来む」(上巻)、断定する「此の矢は、天若日子に賜へる矢ぞ」(上巻)、同じく「丸邇の比布礼能意富美が女、名は、宮主矢河枝比売」(中巻)、否定する「女人の先づ言ひつるは、良くあらず」(上巻)など。

なお、飛び離れて最多34文節の1文は、〔例5〕の、例外的にカギカッコ表示のない1文である。

会話のやりとり

次に、(d)の「会話のやりとりはどのくらいあるか」を確認してみる。

これが成り立つのは、単に会話文が連続しているからではなく、いわゆる「応答ペア」として、原則的に、当事者相互の発話で、しかもその発話同士の意図・内容が対応していることによる。

それを端的に示すのが、地の文において、会話文に先行して、その旨を表わす表現である。たとえば、「問ふ」と「答ふ」という語が2つの会話文のそれぞれに先立って用いられていれば、応答ペアとして成り立っていることが明らかである。どちらか一方だけの場合もあるし、それら以外の語が用いられる場合もあるが、同様に認めることができる。なお、ペアとなる会話文が1文中にともに引用されるとは限らず、連続する2文それぞれに引用されることもある。

今、古事記の会話文を、次の3つに分けてみる。

A：応答を示す語が両方あるいは片方にある場合
B：どちらにも応答を示す語はないが、話題の同一性から、会話のやりとりとして認められる場合
C：やりとりとして認められない場合

それぞれの具体例を、上巻神代記から挙げておく。

〈Aパターン〉

【例17】是に、其の妹《いも》伊耶那美命を**問ひ**て曰ひしく、「汝が身は、如何にか成れる」といひしに、**答へ**て白しく、「吾が身は、成り成りて合はぬ処一処在り」とまをしき。

【例18】従へる諸の神に**問へ**ども、皆、「知らず」と白しき。

【例19】伊耶那岐命の詔ひしく、「我が身は、成り成りて成り余れる処一処在り。故、此の吾が身の成り余れる処を以て、汝が身の成り合はぬ処を刺し塞ぎて、国土《くに》を生み成さむと以為《おも》ふ。生むは、如何に」とのりたまひしに、伊耶那美命の**答へ**て曰ひしく、「然《しか》、善し」といひき。

〈Bパターン〉

【例20】…伊耶那美命の言ひしく、「愛《うるは》しき我がなせの命、如此為《かくせ》ば、汝が国の人草を、一日に千頭《ちかしら》絞《くび》り殺さむ」といひき。爾くして、伊耶那岐命の詔ひしく、「愛しき我がなに妹《も》の命、汝然為《しかせ》ば、吾一日に千五百《ちいほ》の産屋《うぶや》を立てむ」とのりたまひき。

〈Cパターン〉

【例21】天つ神諸の命以て、伊耶那岐命・伊耶那美命の二柱の神に詔はく、「是のただよへる国を修理《つくろ》ひ固め成せ」とのりたまひ、天の沼矛《ぬほこ》を賜ひて、言依し賜ひき。

なお、Cパターンには、次のような例も含まれる。当該会話文の前に、「答ふ」という語は出て来るが、それに先立ってあるべき、八上比売に対する八十神の問いの発話が省かれているのである。

〔例22〕是に、八上比売《やかみひめ》、八十神に**答へ**て言ひしく、「吾は、汝等《いましたち》の言《こと》を聞かじ。大穴牟遅神《おおあなむぢのかみ》に嫁《あ》はむ」といひき。

さて、古事記の会話文全体で、Ⅰ〜Ⅲのパターンそれぞれに該当する会話文数は、以下のとおり。

A：135例（61・51・23）（38・6％）
B：59例（16・22・21）（16・9％）
C：156例（76・53・27）（44・6％）

AとBを合わせ、会話のやりとりとして示される場合と、Cの、そうでない場合とで、10％程度の差しかない。巻別に見ると、上巻ではほぼ半々であるが、中巻・下巻に進むにつれ、やりとりとして示される会話文の割合が増えてゆく。

Aパターンのうち、〔例17〕のような、問答双方明示の会話文は、上巻で26例、中巻で32例、下巻で8例の計66例と、A全体の半分ほどあり、中巻では6割を越えるが、上巻と下巻は3割前後である。

会話文の意図

最後に、(e)の「会話文はどのような意図を表わすものになっているか」について。
意図にはさまざまなものがあるが、ここでは、会話の相手に対して、何らかの行動を求める意図に基づく表現、具体的には、質問、命令、禁止、勧誘という4つの意図が文末などに直接的に示される文にしぼる。
それぞれの具体例を、上巻から挙げておく。

〔例23〕「然らば、汝が心の清く明《あか》きは、**何《いか》にしてか**知らむ」（質問）
〔例24〕「是の、汝が女《むすめ》は、吾に**奉《まつ》らむや**」（質問）
〔例25〕「汝が命は、高天原を**知らせ**」（命令）
〔例26〕「吾をば、倭の青垣の東の山の上に**いつき奉れ**」（命令）
〔例27〕「我を視ること**莫《なか》れ**」（禁止）
〔例28〕「若し海中を度《わた》らむ時には、惶《おそ》り畏《かしこま》らしむること**無かれ**」（禁止）
〔例29〕「然らば、**吾と汝と**、是の天の御柱《みはしら》を行き廻り逢ひて、みとのまぐはひを**為《せ》む**」（勧誘）

それぞれに該当する文を含む会話文の用例数を示すと、次のようになる。

質問：82例（31・30・21）
命令：47例（21・18・8）
禁止：10例（4・4・2）
勧誘：3例（1・2・0）
計：142例（57・54・31）〔40・1％・38・0％・21・8％〕

この結果から、以下の4点が指摘できる。

第一に、これら全体で、古事記の会話文全体の4割強を占めるという点である。

なお、文の数としては、命令文を2つ含む会話文が3例、3つが2例、6つが1例あり、質問文にも、2つを含む会話文が4例ある。

参考までに、最大6つの命令文を含む会話文を以下に示しておく。綿津見大神が火遠理命《ほをりのみこと》に、釣針を見つけ出して渡す時の発話である（該当語に番号と傍線を付す）。

〔例30〕「此の鉤《ち》を以て其の兄《え》に給はむ時に、言はむ状《かたち》は、『此の鉤は、おぼ鉤・すす鉤・貧鉤《まぢち》・うる鉤』と、云ひて、後手《しりへで》に①賜へ。然くして、其の兄高田を作らば、汝命《ながみこと》は、下田《ひきた》を②営《つく》れ。其の兄下田を作らば、汝命は、高田を③営れ。（然為《しかせ》ば、吾水を掌《つかさど》るが故に、三年の間、必ず、其の兄、貧窮《まづ》しくあらむ。）若し其の然為する事を悵恨《うら》みて、攻め戦はば、塩盈珠《しほみちのたま》を出だして④溺《おぼほ》せよ。若し其の愁へ請はば、塩乾玉《しほひのたま》を出だして⑤活けよ。如此⑥惚《なや》み苦しびしめよ」

第二に、この中でもっとも多いのが質問という点である。全体の6割近くを占める。前節で、問答双方明示の会話文が135例であるとしたが（奇数なのは1つの問に2つの答がある場合もあるからである）、ペアとしては64例にしかならず、質問の82例のほうが上回る。これは地の文で非明示であっても、複数の文から成る会話文の中には、質問文も含まれている結果である。

第三に、命令と禁止を合わせても、質問には及ばないという点である。

ただし、文末に「べし」あるいは「べくあらず」という表現が来る文が40例ほどある。これらが相手の行動を表わす動詞に下接して文末に来る場合は、語用論的に、命令あるいは禁止の意図を表わすことになり、それも含めると、命令と禁止が質問の数を越える。

第四に、巻ごとの分布を見ると、とくに偏りはなく、しいて言えば、下巻の割合がやや高いという点である。

会話文の位置付け

以上の検証をふまえて、以下に、全体の結果を改めて示す。

先に、古事記に見られる会話文に関する、5つの観点と予想を、次のように示した。

(a) 会話文がどのくらい出て来るか。↓ほとんど出て来ないのではないか。

(b) 会話文がどのような形で引用されているか。↓ある程度パターン化しているのではないか、

(c) 1つの会話文がどのように構成されているか。↓1文が多いのではないか。

(d) 会話のやりとりはどのくらいあるか。↓単独の会話のほうが多いのではないか。

(e) 会話文はどのような意図を表わすものになっているか。↓命令や禁止などの表現が多いのではないか

検証の結果、(a)については、2割も見られること、(b)については、直前にそれを予告する引用マーカーが来るのがほとんどであること、(c)については、1文のみで過半を占めること、(d)については、単独の会話文が4割以上になること、(e)については、直接的な表現としては質問がもっとも多いこと、であった。このうち、予想がそのまま裏付けられたのは、(b)と(c)の2つであり、(a)(d)(e)の3つは予想とは異なる。

(a)の予想は、かつての読後の印象に会話文がほとんど残っていなかったからであり、(d)と(e)の予想の前提にあったのは、古事記は神あるいは天皇が記述の中心となっているという点であり、会話文にもそれが、主として、神あるいは天皇からの一方的かつ簡潔な命令あるいは禁止の発話として現れるのではないかという

見込みであった。

しかし、実際のところは、1つの挿話とみなせるほどに長い語りになっている会話文もあれば、神同士あるいは天皇と臣下などとの、問いと答えという会話のやりとりが続く場面も少なからず見られた。

このことは、神あるいは天皇ごとに、記述量あるいは会話文量にはかなりの差が認められるものの、それぞれの出来事の発端・経緯・結末などを、まさに「物語」として記すために、会話文が引用されたことによると考えられる。物語のための会話文とは、古事記においても、地の文のみの説明に終始するのではなく、神や天皇を中心とした出来事を、関わりをもつ人々とのコミュニケーションも含めて、リアルに、真実らしく見せるためにあるということである。

その会話文は、筆録者である太安万侶が新たに創作したとは考えがたく、また古事記という文章を成すにあたって、初めて会話文が引用されたというわけではあるまい。太安万侶はせいぜい稗田阿礼が口述する中での会話文を適宜、取捨した程度ではないだろうか。先に述べように、「古事記における会話文は、記述にとって欠くべからざるところだけ」と判断される限りにおいて。

なお、古事記における会話文は、地の文には用いられていない語彙や文型はあるものの、表記はもとより、語彙的・文法的にも、また待遇的にも、地の文との明らかな位相差は認めがたい。

それでも、少なくとも言えるのは、日本における、会話文を引用する文章の始発の作品として、当り前のように、古事記が位置付けられるということである。そして、そこには訓読による、それなりの表現スタイルの傾向が認められるのであった。

第2章　日本霊異記

会話文の認定

日本霊異記は正式には「日本国現法善悪霊異記」という書名であり、平安初期に、薬師寺の僧・景戒によって編集された、日本最古の仏教説話集である。

上中下3巻に分かれ、各巻冒頭に序のある他、「〜縁」と題された話が、上巻に35話、中巻に42話、下巻に39話、計116話収められている。原文は変体も含まれる漢文であるが、ここでは、テキストの訓読文に拠る。話の多くは、仏教的な因果応報を伝えることが意図されたものであるが、「奇異」という語がよく用いられているように、さまざまなエピソード自体の奇異性を語ることが中心になっている。長さもまちまちで、もっとも少ない6行のみの話から、169行にまで及ぶ話もある。

取り上げる会話文のうち、次の2例は、カギカッコが施されていないものの、前後の文脈から、実際の発話とみなされるので、対象とする（該当部分に波線を付し、末尾の〔　〕内は巻・話順を示す）。

【例1】客人《まれびと》、具《つぶさ》に夢の状《さま》を述べ、翁《オホヂ》・姥《オホバ》を吾が先の父母と謂《い》ふ。〔上・18〕

〔例2〕故《そゑ》に同じ年の六月一日に、諸人に伝へたりき。冀《こひねが》はくは慚愧无き者《ひと》も、斯の録を覧《み》て、心を改め善を行はむことを。寧ろ飢苦に迫めらえテ銅《あかがね》の湯を飲む雖《と》も、寺の物を食《は》まざれ。〔中・9〕

また、怪異譚としての性格から、人間以外のものや、夢の中の登場人物であっても、発話として表現されているものは、対象とする。

会話文の分布

まずは、日本霊異記全体での会話文の出現状況であるが、訓読文としての本文総数3273行のうち、会話文の実質行数は760行、全体の4分の1弱である。巻別では、上巻は167行／789行（21・2％）、中巻は291行／1196行（24・3％）、下巻は302行／1288行（23・4％）であり、大した違いはない。

全話のうち、会話文がまったく出て来ないのが、各巻序文も含め、23話（上：11、中：4、下：8）あり、残り93話つまり全話の約8割には程度の差はあれ、会話文が見られる。

会話文の見られる話を、分量比率10％単位で区分した際の分布を示すと、以下のとおりである。

10％未満：17話、10％以上：24話、20％以上：24話、30％以上：8話、40％以上：5話、
50％以上：3話、60％以上：2話、70％以上：2話、80％以上：1話

10％から30％未満に計48話あり、平均値に近いところに、全体のほぼ半分が集中している。最多は、上巻第三十話の82・8％で、1人の1回の会話文がその話のほとんどを占めるという、例外的なものである。

会話文の用例数は全部で425例あり、1話あたりの平均は約1・4例で、分布は次のとおりである。

1例：18話、2例：20話、3例：14話、4例：9話、5例：6話、6例：7話、7例：5話、
8例：7話、9例：1話、10例：1話、11例：2話、12例：1話、14例：2話、16例：1話、
24例：1話

1例から24例までかなり広がりがあるとはいえ、1例から3例までで、会話文を含む話の5割を越える。9例以上はそれぞれ該当するのは1話か2話で、合計でも9話しかない。

用例数が多くなれば、その分だけ、分量（行数）も増えることが予想されるが、同じ1例でも長さが異なる。各話の会話文の用例数ごとに、1話あたりの平均の行数を出すと、次のようになる。

1例：5・3行、2例：8・4行、3例：4・6行、4例：4・0行、5例：9・7行、
6例：9・1行、7例：7・8行、8例：11・0行、9例：11・0行、10例：14・0行、
11例：12・5行、12例：19・0行、14例：17・0行、16例：26・0行、24例：30・0行

ほぼ予想どおり、全体的には、用例数が多くなるほど、会話文の占める行数が増える傾向があると言える。2例の場合のみ大きく外れるのは、その20話のうち、2例合わせても、その8割は3行以内なのであるが、20行以上になるのが4話あることによる。

引用形式

日本霊異記の底本の原文は白文であり、テキストではそれに、適宜、改行や句読点、カギカッコなどを付

している。そのうえで、会話文が地の文との関係において、どのように引用されているかを見ると、訓読文としては、次のⅠ〜Ⅳの４パターンに分けられる。

Ⅰは、１文の地の文の中に挿入される、Ⅱは、１文の地の文の冒頭に位置する、Ⅲは、１文の地の文の末尾に位置する、Ⅳは、会話文だけで１文を成す、である。以下に、それぞれの該当例を原文とともに示す。

〔例3〕 Ⅰ：女、「聴かむ」と答へ言ひて、即ち家に将《ゐ》て交通《とつ》ぎて相住みき。（女、「聴」答言、即将於家交通相住。）〔上・2〕

〔例4〕 Ⅱ：見れば前路に金の楼閣《たかどの》有り。「是《こ》は何の宮ぞ」と問ふ。（見之前路有金楼閣。問「是何宮」。）〔中・7〕

〔例5〕 Ⅲ：即ち天皇、栖軽に勅《みことのり》して詔《のたま》はく、「汝《なむぢ》、鳴雷《なるかみ》を請け奉《まつ》らむや」とのたまふ。（即天皇勅栖軽而詔、「汝鳴雷奉請之耶」。）〔上・1〕

〔例6〕 Ⅳ：冀はくは慚愧无き者も、斯の録を覧て、心を改め善を行はむことを。寧ろ飢苦に迫めらえテ銅の湯を飲む雖も、寺の物を食まざれ。（冀无慚愧者、覧乎斯録、改心行善。寧飢苦所迫雖飲銅湯、而不食寺物。）〔中・9〕

〔例3〕の「答へ言ひて」は、原文どおりの語順で、会話文の後に訓読されているが、Ⅱパターンの〔例4〕に同じく、大方は、

〔例7〕 家室《イヘノトジ》脅え惶《おそ》りて、家君に、「此の犬を打ち殺せ」と告ぐ。（家室脅惶、告家長、「此犬打殺」。）〔上・2〕

のように、返読した結果、訓読文としては会話文の後に地の文が続く形になっている。

Ⅲパターンの〔例5〕は、原文と対照すれば明らかなように、文末の「とのたまふ」は訓読の際の補読であり、平仮名表記によって、正訓とは区別されている。これは古事記の訓読と同様であり、基本的に会話文に上接する発話動詞を反復する形を採る。

日本霊異記における会話文425例を、この4パターンに振り分けると、分布は次のとおりである。

Ⅰ：52例、Ⅱ：6例、Ⅲ：366例、Ⅳ：1例

Ⅲパターン、つまり会話文の下が補読であり、実質的には、まず地の文が来て、会話文がそれに続いて1文が終わるというケースがほとんどということである。

引用マーカー

会話文を含む地の文で、上接表現のない10例を除く、415例において、引用マーカーとしての発話動詞が見られるのは、381例である。そのうち、ク語法が361例とほとんどを占め、それ以外では、発話動詞連用形＋「て」が13例、発話動詞終止形が7例ある。ク語法361例の中で、その大方を占めるのが「いふ」の314例で、「いはく」という形で会話文を導く。他に、「まうす」が24例、「こたふ」が14例、「のる（詔）・のりす」が5例、「かたる」が2例、「つぐ（告）」と「言《こと》を作《な》す」が各1例ある。

314例の「いふ」を用いた上接表現において目立つのは、「いはく」の直前に動詞連用形＋「て」が来るのが226例あり、その半分以上の133例が発話動詞、つまり2種類の発話動詞が連続するという点である。その主

な語としては、「こたふ」が43例、「かたる」が26例、「まうす」が20例、「つぐ」が19例、「とふ」が16例ある。それぞれ1例ずつ示す（該当表現に波線を付す）。

【例8】師答へて言はく、「然有るが故に、我汝を諫めて言ふこと莫《なか》れといひしなり」といふ。〔上・4〕

【例9】壮《をとこ》も亦語りて言はく、「我が妻《め》と成らむや」といふ。〔上・2〕

【例10】侍者の童男、睡眠《ねむ》れりと思ひて、驚かし動かし、白して言はく、「日没の時に螓《いた》れるが故に、仏を礼《らい》すべし」といふ。〔下・9〕

【例11】大徳告げて曰はく、「咄《や》、彼《そ》の嬢人《をうな》、其の汝が子を持ち出でて淵に捨てよ」といふ。〔中・30〕

【例12】山人問ひて言はく、「何の故にか然る」といふ。〔中・10〕

他に、「遺言して言はく」〔中・3〕、「譬を引きて言はく」〔下・14〕、「効びて言ひて曰はく」〔中・18〕などや、「いふ」以外でも、「奏して言《まう》さく」〔上・1〕、「白して白《まう》さく」〔上・4〕、「答へて語らく」〔下・9〕などの例がある。

発話動詞連用形＋「て」の形での動詞には、「とふ」が6例と「こたふ」が3例、発話動詞終止形の場合の動詞には、「とふ」6例と「こたふ」1例のように、「とふ」と「こたふ」という、問答を表わす2つの動詞が大勢を占める。これらはセットで用いられることが多い。

【例13】問ひて、「何《いか》にしてか、此の罪を脱《まぬか》れむ」といふ。答へて、「成人知らば、我が罪を免さむ」といふ。〔下・16〕

【例14】問ふ、「何の故にか」といふ。答ふらく、「斯れは先に我を殺せり。我は彼の怨《あた》を報いむ。是の人纔《ヒタダ》

死なば、犬に生れて我を殺さむ」といふ。〔下・2〕

いっぽう、下接表現については、原文に対応する引用マーカーがあるのは、わずかに38例、全体の1割にも満たない。そのうち、「いふ（言・曰・者・称・謂）」が20例と過半を占める他、「とふ（問）」が9例、「こたふ（答）」が5例（うち「答へ言ふ」が1例）、「つぐ（告）・まうす（白）・のる（詔）・称誦す」各1例である。

この中で、上接表現にも発話動詞があるのは7例で、同語の「いふ―いふ」が3例、異語の「とふ（問）・つぐ（告）・となふ（唱）―いふ」が各1例、「答へて白す―白す」が1例である。

下接表現において注目されるのは、「とまうして、具に呻ふ状を述ぶ」〔下・17〕、また直後の1文に「具に夢の状を陳ぶ」〔中・15〕、「然して父母に白して、具に蛇の状を陳ぶ」〔中・12〕、「広足朝臣、之くの如く語り伝へつ」〔下・9〕などのように、発話そのものではなく、その内容についての補足説明が見られることである。中には、「悪口多言、具に述ぶること得ず」〔中・11〕のような、語り手のコメントが添えられる場合もある。

会話文の連続

日本霊異記における会話文425例のうち、それを含む地の文が連続出現する個所は60個所ある。回数ごとに示すと、次のとおりである。

2回：28個所、3回：18個所、4回：7個所、5回：4個所、6回・8回・9回：各1個所

発話の応答ペアの基本である2回がもっとも多く、全体の半数近くある。これらの会話文の用例数は181例となり、全体の4割を越え、そのほとんどは、問答などの会話のやりとりである。回数が多くなるほど、その話が会話のやりとりを中心として展開していることになる。

最多の9回連続の例を示す。「僧」の夢に現われた「猴」が実際に登場し、会話のやりとりをする場面である。

〔例15〕明くる日に、小き白き猴《さる》、現に来りて言はく、①「此の道場に住《とどま》りて、我が為に法華経を読め」と云ふ。僧問ひて言はく、②「汝は誰ぞ」といふ。猴答へて言はく、③「我は東天竺国の大王なり。彼の国に修行の僧の従者《ともびと》数千所有り。農業《たつくるわざ》を怠る。（割注略）因りて我制《とど》めて『従者多きこと莫れ』と言ひき。其の時我は、従の衆多《あまた》なるを禁《とど》めて、道を修することを妨ぐるに因りて、罪報と成る。猶し、後生に此の獼猴《さる》の身を受けて、此の社の神と成る。故に斯の身を脱れむが為に、此の堂に居住《すまひ》せり。我が為に法華経を読め」といふ。④言はく、「然らば供養を行へ」といふ。時に、獼猴答へて曰はく、⑤「本より供ふべき物無し」といふ。僧の言はく、⑥「此の村に籾多《さは》に有り。此を我が供養の料に充てて、経を読ましめよ」といふ。獼猴答へて言はく、⑦「朝庭《みかど》の臣、我に貺《たま》ふ。而るを典《カド》レル主有りて、己が物と念ひて、我に免さず。我、恣に用ゐず」といふ。（割注略）僧の言はく、⑧「供養無くは、何すれぞ経を読み奉らむ」といふ。獼猴答へて言はく、⑨「然らば、浅井郡に諸の比丘有りて、六巻抄を読まむとするが故に、我其の知識に入らむ」といふ。（割注略）〔下・24〕

残りの会話文244例は単独で出て来るが、独り言のような単発の発話というわけではなく、

〔例16〕後の世の人の伝へて謂《い》へらく、「元興寺の道場法師、強き力多有《あまた》り」といふは、是れなり。〔上・3〕

のように、その話のエピソードに関する1つの世評として引用される以外、大方は、

〔例17〕家主待ちて、「汝、何の故にか哭く」と問へば、宿れる人見しが如くに、具に事を陳ぶ。即ち、彼の拍ち罵りて、鷲の噉《くら》ひ残しと曰へる所以を問ふ。家主答へて言はく、「（略）」といふ。〔上・9〕

〔例18〕家長見て言はく、「汝と我との中に子を相生《う》めるが故に、我は忘れじ。毎《つね》に来たりて相寐よ」といふ。故に夫の語《こと》を誦《おぼ》えて来り寐き。故に名は支《き》都《つ》禰《ね》と為ふ。〔上・2〕

などのように、上下の地の文において、やりとりの会話の一方の内容が示されたり、言葉に対応する行動が示されたりしている。

二重引用

日本霊異記の会話文において注目されるのは、

〔例19〕有る人、来りて戸を扣《たた》きて曰はく、「汝の女、高らかに『我が胸に釘有り』と叫び、方《まさ》に死なむとす。往きて看るべし」といふ。〔上・24〕

のような、会話文の二重引用が比較的多く見られることで、14例の会話文の中に計71例の二重引用がある。そのうち、〔例19〕のような1例のみの二重引用が5例、2例の二重引用が3例、4例・5例・10例・13例

の二重引用が各1例、14例の二重引用が2例、ある。最多の14例ある会話文の1例を示す。

〔例20〕唯し九日を歴《へ》て、還蘇《またさ》めて語る。「七人の非人ありき。牛頭《ごづ》にして人身なり。我が髪に縄を繋け、捉へて衛《まぼ》り往く。見れば前の路に楼閣の宮あり。①『是は何の宮ぞ』と問ふときに、非人、悪しき目に睚眦《ニラ》ミ逼《せ》めて、②『急《すみやか》に往け』と言ふ。宮の門に入りて、③『召しつ』と白す。吾自らに知る、閻羅王なることを。王問ひて言《のたま》はく、④『斯は是れ汝を殺しし讎《あた》か』とのたまふ。答へて、⑤『当に是れなり』と白す。即ち膾机と少刀とを持ち出でて白さく、⑥『急に判許したまへ。我を殺し賊《う》ちしが如くに膾にして噉はむ』とまうす。時に千万余人、勃然《にはか》に出で来て、縛縄《ゆはひづな》を解きて曰はく、⑦『此の人の咎に非ず。祟れる鬼神を祀らむが為に殺害せしなり』といふ。爰に余《われ》中に居て、七の非人と千万余人と、日毎に訴へ諍ふこと、水と火との如くなり。閻羅王判断して、是非を定めず。非人猶し強ひて白して言はく、⑧『明かに知る、是の人、主と作《な》り、我が四足を截リテ、廟に祀り利を乞ひ、膾に賊りて肴ニ食ひしことを。今倪《われ》をナマナニ切りしが如くに、猶し屠《サカ》チテ啗《くら》はむと欲《ねが》ふ』とまうす。千万余人も亦王に白して曰はく、⑨『我等委曲《ツバヒラケ》ク此の人の咎には非ぬことを知れり。鬼神の咎なることを識れり。王自ら思《おも》惟ひたまへ、理は証多きに就くことを』とまうす。八日を経已《へをは》りて、其の夕に告げて詔はく、⑩『明日参ゐ向へ』とのたまふ。詔を奉りて罷り、九日に集ひ会ふ。閻羅王即ち告げて言はく、⑪『大分の理判《ことわり》は、多数の証に由るが故に、多数に就かむ』とのたまふ。判許已に訖《をは》る。七かしらの牛聞きて、舌を嘗《ナメヅ》リ唾を飲み、膾を切る効《マネ》ヲ為し、宍《しし》を噉ふ効を為し、慷慨《ネタ》ミテ刀を捧げて建て、各々言はく、⑫『怨を報いざらむや。我当に忘れじ。猶し後に報いむ』といふ。千万余人、我が左右前後を衛り繞りて、王宮より出づ。轝《みこし》に乗せて荷ひ、幡《はた》を擎《ささ》げて導き、讃嘆して送り、長跪《ひざまづ》きて礼拝す。彼の衆人皆一色の容《かたち》を作す。爰に吾問ひて曰はく、⑬『仁者《きみたち》は誰人ぞ』といふ。答ふらく、

⑭『我等は是れ汝が買ひて放生せるもの、彼の恩を忘れぬが故に、今報ずるらくのみ』といひつ」といふ。〔中・5〕

一旦死んで9日後に蘇生した長者の男が、その間の経緯を語ったものであるが、単なる説明ではなく、地獄での会話のやりとりのそれぞれを再現・挿入することによって、描写性を強めようとしたものであろう。14例の二重引用のもう1つは上巻第三十話にあり、それも蘇生譚である。

地の文内における会話文と、会話文内における会話文の場合とで、その引用形式に異なりがあるかを確認してみる。

二重引用の会話文の上接表現において、それがある62例のうち、引用マーカーが用いられているのは56例あり、そのうちク語法が49例、＋「て」が7例あるが、通常の会話文に見られた、発話動詞終止形の例はない。

ク語法のうち、「いはく」が38例、他に、複数例では「のりたまはく」が5例、「まうさく」が4例ある。「いはく」の直前に「て」を挟んで発話動詞が用いられるのは25例あり、「とひて」8例、「まうして」7例、「つげて・こたへて」各3例などが見られる。「て」が受ける発話動詞は「こたふ」がすべてである。

下接表現については、補読が66例と、そのほとんどを占め、実質的な発話動詞としては、「いふ」2例、「こたふ・とふ・よぶ」各1例が見られるのみである。

通常の会話文には見出せない、やや特殊な例として、

〔例21〕属等《うからども》問ふに、答へて語らく、「有る人、鬚逆頬に生え、下に緋《あけ》を著、上に鉀《ヨロヒ》を著、兵《つはもの》を佩き桙を持つ。『広足』と喚びて言はく、『闕《ミカド》、急《にはか》に汝を召す』といひて、戟《ホコ》ヲ以て背に棠《ツ》き立て、前に逼《せ》め将《ゐ》

る。（略）」といふ。〔下・9〕

があり、会話文内の第2文で、「と喚びて言はく」のように、直前の会話文と直後の会話文の引用マーカーが連続している。

以上の結果を見る限り、全体的な傾向としては、通常の会話文の引用形式とほぼ変わりなく、用例数の少なさからバラエティに乏しいだけでなく、二重引用ということでの独自の引用パターンも認めがたい。これは、テキストの訓読方針によるものであろうが、その前提としての原文自体の表現にも差異がないことを物語っている。

会話文の構成

日本霊異記における会話文自体が何文から構成されているかを整理すると、次のようになる。

1文：251例、2文：93例、3文：36例、4文：16例、5文：7例、6文：7例、8文：5例、11文：3例、14文：1例、22文：1例、25文：2例、37文：1例、43文：1例

会話文1例あたりの平均文数が約2・2文で、1文のみが全体の約6割を占め、3文までで約9割に及ぶ。2桁台の文数の会話文を含む話は、以下のとおりであり、9話中の5話が下巻に見られる。

11文：3話：上巻第三十三話・下巻第二十七話・下巻第三十八話
14文：1話：中巻第十六話

22文：1話：下巻第二十三話
25文：2話：中巻第五話・下巻第九話
37文：1話：下巻第二十二話
43文：1話：上巻第三十話

最多の43文から成る会話文のある上巻第三十話は、1つの会話文だけで、分量比率も8割を越え、二重引用の会話文ももっとも多い。20文以上から成る会話文5例を含む話はすべて、地獄からの復帰譚であり、展開・内容も類似している。

なお、量的には復帰譚ほどではないが、夢の中での会話文も、上巻と中巻に各1話、下巻に2話の、計4話見られる。これが復帰譚と異なるのは、登場人物自身の語りではなく、その人物が見た夢の中に現われた存在の語りになっているという点である。それらの会話文に長大なものはなく、1文から8文の範囲に収まっている。そのもっとも長い8文から成る例を挙げておく。

〔例22〕彼の夜請けし師、夢に見らく、赤き牸《めうじ》来り至り、告げて言はく、「①我は、此の家長の公の母なり。②是の家の牛の中に、赤き牝牛有り。③其の児は吾なり。④我昔、先の世に、子の物を偸み用ゐき。⑤所以に今牛の身を受けて、其の債《もののかひ》を償ふ。⑥明日我が為に大乗を説かむとする師なるが故に、貴びて懇ろに告げ知らすなり。⑦虚実を知らむと欲はば、説法の堂の裏に、我が為に座を敷け。⑧我当に上り居む」といふとみる。〔中・15〕

全体の約6割を占める1文のみの会話文の長さを、文節単位で分けると、次のようになる。

1文節：14文、2文節：43文、3文節：64文、4文節：38文、5文節：22文、6文節：22文、
7文節：12文、8文節：11文、9文節：11文、10文節：6文、11文節：1文、13文節：2文、
14文節：1文、15文節：2文、16文節：1文、18文節：1文

3文節から成る1文が最多の64文あり、2文節から4文節の1文が全体の6割近くを占める。これらの中で、表現パターンとして目立つのは、2文節から成る1文で、「痛きかな、痛きかな」〔中・22・23、下・17・28・37〕5例の他、「熱や、熱や」〔上・27〕、「畏し、恐ろし」〔上・19〕、「歓ばし、貴きかな」〔中・7〕、「貴きかな、善きかな」〔中・8〕、また「活きよ活きよ」〔3例、中・7〕などの反復的な表現である。最長の18文節から成る1文は、次のような複文であるが、途中の「故」の前までで1文とする訓みもありえよう。

〔例23〕常に慳める人、長《をさ》の君に讒《しこ》ぢて曰はく、「使人の分を欠きて、耆嫗を育《やしな》ふが故に、噉ふ飯尠少《すこ》シクシテ、飢ゑ疲れたる者、農営《たツク》ルこと能はず、産業《ナリハヒ》を懈《おこた》らしむ」といふ。〔中・16〕

会話文の意図

1文のみの会話文における文末表現のありようを見るうえで、問題になりそうなのは、次の2例である。

〔例24〕軽の諸越の衢《チマタ》に至り、叫《さ》囁《け》びて請けて言さく、「天の鳴電神、天皇請け呼び奉る云云《しかしか》」とまうす。〔上・1〕

〔例25〕 良久《ヤヤヒサ》ニアリて蘇《サ》メ起ち、然して病み叫びて言はく、「足痛し云々《しかしか》」といへり。〔中・10〕

文末の「云云（々）」を、テキストではともに「しかしか」という、指示語の反復として訓んでいる。これらは発話どおりではなく、文章上の省筆法であり、意図が示されない。なお、3文から成る会話文にも、その第3文に「我寂仙なることを云々」〔下・39〕の1例がある。

右の2例を除いた、1文の249例のうちの113例（約45％）が、命令か質問という、対相手のモダリティ表現になっている。命令表現が55例（禁止6例を含む）、質問表現が58例、とほぼ同じくらいである。なお、命令表現には、「待て、物白さむ」〔下・35、2例〕や「南無、無量の災難を解脱せしめよ、尺迦牟尼仏」〔下・25〕、質問表現には、「汝、鷺の啾ひ残し、何の故ぞ、礼无き」〔上・9〕、「何くの尼ぞ、濫しく交るは」〔下・19〕のように、文末以外の例も含んでいる。

命令表現における特徴としては、「爾らば汝請け奉れ」〔上・1〕、「南无、銅銭万貫と白米万石と好しき女とを多に徳施したまへ」〔上・31〕、「天女の如き容好き女を我に賜へ」〔中・13〕のように、待遇を伴う表現が、この3例しか見られないという点と、禁止表現が、「近依ること莫れ」〔上・3〕のように、6例すべてが「〜ことなかれ」という、漢文訓読特有の表現形式になっている点が挙げられる。

質問表現のほうでは、58例中、疑問詞を伴うのが45例、終助詞によるのが13例ある。その中で特徴的なのは、「汝、光を見るや不や」〔上・22〕、「世間の衆生、地獄に至りて苦を受くること、二十余年経て、免されむや不や」〔下・35〕のように、「〜や不や」という、肯否双方の表現を用いる質問形式がある点である。

対内容のモダリティ表現としては、2文節から成る1文に関して指摘した、反復的な表現の文末に「や」や「かな」が付く例が目に付く。

同様にして、2文以上から成る会話文に関しては、発話主体の意図が出やすい、それぞれの冒頭文と末尾文に注目してみる。質問表現と命令表現に限った結果を示すと、次のとおりである。

冒頭文　：命令表現：16例、質問表現：5例、計21例（上：18、中：4、下：1）（12・1％）
末尾文　：命令表現：40例、質問表現：25例、計65例（上：18、中：39、下：8）（37・4％）
1文のみ：命令表現：55例、質問表現：58例、計113例（上：29、中：58、下：26）（45・4％）

これから、次の2点が指摘できる。

第一に、冒頭文と末尾文では、末尾文のほうが3倍ほど多く見られるという点である。それでも、1文のみの会話文の比率には及ばない。

第二に、冒頭文でも末尾文でも、命令表現のほうが質問表現よりも多いという点である。とくに、冒頭文のほうが命令表現の割合が高い。これは、1文のみの会話文とは逆である。

2文から成る会話文では、87例のうち47例に、命令あるいは質問の表現があり、1文のみよりも比率が高い。その中には2文ともに見られるのが6例ある。パターンごとの全例を示す。

〔命令＋命令〕

〔例26〕「我が身を焼くこと莫れ。七日置け」〔中・16〕

〔例27〕「汝、我が気に病まむが故に、依り近づかずあれ。但し恐るること莫れ」〔中・24〕

〔例28〕「恥を受けしむること莫れ。我に急に戝を施せ」〔中・34〕

〔例29〕「殺すこと莫れ。唯当に信濃国に流罪せよ」〔下・7〕

〔質問＋質問〕
【例30】「何の故にか然言ふ。若し、汝、鬼に託へるにや」〔中・3〕
〔質問＋命令〕
【例31】「誰が老ぞ。乞、蟹を吾に免せ」〔中・8〕

ちなみに、3文以上から成る会話文の冒頭文と末尾文の間にある文は334文あるが、そのうち、命令あるいは質問の表現になっているのは18文（5・4％）にすぎない。

テキスト問題

日本霊異記上巻の冒頭に位置する、「諾楽の右京の薬師寺の沙門景戒録す」と題された、序文相当の文章の末尾部分には、次のように、その執筆の由来が記されている。

【例32】昔、漢地にして冥法記を作り、大唐国にして般若験記を作りき。何ぞ、唯し他国の伝録をのみ慎みて、自土の奇事を信じ恐りざらむや。（略）。故に聊かに側《ホノカ》ニ聞けることを注《しる》し、号《なづ》けて日本国現報霊異記と曰ふ。

これによれば、「自土の奇事」つまり日本における奇異なエピソードとして、書物からではなく、「側ニ聞ける」つまり伝聞した話を記録したということになる。その伝聞した話はもとより、日本語によって語られたものであろうし、景戒がそれを記録するにあたっても、日本語の文章として書き留めたのであろう。ただし、当時の日本にあって、文章は漢字・漢文によるしかなかったのであり、読み手は、その内容の概要はともかく、景戒が意図したとおりの日本語表現として受け取ることは担保されえなかった。それは、現代テキストにおける訓読も同様であり、これは遡って、古事記にもあてはまることである。

たとえば、会話文の上接表現における引用マーカーとして、「いはく」がほとんどであることを指摘したが、それを表記する「言」という漢字自体は、テキストでは、「いふ」だけでなく、「まうす」とも「のたまふ」とも訓まれてあり、さらに、ク語法ではない訓み方も、さらには返読して、日本語としては下接表現になることも、十分にありえるのである。また、命令あるいは質問の表現についても、それらに対応する疑問詞なり助辞なりを表わす漢字がある場合もない場合もあるのであって、訓読の背景にある文章の解釈如何によっては、それと認められないこともありえるのである。

したがって、以上に指摘してきた、日本霊異記の訓読文における会話文に関わる結果も、訓読のしかた如何によっては、小さくない変動の可能性も否定できない。そして、それはそもそも会話文として認定するか否かまでにも及ぶことも、ないとは言えない。

しかし、少なくとも言えることは、原文に発話動詞に対応する漢字があり、発話相当の表現がある限りは、地の文に会話文が引用されていることである。また、訓読文という文章としての語彙や語法の制約は避けられないにしても、実際の談話そのものの再現としてではなく、あくまでも文章における、地の文とは異なる、会話文としての差異的な性格は示されうると考えられる。そのような条件付きで、日本霊異記における会話文の種々の様相も位置付けておくべきであろう。

第3章　土左日記

日記の文章

土左日記当時の日記は、変体漢文による公的あるいは実用的な文章であり、各日の記述を1つの文章とみなすならば、出来事事実の記録を旨とするので、地の文以外はそもそも想定しえない。もしその中に会話文が引用されているとしたら、それはよほど重要な発話であろう。

和歌が地の文に引用される場合、両者の表現上の区別は、その引用形式も含めて、きわめて容易である。また、和歌の語彙・語法・表現はすでに和歌という韻文の位相が成り立った時点から、それ固有のものとして行われてきているので、たとえ同じ和語の位相であるとはいえ、おのずと地の文とは異なる。

それに比べると、会話文のほうは、引用形式こそあれ、そこに用いられる語彙・語法・表現は、地の文と一続きのところがある。それは、土左日記を創始とする当時の和文においては、話し言葉と相対化されるだけの書き言葉がまだ確立していなかったからである。言うまでもなく、地の文は書き言葉、会話文は話し言葉という区別を所与の前提とはできない。

それでは、土左日記の文章において、会話文がはたして見られるのか、見られるとしたら、どのように引用されているか、以下に具体的に検証してみる。

会話文の分布

土左日記の本文総行数は601行あるが、その中には会話文も含まれている。その会話文の実質行数は50行であり、全体の約8・4％にすぎないが、日記本来の性格から考えれば、引用されていること自体に意味があると見るべきであろう。

テキストにおける会話文の分布のありようとして、全55日間において、会話が引用されているのは23日、つまり全日の4割を越す。日付を除き、1文しか記述のない日が7日あり、それらに会話文は挿入されず、2文しかない12日のうちでも会話文を含むのは、次の1日だけである。

〔例1〕 二十三日。日照りて、曇りぬ。このわたり、海賊の恐りあり、といへば、神仏を祈る。〔1月23日〕

ただし、テキストでは、この「このわたり、海賊の恐りあり」にカギカッコ表示がない。それでも、「といへば」という引用マーカー表現があり、かつ後続日の記述から見て、それが楫取の発話とみなせるところから、会話文と認定した。

いっぽう、10文以上の記述量のある日は15日あり、そのうちまったく会話を含まないのは2日（1月9日、1月18日）のみである。1月9日は25文から成り、文数としては全体で第3位に位置するが、中には和歌3首（うち1首は長めの船歌）が引用されている。1月18日は16文から成り、同様に和歌3首が引用されている。

会話文の総数は52例であり、それらが引用される23日において、最多は7例で2日（1月7日、2月5

日）、以下、4例が1日（1月29日）、3例が3日（2月1日、2月4日、2月16日）、あとは、2例が8日、1例が9日あって、1日平均としては2・3例となる。

会話文を含む日が連続する場合として目立つのは、6日連続の2回（12月21日〜26日、2月4日〜2月9日）、逆に、会話を含まない日が連続する場合として目立つのは、6日連続の1回（1月1日〜1月6日）、5日連続の1回（1月12日〜16日）、そして4日連続の1回（2月12日〜15日）である。

以上を、日付順に符号にして配列してみると、次のようになる（●は会話文複数例、○は会話文1例、×は会話文無し、／は月替わり、□は中間日を示す）。

××××××●×●／××××××●○××○××××●×⊠
○●×○×●●○×●○／●××●●●○○●×○××××●

これによれば、会話文を含む日がテキスト後半に偏ることが明らかである。

月ごとに見れば、12月は9日のうちの2日、1月は30日のうちの12日、2月は16日のうちの9日となり、しだいに割合が高くなってゆく。旅程と照らし合わせれば、2月は和泉の灘から京に入るまであり、旅の当初よりは終りに近づくにつれ、旅の一行の会話が弾み、印象に残りやすくなっていたことが推測される。あるいは、叙述方法という点から考えるなら、日記を書き進めるうちに、会話文を積極的に取り入れ、場面の描写性・再現性を高めるようにしたとも考えられる。

引用形式

次に、会話文の上下の地の文の引用形式に注目する。

テキストにおいて、カギカッコ付きで引用されている会話文は49例である。そのうち、その上接の地の文に当該の会話文を導くとみなされる語つまり引用マーカーがあるのが全体の3割近くの14例ある。

具体的には「いふ」という動詞であり、そのうちの半分がク語法で7例（「いはく」6例、「いひけらく」1例）、これに準じる「いふやう」が1例、その他、「いふ・いひ出づ・いひいふ・いふべし・いふなり」（各1例）があり、これらは次に引用される会話文に関わっていると判断される。

残りのうち、「楫取の申して奉る言は」や「問へば」「問ひければ」（各1例）も、次に会話文が来ることがある程度、予想されよう。他に、「歌主」「わかき童」「楫取ら」、「楫取らの」「聞く人の」（各1例）などがあるが、これらは、いずれも遡行的に、次に来る発話の主体であることが分かるようになっている。

以上の他の、全体の半分以上になる上接表現には、そこで次の会話文と切れているいないにかかわらず、それ自体で次に会話文が来ることを予測させるものはない。

次に、下接表現であるが、会話文で1文が終わる3例を除く46例のうち、「と+動詞（句）」が37例で、全体の8割以上を占める。その他には、「とて」が6例、「とは」が1例、「などいふなる言を聞きて」が1例ある。

「と+動詞（句）」のうち、「といふ」が28例で、4分の3以上になり（「いひあふ」「うるへいふ」各1例を含む）、それ以外には、「問ふ」（2例）や、「祈る・悔しがる・さわぐ・嘆く・申す・もよほす」（各1例）など、いずれも発話行為を伴っているものである。

「と」という格助詞は引用文を受ける働きをする語であるから、「とて」や「とは」も含め、土左日記における会話文の引用はそのほとんどが、直後の「と」および発話動詞によってマークされていると言える。

会話文と、その直上あるいは直下の地の文とが1文として結び付いているか切れているかの組み合わせを示すと、次のように、Ⅰ〜Ⅳの4つの組み合せがある（結び付いている場合は「、」、切れている場合は「。」

で示す）。

Ⅰ：	、「会話文」、	30例（61・2％）
Ⅱ：	。「会話文」、	16例（32・7％）
Ⅲ：	、「会話文」。	2例（4・1％）
Ⅳ：	。「会話文」。	1例（2・0％）

Ⅰのパターンが半数以上でもっとも多く、Ⅱと合わせて、会話文が下接の地の文とつながっているのが全体の9割以上を占める。なお、Ⅰのうち、「いはく、「会話文」、といふ」のように、「いふ」の反復表現になっているのが6例、見られる。

Ⅱには、当該の会話文の直前に「聞く人の思へるやう、「なぞ、ただ言なる」と、ひそかにいふべし」（2月1日）のように、会話文を含む1文があって、当該の「「船君の、からくひねり出だして、よしと思へる言を。怨じもこそし給べ」とて、つつめきてやみぬ」と連続した発話とみなせるケースもある。なお、Ⅱには、会話文直前に「さて・されども」「今宵・漢詩に」という1語（1文節）のみが来る例も含めてある。

Ⅲの2例は、次のとおり。

〔例2〕 かくいひつつ行くに、船君なる人、波を見て、「国よりはじめて、海賊報いせむといふなることを思ふうへに、海のまた恐ろしければ、頭も白けぬ。七十路、八十路は、海にあるものなり。わが髪の雪と磯辺の白波といづれまされり沖つ島守　楫取いへ」。（1月21日）

〔例3〕 ここに、人々のいはく、「これ、昔、名高く聞こえたるところなり」「故惟高親王の御供に、故在原業平中将の、世の中に絶えて桜の咲かざらば春の心はのどけからまし　といふ歌よめるところなりけり」。今、今日ある人、ところに似たる歌よめり。〔2月9日〕

ともに長い会話文が引用され、しかも中に和歌も二重引用されているという点で、異例である。さらに、〔例2〕はこの会話文の引用で1日の記載が終わっている点、〔例3〕は2つの会話文がそのまま連続している点でも、特徴的である。

Ⅳの1例は、次のとおりである。

〔例4〕 男ども、ひそかにいふなり。『飯粒して、もつ釣る』とや」。かうやうのこと、ところどころあり。〔2月8日〕

この例は、地の文と会話文とが各1文を成す形式となっているが、実質的には1文としての、意図的な一種の倒置表現とみなすことができる表現である。

会話文の連続

土左日記において、会話文が連続的に見られるのは、全52例中の17例であり、残りの35例は、単独の引用である。連続例のある8個所を、以下にすべて挙げる（∅は地の文が入らないことを示す）。

〔例5〕「今日はみやこのみぞ思ひやらるる」∅「小家の門のしりくべ縄の鯔の頭、柊ら、いかにぞ」とぞいひあへなる。〔1月1日〕

〔例6〕ある人の子の童なる、ひそかにいふ。「まろ、この歌の返しせむ」といふ。おどろきて、「いとをかしきことかな。よみてむやは。よみつべくは、はやいへかし」といふ。『まからず』とて立ちぬる人を待ちてよまむ」とて求めけるを、夜更けぬとてやがていにけり。〔1月7日〕

〔例7〕おもしろきところに船を寄せて、「ここやいどこ」と、問ひければ、「土佐の泊」といひけり。〔1月29日〕

〔例8〕聞く人の思へるやう、「なぞ、ただ言なる」と、ひそかにいふべし。「船君の、からくひねり出だして、よしと思へる言を。怨じもこそし給べ」とて、つつめきてやみぬ。〔2月1日〕

〔例9〕「玉ならずもありけむを」と、人いはむや。されども「死じ子、顔よかりき」といふやうもあり。〔2月4日〕

〔例10〕かくいひつつ来るほどに、「船とく漕げ、日のよきに」ともよほせば、楫取、船子どもにいはく、「御船より、仰せ給ぶなり。朝北の、出で来ぬ先に、綱手はや引け」といふ。〔2月5日〕

〔例11〕楫取、またいはく、「幣には御心のいかねば御船も行かぬなり。なほ、うれしと思ひ給ぶべきもの奉り給べ」といふ。また、いふに従ひて、いかがはせむとて、「眼もこそ二つあれ、ただ一つある鏡を奉る」とて、海にうちはめつれば、口惜し。〔2月5日〕

〔例12〕ここに、人々のいはく、「これ、昔、名高く聞えたるところなり」∅「故惟喬親王の御供に、故在原業平中将の、世の中に絶えて桜の咲かざらば春のこころはのどけからまし　といふ歌よめるところなりけり」。〔2月9日〕

右のうち、会話のやりとりとして明示されているのは、〔例7〕のみである。これに準じるのが〔例6〕と〔例11〕の2例である。〔例6〕は独り言のような童の発話に反応し催促する人に対する童の返答と把えられる。〔例11〕は、楫取の命令発話に対して、船君の「眼もこそ二つあれ、ただ一つある鏡を奉る」が実際に発話されたものと考えれば、応答ペアとして成り立っている。

残りの5例は、発話のペアとは認められないものである。〔例5〕と〔例12〕は2つの発話とされるが、1発話として扱う注釈書もある。〔例5〕の「いひあふ」、〔例12〕の「人々」からすれば、やりとりとしてではなく、それぞれほぼ同時に言い合っていると見るのが適当であろう。〔例8〕と〔例9〕も、同様である。〔例10〕は、船君の命令発話「船とく漕げ、日のよきに」に対して、次の発話は、楫取が船君に答えるのではなく、それを受け、船子どもに向けたものであるから、両発話がペアを成しているわけではない。

発話主体

土左日記における会話文52例のうち、表現上に発話者が明示されているのが25例、非明示が27例である。明示されている中でもっとも多いのが、「楫取」の9例、以下、「船君」「人々」各3例、「童」「男たち〔ども〕」「聞く人」各2例、「歌主」「昔の男」「仲麻呂」「土佐といひけるところに住みける女」各1例である。意外にも、「楫取」が9例と圧倒的に多い。

「楫取」の突出した多さは、それを際立たせる必要があったからと考えられる。以下に、その全例を挙げる（該当語に波線を付す）。

〔例13〕（略）、楫取もののあはれも知らで、おのれし酒をくらひつれば、早く往なむとて、「潮満ちぬべし。風も吹くぬべし」とさわげば、船に乗りなむとす。〔12月27日〕

〔例14〕（略）、楫取ら、「黒き雲にはかに出で来ぬ。風吹きぬべし。御船返してむ」といひて船返る。〔1月17日〕

〔例15〕楫取のいふやう、「黒鳥のもとに、白き波寄す」とぞいふ。このことば、何とにはなけれども、ものいふやうにぞ聞こえたる。人の程にあはねば、とがむるなり。〔1月21日〕
〔例16〕楫取らの、「北風悪し」といへば、船出ださず。〔1月25日〕
〔例17〕(略)、楫取の申して奉る言は、「この幣の散る方に、御船すみやかに漕がしめたまへ」と申し奉る。〔1月26日〕
〔例18〕楫取、「今日、風、雲の気色はなはだ悪し」といひて、船出ださずなりぬ。しかれども、ひねもすに波風立たず。この楫取は、日もえはからぬかたゐなりけり。〔2月4日〕
〔例19〕楫取、船子どもにいはく、「御船より、仰せ給ぶなり。朝北の、出で来ぬ先に、綱手はや引け」といふ。このことばの歌のやうなるは、楫取のおのづからのことばなり。〔2月5日〕
〔例20〕楫取のいはく、「この住吉の明神は、例の神ぞかし。ほしき物ぞおはすらむ」とは、いまめくものか。〔2月5日〕
〔例21〕楫取、またいはく、「幣には御心のいかねば御船も行かぬなり。なほ、うれしと思ひ給ぶべきもの奉り給べ」といふ。〔2月5日〕

各例の日付から明らかなように、楫取明示の会話文は、全体の会話文数の増える日記の後半に集中している。

「楫取」と呼ばれる人物の素性は、もとより知れない。京から呼び寄せたのか、土佐の現地で雇い入れたのかも、分からない。もし現地採用ならば、方言使用も想定されるが、それらしき要素はまったく認められない。少なくとも言えることは、身分やそれに伴う教養度も違う、下級の存在として設定されていることである。土左日記に登場する他の人々は、身分的に同等あるいは準じる立場と見られるので、この「楫取」あるいは「船子」だけが、異物的な存在であり、もっと言えば、軽侮すべき対象として登場している。

そのことは、〔例13〕の「もののあはれも知らで」、〔例15〕の「人の程にあはねば、とがむるなり」、〔例18〕の「この楫取は、日もえはからぬかたゐなりけり」などの記述からうかがえる。このような判断が、貫之によるものか、書き手の「私」によるものかはともかくとして、その言葉遣いなり行動なりが気障りとなったのである。だからこそ逆に、〔例19〕の「このことばの歌のやうなるは、楫取のおのづからのことばなり」や〔例20〕の「いまめくものか」などのように、意外に思うことも生じるのである。

ただし、そのように捉えた時に疑問となる点もある。それは、〔例14〕の「御船」、〔例17〕の「御船」や「漕がしめたまへ」、〔例19〕の「御船」や「仰せ給ぶ」、〔例20〕の「おはす」、〔例21〕の「御心」や「思ひ給ぶ」「奉り給べ」などの敬語表現の使用であり、これらの表現そのものに対しては、何のコメントも付されていない。この程度の敬語表現であれば、たとえ身分が低くても、とくに違和を感じなかったということであろうか。あるいは、〔例17〕〔例20〕〔例21〕は神に対する敬語であるから、一種定型化した表現だったのであろうか。

しかし、楫取以外の会話文で、敬語表現が含まれるのは、以下のわずか4例なのである。

〔例22〕この歌主、「まだまからず」といひて立ちぬ。〔1月7日〕

〔例23〕これを見てぞ仲麻呂のぬし、「わが国に、かかる歌をなむ、神代より神もよん給び、（略）」とて、（略）〔1月20日〕

〔例24〕「船君の、からくひねり出だして、よしと思へる言を。怨じもこそし給べ」とて、つつめきてやみぬ。〔2月1日〕

〔例25〕これが中に、心地悩む船君、いたくめでて、「船酔ひし給べりし御顔には、似ずもあるかな」と、い

ひける。〔2月6日〕

これらにおいて、発話主体は、〔例22〕が「歌主」（外来者）、〔例23〕が「仲麻呂」、〔例24〕がおそらくは船内者、〔例25〕が「船君」とそれぞれ異なり、敬意の対象となっているのは、〔例22〕と〔例24〕が船君、〔例23〕が神、〔例25〕が媼である。〔例22〕や〔例23〕はともあれ、〔例24〕や〔例25〕には文字どおりの敬意ではなく、揶揄の意図が認められる。これらに比べると、楫取発話での敬語表現の集中はとりわけ際立っている。

いっぽう、土左日記の地の文において、敬語表現と見られるのは、「おかれぬめり」〔1月7日〕、「御館より出で給びし日より」〔1月9日〕、「翁人一人、専女一人、あるが中に心地悪しみして、ものもものし給ばで、ひそりぬ。」〔1月9日〕、「落ちられぬ」〔1月14日〕の4例のみである。しかも、「おかれぬめり」や「落ちられぬ」の「る」や「らる」の解釈の問題も含め、地の文において、なぜこれらだけにおいて見られるのかが問題になるところである。

このような事実が物語っているのは、地の文における待遇上の中立性・公平性である。これは漢文日記に倣ったものであり、まさに「語る」ものではなく「書く」ものとしてのスタンスである。そして、その点においては、書く主体が貫之であろうと、女の「私」であろうと、その位相の差異は捨象されることになり、物語や後の女流日記などと決定的に異なる。その一方で、会話文にもっぱら敬語表現が見られるのは、その場面ごとの、発話者と相手との待遇関係を示す配慮によるものであり、神に対する敬語がその典型である。

なお、発話者の位相として、楫取という身分以外にも、男女、年齢、時代などの違いを認めることができるが、比較できる該当例が少なく、その範囲では語彙・語法・表現上の差異を見出しがたい。

会話文の構成

会話文そのものの表現について、いくつかの観点から整理する。

会話文総数52例に含まれる文の数は計71文である。分布として見ると、会話文が1文のみから成るのが39例、2文が8例、3文が4例、4文が1例である。1文から成る会話文が全体の4分の3を占めていて、総体的に土左日記の会話文は短いと言える。

最多の4文から成る会話文は、1月21日の末尾に置かれた、船君の、和歌1首を含む、次の発話である。

〔例26〕かくいひつつ行くに、船君なる人、波を見て、「①国よりはじめて、海賊報ひせむといふなることを思ふうへに、海のまた恐ろしければ、頭もみな白けぬ。②七十路、八十路は、海にあるものなりけり。③わが髪の雪と磯辺の白波といづれまされり沖つ島守　④楫取いへ」。〔1月21日〕

この会話文はじつは、かつては、すべて地の文として処理されていた。前後に、会話文として地の文から区別できる引用マーカーがなく、その中に含まれる和歌にも引用表示がないので、双方とも、その前後から独立したものと積極的にはみなされなかったからであろう。

実際に発話したのか思念したのかと考えれば、会話文の①文前半に「思ふ」があるので、その後半および②文も思念内と見ることもできる。和歌も1人で呟いたものとしてもありえる。ただし、④の「楫取いへ」という命令文は、地の文としてはありえない、会話文ならではの表現である。1会話文における文数の多さや和歌の挿入など、土左日記全体の会話の様相から見ても、明らかに異質ではあるが、ここではその指摘のみにとどめておく。

1文の長さを計る尺度として文節数を用いると、次のとおりである。

1文節：7文、2文節：22文、3文節：9文、4文節：7文、5文節：11文、6文節：5文、7文節：4文、8文節：2文、9文節：1文、14文節：2文、21文節：1文

平均では、1文あたり4文節であるが、2文節が全体の3割もあり、土左日記の会話文は1文単位で見ても短かめである。

21文節と、飛び抜けて文節数の多い1文は、阿倍仲麻呂の会話文に見られ、次のとおりである。

〔例27〕これを見てぞ仲麻呂のぬし、「わが国に、かかる歌をなむ、神代より神もよん給び、今は上、中、下の人も、かうやうに、別れ惜しみ、喜びもあり、悲しびもある時にはよむ」とて、よめりける歌、（略）〔1月20日〕

もとより、阿倍仲麻呂は、土左日記よりもはるか以前の人であるから、この会話文も貫之たちの旅の現場での発話の再現ではない。このエピソードは、古今和歌集巻九・羈旅歌の冒頭に据えられた和歌（406番）の左注にも示されているが、そこでは発話にまでは及んでいない。その内容に徴する限り、土佐日記においては、仲麻呂自身の発話としてというよりも、その口を借りて、古今集の仮名序に展開された、貫之の和歌観を披歴した感があり、その結果として、通常の会話文らしからぬ長い1文になったと推察される。

いっぽう、1文節の1文だけで会話文を成すのは、「小松もがな」〔1月29日〕、「あはれ」〔2月16日〕の2例しかなく、他は「いとをかしきことかな。よみてむやは。よみつべくは、はやいへかし」〔1月7日〕、

「昔、しばしありしところのなくひにぞあなる。あはれ」〔1月29日〕、「あやしく。歌めきてもいひつるかな」〔2月5日〕、「淡路の御の歌に劣れり。ねたき。いはざらましものを」〔2月7日〕、「八幡の宮」〔2月11日〕のように、複数の文から成り、「あはれ」「あやしく」「ねたき」のような、一語文も見られる。

会話文の文末語

会話における各文の特徴を見るにあたり、まずはその文末語に注目する。品詞別の延べ数を示すと、次の表のようになる。なお、比較のために、地の文における各比率も示す。

	名詞	動詞	形容詞	形容動詞	感動詞	助動詞	助詞
会話文	7 9・9%	13 18・3%	5 7・0%	0 –	2 2・8%	28 39・4%	16 22・5%
地の文	12・5%	29・3%	5・8%	0・7%	–	49・5%	1・7%

地の文と比べて、会話文における文末語の特徴として、次の3点が挙げられる。

第一に、会話文のほうは、地の文に比べ、全体に各品詞に分散しているということである。

第二に、第一点から、地の文では、第一、二位で、合わせると全体の8割にもなる助動詞、動詞が、会話文では、6割以下ということである。

第三に、会話文のほうでとりわけ目立つのは、助詞の比率が格段に高く、全体の第二位に位置することである。

第一、二点については、地の文では、ある一定の文末表現のパターンが維持されているのに対して、会話文では、発話者や場面に応じて、それぞれに変化することが考えられる。第三点については、地の文に比べ、会話文には感情表現や不整表現が多いということと関わっているであろう。

地の文で文末に助詞が来るのは7例あり、いずれも終助詞（「かし」3例、「か」「や」各2例）であるが、会話では5種10例がそれに相当する。内訳は、「かな」「を」各3例、「かし」2例、「やは」「もがな」各1例であり、地の文よりも、詠嘆を示す用法が多く見られる。

助詞の残り6例は、格助詞の「を」（2例。ただし、漢詩句の訓読）と「に」が倒置表現の結果として文末に位置し、係助詞の「ぞ」「なむ」「（と）や」は結びの省略と見られる。

このような助詞が文末に来る、いわゆる不整文は、地の文では11文（全文の2・6%）であるのに対して、会話文では6文（全文の8・5%）であるから、比率としては会話文のほうが倍以上高く、これも発話ならではの結果と言えよう。

次に、会話文においても最多の助動詞を、意味機能別に、地の文と比べた表を示す。

	完了系	過去系	打消系	断定系	推量系	使役系・受身系
会話文	7 25・0%	4 14・3%	1 3・6%	6 21・4%	9 32・1%	1 3・6%
地の文	37・9%	17・5%	20・9%	9・2%	14・1%	0・5%

会話文と地の文とを比較して、とくに目立った差異はなく、あっても会話文での用例数が少ないので、たまたまということもありえるが、あえて指摘すれば、会話文では断定と推量が多く、打消と完了が少ないと

いうことになろう。

用例数として、もっとも多いのが「なり」6例、次が「ぬ」「む」各5例、「けり」「べし」各3例、他は「たり・り」「き」「ず」「らむ」「る」各1例である。このうち、地の文に出て来ないのは、「らむ」と「る」の2語のみである。これらの中で、会話文ならではと思われる「む」と「けり」について触れる。

「む」5例のうち4例は、推量ではなく発話者の意志を表わす。以下のとおり。

〔例28〕「まろ、この歌の返しせむ」〔1月7日〕
〔例29〕『『まからず』とて立ちぬる人を待ちてよまむ」〔1月7日〕
〔例30〕「（略）悪しくもあれ、いかにもあれ、たよりあらばやらむ」〔1月7日〕
〔例31〕「（略）御船返してむ」〔1月17日〕

〔例28〕には「まろ」という自称詞があるのに対して、〔例29〕～〔例31〕の発話内には主語が省略されているものの、どれも発話者の1人称と推定され、「む」はその意志と判断される。地の文での「む」は8例のうち1例のみが意志であるのと対照的なありようである。

「けり」の3例は、次のとおり。

〔例32〕「（略）七十路、八十路は、海にあるものなりけり。（略）」〔1月21日〕
〔例33〕「（略）といふ歌よめるところなりけり」〔2月9日〕
〔例34〕「この川、飛鳥川にあらねば、淵瀬さらに変はらざりけり」〔2月16日〕

3例とも、過去時制ではなく、その時点での発見による詠嘆を表わす。これは地の文における「けり」とも基本的に共通する用法である。

会話文における動詞文末に関して、特徴的なのは次の2点である。

1つは、敬語動詞が見られる点である。「たまふ」あるいは「たうぶ」と「たてまつる」である。「たてまつる」は地の文にも本動詞として用いられるが、「たまふ」や「たうぶ」は補助動詞としてのみ用いられる。もう1つは、命令形が見られる点で、「いへ」「ひけ」「たまへ」「たうべ」である。敬語についてはすでに述べたが、命令形についても、相手と対面する会話場面ならではの用法である。

名詞の7例のうち目立つのは、「こと」の3例である。「「波の立つなること」とうるへいひて」（1月7日）と「「この月までなりぬること」と嘆きて」（2月1日）の2例は、後続の「うるへ」や「嘆き」から も、喚体句を成している発話らしい例である。会話文における、感動詞「あはれ」1語から成る1文の2例や、形容詞「あやしく」や「ねたき」1語から成る文も、これに準じる。

これらに対して、もう1例の「今宵、「かかること」と、声高にものもいはせず」（2月16日）は、文字どおりの発話の直接引用ではなく、先行する地の文の文脈をふまえた、集約的、抽象的な引用であって、他とは性質を異にする、文章ゆえの特色である。

会話文の話題

次に、紀行文としての性格もある土左日記ということで、会話の各文の主語表現から、話題として何が取り上げられているかを見てみる。

全71文のうち、述語文として成り立っているのが60文（84・5％）であり、その主節主語が明示されているのが27文（58％）、非明示が25文（42％）である。地の文では明示が55％、非明示が45％であるから、明示率においては、ほとんど差はなく、会話文だから省略が多いとは言えない。このあたりは、その場での音声による当事者同士の会話ではなく、文章における会話の再現・引用ということに対する補充の配慮が関与していると考えられる。

主語の内容を、人間・自然・その他に3分類すると、次のような結果になる。参考までに、地の文における比率のみ（　）で、合わせて示す。

種類	会話文			地の文		
	表示	省略	計	表示	省略	計
合計	35（58%）	25（42%）	60	（55%）	（45%）	
人間	7（20%）（32%）	15（60%）（68%）	22（37%）	（48%）（41%）	（84%）（59%）	（64%）
自然	9（26%）（100%）	0	9（15%）	（24%）（94%）	（2%）（6%）	（14%）
その他	19（54%）（66%）	10（40%）（34%）	29（48%）	（28%）（70%）	（16%）（30%）	（22%）

この結果から、会話文と地の文における主語内容について、次の3点を指摘できよう。

第一に、縦の「計」の欄から、地の文では「人間」が過半を占めるのに対して、会話文では「その他」の主語が約半数で、最多ということである。

第二に、表示と省略の比率を比べると、会話文でも地の文でもほぼ同じくらいということである。

第三に、「自然」の主語は、会話でも地の文でも表示率がきわめて高いということである。

会話文における主語の各分類内訳において、特徴的な点を挙げると、「その他」では、表示・省略のどちらでもバラつきが大きく、ほとんど1例である。複数あるのは、表示のほうでは、「都」「船」「童言」が各2例、省略のほうでは、「歌」が3例、「ここ」が2例、くらいである。

反対に、「自然」の主語は、「風」が3例、「雲」と「波」が各2例、「潮」と「川」が各1例、すべて表示されている。

「人間」主語については、2点が特徴的である。1つは、自称である。「まろ」という自称詞1例のみ、童の発話に見られ、後は6文において自称詞が省略されているという点である。もう1つは、表示例として多いのが「海賊」の3例、省略例として多いのが「船君」4例と「童」3例という点である。

位相差

文章における地の文と会話文は、書き言葉と話し言葉に対応するかのように考えられがちであるが、土左日記の時期にあっては、そのような位相差は認めがたい。書き言葉か話し言葉かということは、文字で書く・読む行為と音声で話す・聞く行為の関係とも、まったく別問題である。

ただし、文章を書くにあたって、地の文と会話文の位相を書き分けようとする場合、会話文のほうには、談話あるいは音声言語に近い表現を選ぶことが考えられる。たとえば語形変異で、地の文には基本形、会話にはその変異形を用いるということである。

一般に、書記された言語が保守的であるのに比べ、発音される言語は変異しやすい。それには発音上の便宜という側面もあり、音便形はその最たるものである。ところが、それがそのまま書記できるかというと、問題が生じることがある。とりわけ、土左日記の時期では、仮名表記が、日本語の実際の言語音（音節）のすべてに対応するわけではなく、濁音はもとより、音便による特殊音節も、無表記か代用表記でまかなわざるをえなかった。

土左日記において、その音便形表記が認められ、かつそれが会話文に偏在するようであれば、そのことをもって、地の文との区別が図られたのではないかという仮説が立てられそうである。しかし、検証の結果、その仮説は否定される。音便形表記は、会話文だけでなく、地の文にも、和歌にさえ認められ、量的にも、地の文と会話文で遜色ない。

以下には、青谿書屋本の表記によって、その例を挙げ、カッコ内に想定される基本形を示す。

まずは、撥音便形で、無表記（∅）か「ん」表記がされる。

〔地の文〕5例

あらさ∅なり（あらざるなり）〔12月23日〕、みへさ∅なる（みへざるなる）〔12月23日〕、

せさ∅なり（せざるなり）〔1月30日〕、もてきた∅なり（もてきたるなり）〔12月25日〕、

いひあへ∅なる（いひあへるなる）〔1月1日〕

〔会話文〕3例

あ∅なる（あるなる）〔1月29日〕、し∅しこ（しにしこ）〔2月4日〕、よんたる（よみたる）〔1月7日〕

〔和歌〕1例

つんたる（つみたる）〔1月9日〕

なお、「ざる」という基本形は、地の文に2例、「なり」を下接する「たる」は、地の文に1例あるが、他は下接条件を同じにした基本形の例はない。

次は、ゥ音便であるが、これはすでに「たぶ」という語形で用いられた可能性もある。ここでは、「たまふ」を基本形として、「たうぶ」の例とみなす。

〔地の文〕2例

いてたうひし（いでたまひし）〔1月9日〕、ものした∅はて（ものしたまはで）〔1月9日〕

〔会話文〕6例

したうへりし（したまへりし）〔2月6日〕、よんた∅ひ（よみたまひ）〔1月20日〕、
した∅へ（したまへ）〔2月1日〕、おふせた∅ふなり（おほせたまふなり）〔2月5日〕、
おもひた∅ふ【おもひたまふ】〔2月5日〕、たいまつりた∅へ（たてまつりたまへ）〔2月5日〕

基本形の「たまふ」も2例あるが、「こがしめたまへ」〔1月26日〕、「たてまつりたまへ」〔2月5日〕のように、2例とも会話文、しかも話し手は楫取である。

最後は、ィ音便で、次のように、「たてまつる」が「たいまつる」と変異した例のみ見られる。

〔地の文〕3例

たいまつらする（たてまつらする）〔1月26日〕、たいまつる（たてまつる）〔2月5日〕

〔会話文〕2例

たいまつれども（たてまつれども）〔2月5日〕

たい|まつりたへ（たてまつりたまへ）〔2月5日〕、たい|まつる（たてまつる）〔2月5日〕

2月5日の条に、「たまふ」も「たてまつる」も繰り返し用いられているが、楫取の会話で「たてまつりたまへ」、次に地の文で「たいまつる」が2回出て来て、また、楫取の会話で今度は「たいまつりたべ」、その後の船君と思しき人の会話文で「たいまつる」となっていて、地の文と会話の違い、発話者の違いとは対応していない。

なお、地の文には、1例「よう|さ∅つかた〔よひさりつかた〕」〔二月一六日〕という複合名詞の例があり、ウ音便と促音便の組み合わされた語形が認められる。

以上からは、地の文・会話文を問わず、土左日記では、当該語例に限ってではあるが、基本形よりも音便形のほうを用いていたということになる。少なくとも、両語形によって位相の区別をしようとした形跡はまったく見出されない。

会話文の特徴

以上、土左日記における会話文について、地の文と比較しながら、その様相を確認してきた。この他に、語彙・語法などの観点からの比較も考えられなくはないが、地の文と会話文という位相差は見出しがたい。ここまで指摘してきたことの中で、土左日記の会話文の表現として特徴的と思える点を、以下に改めて掲げる。

（1）会話文の分量比率は1割にも満たない。
（2）それでも、全体の4割以上の日の記述に、会話文が引用され、それがとくに後半になって目立つ。

（3）会話文とはいえ、全体の3分の2近くは、やりとりではなく、単独発話である。
（4）会話の発話主体として、「楫取」が圧倒的に多く、しかも敬語表現がその発話に集中している。
（5）会話文は、文の数としても、文節数としても、少なめである。
（6）会話文には、地の文に比べ、感情表現や不整表現、また敬語表現や命令表現が目立つ。
（7）会話文においては、地の文とは異なり、場面に応じて、さまざまなトピックが取り上げられる。

土左日記は日記でありながら、会話文の引用が認められるのは、和文散文としての物語の叙述方法を取り入れてみたからであろう。とはいえ、その取り入れ方は用例の少なさもあって、会話文主体に場面を構成・展開するまでには至っていない。日記として、物語ほどの重きを会話文に置くには至らなかったということであろう。

ただし、設定という点において、地の文とは異なる会話の場面性を生かした表現上の工夫や、特定の発話者を際立たせるという工夫が認められる。これは、土左日記が船旅中の、会話も含めたメモを元に書かれたものであったとしても、文字どおりの会話の再現を意図したとは考えにくく、いわば会話らしく再創造しようとした結果であろう。そして、そのような再創造はある程度の均質化・抽象化を伴いつつも、土佐日記においても決して不可能なことではなかった。

むしろ困難だったのは、話し言葉を再現しようと思えばできなくはない会話文のほうではなく、話し言葉から離脱・自立した、書き言葉としての地の文つまり、実用的ではない、文学としての和文散文をいかに成り立たせることのほうではなかったかと考えられる。つまり、会話文を地の文から差別化するよりも、地の文を会話文からいかに差別化するかということである。

そのような差別化がまだ十分にはなされえなかった位置に、和文散文の創始としての土左日記の文章はあったのである。

第4章 竹取物語

作り物語の会話文

物語の元祖とみなされてきた竹取物語ではあるが、それが物語られたもの、つまり、音声による談話を起源とするという見方はされていないようである。様々な伝承や説話をふまえ、当初から、読まれるための文章として（元は漢文という説もある）、しかも「作り物語」、つまりあくまでも虚構の物語として創作されたと見られる。

このような竹取物語にあって、会話文はどのように、どの程度、用いられているのか。虚構であるからこそ、物語としてのリアリティを表わすために、会話文のもつ描写性が生かされたのではないかと予想される。

会話文の分量と分布

まずは、作品全体における会話文の分量を確認する。

テキストにおける本文の総行数784行に対して、会話文の行数は360行、その比率は約46％、全体の半分近くの分量を占める。

テキストでは、物語内容から、

Ⅰ：かぐや姫の発見と成長
Ⅱ：五人の貴人と第一の求婚者石作の皇子
Ⅲ：くらもちの皇子と蓬萊の玉の枝
Ⅳ：阿倍の右大臣と火鼠の皮袋
Ⅴ：大伴の大納言と龍の頸の玉
Ⅵ：石上の中納言と燕の子安貝
Ⅶ：かぐや姫、帝の召しに応ぜず昇天す

のように、7つのパートに区分されている（ローマ数字は私に付し、以降の引用に用いる）。このパートごとに、それぞれの総行数と会話文の行数を示すと、次のとおりである（会話行数／総行数）。

Ⅰ：2／40（5・0％）、Ⅱ：46／106（43・4％）、Ⅲ：65／149（43・6％）、Ⅳ：20／74（27・0％）、
Ⅴ：54／112（48・2％）、Ⅵ：32／92（34・8％）、Ⅶ：141／211（66・8％）

これによれば、冒頭のⅠのパートの会話文比率が5％で極端に低いのに対して、末尾のⅦのパートが6割以上と、飛び抜けて高いことが分かる。Ⅱ～Ⅴの求婚譚のパートは、平均的な40％台が中心である。
竹取物語全体での、会話文の合計は180例であり、パートごとの分布を示すと、次のとおりである。

Ⅰ：1例（0・6％）、Ⅱ：26例（14・4％）、Ⅲ：23例（12・8％）、Ⅳ：15例（8・3％）、
Ⅴ：27例（15・0％）、Ⅵ：23例（12・8％）、Ⅶ：65例（36・1％）

会話文の用例数で見ても、行数による分量比率と、ほぼ同様であり、冒頭のⅠと末尾のⅦのパートが最低と最高で、ともに突出していて、Ⅱ～Ⅴのパートはほぼ平均的である。なお、会話文1例あたりの平均行数は約2行であり、パートによる極端な差は見られない。

以上の結果は、竹取物語の展開に対応していると言えよう。すなわち、冒頭パートは、地の文による物語の発端の説明であり、末尾パートは、物語全体のクライマックスとして、その場面を会話のやりとりをとおして、迫真的に描写している、ということである。中間の5つのパートは、地の文による筋の展開説明を中心としながらも、程度差はあるものの、その中に会話文による場面描写を取り入れていることになる。

会話文の構成

竹取物語における180例に及ぶ会話文自体について、その表現構成を整理してみる。

まず、1会話文に含まれる文の数は計372文であり、その分布は、次のとおりである。

1文：96例（53・3％）、2文：39例（21・7％）、3文：26例（14・4％）、4文：11例、5文：1例、6文：2例、7文：3例、10文：1例、28文：1例

1文のみから成る会話文が半分以上を占め、3文までで全体の約9割に達する。

28文という、他の会話文に比べて、いちじるしく長い会話文は、Ⅲのパートにある、くらもちの皇子の偽りの旅行回顧談である。テキストで3ページ、38行にも及び、これだけで1つの挿話になっている。

それはまず、翁の「いかなる所にかこの木はさぶらひけむ」という問いに対して、皇子が、「昨々年の二

月の十日ごろに、難波より船に乗りて、海の中にいでて、行かむ方も知らずおぼえしかど、思ふこと成らで世の中に生きて何かせむと思ひしかば、ただ、むかしき風にかまいせて歩く」と語る、長い第1文から始まり、間に、「これを見て、船より下りて、『この山の名を何とか申す』と問ふ。女、答へていはく、『これは、蓬萊の山なり』と答ふ。これを聞くに、嬉しきことかぎりなし。この女、『かくのたまふは誰ぞ』と問ふ、『我が名はうかんるり』といひて、ふと、山の中に入りぬ」という、会話のやりとりの二重引用の文をはさみ、最後は「さらに、潮に濡れたる衣だに脱ぎかへなでなむ、こちまうで来つる」の1文で締めくくられている。

過半を占める、1文のみの会話文96例の長さを文節単位で整理すると、次のようになる。

1文節：4例、2文節：18例、3文節：19例、4文節：14例、5文節：12例、6文節：9例、7文節：5例、8文節：7例、9文節：1例、10文節：2例、11文節：3例、14文節：1例、31文節：1例

1文節から31文節まで幅がある中、2文節あるいは3文節が多いが、中央値は4文節あたりになる。具体的には、最短の1文節の文は、「賜はるべきなり」〔Ⅲ〕、「否」〔Ⅳ〕、〔何事ぞ〕〔Ⅶ〕、「遅し」〔Ⅶ〕の4例、2文節には、「よきことなり」〔Ⅱ〕、「なにか難からむ」〔Ⅱ〕、「あな、かしこ」〔Ⅳ〕など、3文節には、「いとよきことなり」〔Ⅱ〕、「娘を我に賜べ」〔Ⅰ〕、「何の用にかあらん」〔Ⅵ〕など、4文節には、「玉の枝取りになむまかる」〔Ⅲ〕、「いづれの山か天に近き」〔Ⅶ〕、「多くの人殺してける心ぞかし」〔Ⅶ〕などの例が見られる。

いっぽう、突出して多い、31文節の1文の例は、次のように、複数の二重引用を含むものである。

【例1】（翁）「『翁の命、今日明日とも知らぬを、かくのたまふ君達にも、よく思ひさだめて仕うまつれ』と申せば、『ことわりなり。いづれも劣り優りおはしまさねば、御心ざしのほどは見ゆべし。仕うまつらむことは、それになむさだむべき』といへば、『これよきことなり。人の御恨みもあるまじ』といふ。〔Ⅱ〕

引用形式

次に、会話文の引用形式を見てみる。引用マーカーとみなされる表現を、会話文の上接と下接に分けて示すと、次のような結果となる。なお、上接表現は切れ続きを含め、表現形のままに示し（句点付きは前文末であることを示す）、下接表現については、動詞は終止形に統一して示す。

〔上接表現〕71例／180例（39・4％）

A：～ク型：30例〔いはく：22、のたまはく：7、まをさく：1〕

B：～ヤウ型：25例〔まをすやう：11、いふやう：9、のたまふやう・こたふるやう：各2、かたらふやう：1〕

C：その他：16例〔のたまふ。：5、まをす。：4、さうす。・おほす。：各2、こたふ。：1、いひけるは・とひたまふことは：各1〕

〔下接表現〕167例／180例（92・8％）

A：と＋発話動詞型：130例〔いふ：69、のたまふ：26、まをす：15、さうす・とふ：各5、おほす・つぐ：各2、こたふ・ささやく・ののしる・きかす：各1、

よごとをはなつ：1〕

B：など＋発話動詞型：2例〔いふ・とふ：各1〕

C：助詞のみ型：35例〔とて：20、と：15〕

会話文の上接表現に引用マーカーが見られるのが約4割であるのに対して、下接表現には9割以上に引用マーカーが見られる。つまり、竹取物語においては、会話文のほとんどは下接表現のマーカーによって、会話文の引用であることが表示されていることになる。

より細かく見ると、上接表現では、Aのク型とBのヤウ型がほぼ拮抗していて、ク型は「いふ」に、ヤウ型は「まをす」に偏る傾向がある。下接表現では、Aの「と＋発話動詞」型が圧倒的に多く、7割以上を占め、中でも「いふ」という基本動詞が半分以上ある。

これらのうち、上下表現ともに引用マーカーがある会話文は57例あり、全体の約3割に当たる。そのパターンを示すと、次の3種類になる。

A：同語型：39例（67・2％）

いふ―いふ：19〔上接形式：いはく：14、いふやう：3、いふ。：2〕

まをす―まをす：9〔上接形式：まをさく：1、まをすやう：6、まをす。：2〕

のたまふ―のたまふ：8〔上接形式：のたまはく：5、のたまふやう：1、のたまふ。：2〕

さうす―さうす：2

おほす―おほす：1

B：異語型：11例〔いはく―おほす：1、のたまはく―いふ：1／まをすやう―さうす：3、

こたふるやう―いふ：1、かたらふやう―いふ：1／のたまへば―とふ：1／まをす。―いふ：2、のたまふ。―いふ：1〕

C：助詞受け型：7例〔いはく・のたまはく―とて：各1／いふやう―と・とて：各1、まをすやう・のたまふやう・いふ。―とて：各1〕

Aの同語を反復する型が7割近くを占める。これは古事記にも見られたパターンであり、あるいは補読を含めた、漢文訓読の習慣がふまえられているからかもしれない。

発話主体

今度は目を転じて、会話文の主体、つまり発話者が誰かを見てみる。

竹取物語の一番の中心人物と言えば、かぐや姫であろうが、作品名からすれば、竹取の翁も比肩しうる。この2人とその他の3種に発話者を分け、パートごとにも分けて、それぞれの会話文数を示すと、次のようになる。

	合計	Ⅰ	Ⅱ	Ⅲ	Ⅳ	Ⅴ	Ⅵ	Ⅶ
姫	35	0	10	4	0	0	0	21
翁	43	1	12	4	5	0	0	21
小計	**78**	**1**	**22**	**8**	**5**	**0**	**0**	**42**
他	102	0	4	15	10	27	23	23

まず、合計欄によれば、翁とかぐや姫の2人合わせて会話文全体の4割以上を占め、翁の方がやや多いものの、2人にそれほどの差は見られない。かぐや姫も、翁に負けず劣らず、話しているのである。この2人がほぼ対等の物語の中心人物であることが、会話文の用例数からも知れる。

各パートで目立ったところを挙げれば、次の3点である。

1つめは、翁とかぐや姫の会話文でパートの会話文全体の過半を占めるのが、ⅠとⅡとⅦの3パートに限られるという点である。中では、Ⅱのパートに2人の会話文が際立って多いのに対し、ⅤやⅥのパートにはまったく見られない。

2つめは、翁とかぐや姫の会話文の出方を比べると、翁のほうは7パートのうちの5パートに出て来るのに対して、かぐや姫のほうは3パートにしか見られないという点である。つまり、翁の会話文は物語のほぼ全体にわたっているのに対して、かぐや姫の会話文は要所にしか現れないということである。

3つめは、その他の人々の会話文は導入のⅠのパートを除き、すべてのパートに見られるという点である。内訳としては、翁の妻、5人の貴公子やその家臣、天皇など、多岐に及び、それぞれのパートで入れ替わるようにして登場し、発話者となっている。

会話の様態

談話における会話は、その相手とのやりとりがあって成り立つのが普通であるが、物語における会話文の場合は、やりとりとして示される場合もあれば、地の文の中に単独で表現される場合もある。ただし、後者の場合であっても、相手のいない独り言だけでなく、会話の当事者が想定されても、一方の発話だけが示されることもある。

竹取物語における180例の会話文のうち、単独で示されているのが24例、やりとりとして示されているが156例ある。つまり、竹取物語では、会話文の9割近くが会話のやりとりとして表現されているということである。この点は強調しておきたい。

単独例のうち、発話者が翁である会話文が2例、かぐや姫である会話文が2例しかないのに対して、残りの20例はその他の人々のそれぞれである。

翁とかぐや姫の単独例の各2例を、以下に挙げる。

〔例2〕 翁いふやう、「我朝ごと夕ごとに見る竹の中におはするにて知りぬ。子になりたまふべき人なめり」とて、手にうち入れて、家へ持ちて来ぬ。〔Ⅰ〕

〔例3〕 あの書き置きし文を読みて聞かせけれど、（翁）「なにせむにか命も惜しからむ。誰がためにか。何事も用もなし」とて、薬も食はず。〔Ⅶ〕

〔例4〕 かぐや姫のいふやう、「親ののたまふことをひたぶるに辞びまうさむことのいとほしさに」と、取りがたき物を、かくあさましく持て来ることを、ねたく思ふ。〔Ⅲ〕

〔例5〕 かぐや姫は、「あな、嬉し」とよろこびてゐたり。〔Ⅳ〕

〔例2〕は、周りに人のいない状況であり、翁の独り言であるのは明らかである。〔例3〕は、周りに人がいたとしても、特定の相手に向けた翁の言葉とは考えがたい。〔例4〕と〔例5〕はかぐや姫の発話であるが、これらも誰かに向ってではない。

〔例2〕と〔例4〕は会話文の前に、「いふやう」というマーカーがあるので、実際に発話した言葉として表現されているが、〔例3〕と〔例5〕は下接の「とて」「と」という助詞のみのマーカーなので、その点で心話文ともとれなくはない。

大勢を占める会話文の連続例156例に関して、誰の誰に対する発話かによって整理すると、次のようになる（↓の元が話し手、先が聞き手であり、〔　〕内はその役割が反対になる場合である）。

姫：33例：↓翁：24〔↑：25〕
↓天人：4〔↑：3〕、↓翁妻：2〔↑：2〕、↓帝：1〔↑：3〕
↓他：2

翁：41例：↓姫：25〔↑：24〕
↓帝：4〔↑：5〕、↓阿倍：3〔↑：1〕、↓天人：2〔↑：3〕、↓車持：1〔↑：2〕
↓他：6

他：82例：石上↓家臣：9〔↑：5〕、石上↓くらつ麻呂：4〔↑：3〕
大伴↓家臣：6〔↑：3〕、大伴↓梶取：5〔↑：5〕
房子↓翁妻：3〔↑：2〕など

この結果から、竹取物語の会話文に示される、会話のやりとりの傾向として、次の3点が指摘できる。

第一には、翁とかぐや姫の会話のやりとりが圧倒的に多く、しかも話し手か聞き手かという役割分担もほぼ同等という点である。

第二に、翁とかぐや姫が発話者の場合、互いの会話のやりとり以外では、相手はとくに偏っていないだけでなく、帝と天人を除き、それぞれ異なっているという点である。

第三に、その他の人々においては、石上中納言と大伴大納言がそれぞれ関わる会話のやりとりが目立つという点である。

会話のやりとり

会話のやりとりとして、会話文が連続的に表現される場合、どのようにそれが展開しているか、翁とかぐや姫を例にとって、たどってみる。

次の例は、竹取物語において、翁とかぐや姫が初めて会話のやりとりをする場面である。

〔例6〕これ（＝かぐや姫を求める人々の姿）を見つけて、翁、かぐや姫にいふやう、①「わが子の仏。変化の人と申しながら、ここら大きさまでやしなひたてまつる心ざしおろかならず。翁の申さむこと、聞きたまひてむぞ」といへば、かぐや姫、②「何事をか、のたまはむことは、うけたまはらざらむ。変化の者にてはべりけむ身とも知らず、親とこそ思ひたてまつれ」といふ。翁、③「嬉しくものたまふものかな」といふ。

④「翁、年七十に余りぬ。今日とも明日とも知らず。この世の人は、男は女にあふことをす。女は男にあふことをす。その後なむ門広くもなりはべる。いかでかさることなくてはおはせむ」といへば、かぐや姫のいはく、⑤「なんでふ、さることかしはべらむ」といへば、⑥「変化の人といふとも、女の身持ちたまへり。翁の在らむかぎりはかうてもいますかりなむかし。この人々の年月を経て、かうのみいましつつのたまふことを、思ひさだめて、一人一人にあひたてまつりたまひね」といへば、かぐや姫のいはく、⑦「よくもあらぬかたちを、深き心も知らで、あだ心つきなば、後くやしきこともあるべきを、と思ふばかりなり。世のかしこき人なりとも、深き心ざしを知らでは、あひがたしとなむ思ふ」といふ。

翁のいはく、⑧「思ひのごとくものたまふかな。そもそも、いかやうなる心ざしあらむ人にかあはむと思す。かばかり心ざしおろかならぬ人々にこそあめれ」。かぐや姫のいはく、⑨「なにばかりの深きをか見むといはむ。いささかのことなり。人の心ざしひとしかんなり。いかでか、中におとりまさりは知らむ。五人の中に、ゆかしき物を見せたまへらむに、御心ざしまさりたりとて、仕うまつらむと、そのおはすらむ人々に申したまへ」といふ。⑩「よきことなり」と受けつ。〔Ⅱ〕

全体で地の文6文から成るが、この中に見られる会話文について、それを含む地の文1文ごとに整理すると、次のようになる（「∅」はマーカー無しを、「」内は含まれる文数を示す）。

第1文：2例：〔翁〕いふやう①「3文」といへば、〔姫〕∅②「2文」といふ。
第2文：1例：〔翁〕∅③「1文」といふ。
第3文：4例：〔翁〕∅④「6文」といへば、〔姫〕いはく⑤「1文」といへば、〔翁〕∅⑥「3文」といへば、〔姫〕いはく⑦「2文」といふ。
第4文：1例：〔翁〕いはく⑧「3文」∅。
第5文：1例：〔姫〕いはく⑨「5文」といふ。
第6文：1例：〔翁〕∅⑩「1文」と受けつ。

10例の会話文が引用され、第3文で4例、第1文で2例、残りの文で1例ずつになっている。引用マーカーとしては、「いふ」を用いるのがほとんどであるが、下接表現のみ（②③④⑥⑩）、上下セット（①⑤⑦⑨）、上接表現のみ（⑧）のような異なりが見られる。

また、各会話文を成す文の数も、3文・2文・1文・6文・1文・3文・2文・3文・5文・1文のように、1文から6文までがランダムに並んでいる。

発話者を見ると、③と④の会話文で翁の発話が連続している以外は、翁とかぐや姫とで発話者が順に交替している。その中で、いわゆる「応答ペア」つまり会話文のやりとりが1文に示されているのが、第1文の1ペアと第3文の2ペアであり、その他は、1文ずつでの対応になっている。

以上から明らかなように、この場面での、翁とかぐや姫との会話のやりとりの表現は、決して一律のパターンではなく、様々な変化が施されている。

応答ペア

談話における応答ペアというのは、単に発話者の交替のみを表わすのではなく、それぞれの発話内容（とくにその意図）が対応しているものである。竹取物語では、どのようなペアが見られるか、翁と姫との間のやりとりの用例とともに、以下に示す。

まずは、一方が相手に疑問を呈し、相手がそれに答えるというペア。

【例7】翁:「なんでふ心地すれば、かく物を思ひたるさまにて、月を見たまふぞ。うましき世に」
　姫:「見れば、世間心細くあはれにはべる。なでふ物をか嘆きはべるべき」〔Ⅶ〕

【例8】翁:「あが仏、何事を思ひたまふぞ。思すらむこと、何事ぞ」
　姫:「思ふこともなし。物なむ心細くおぼゆる」〔Ⅶ〕

【例9】翁:「何事ぞ」
　姫:「さきざきも申さむと思ひしかども、かならず心惑はしたまはむものぞと思ひて、今まで過ごしはべりつるなり。さのみやはとて、うちいではべりぬるぞ。おのが身は、この国の人にもあらず。月の都の者なり。それをなむ、昔の契有るによりてなむ、この世界にはまうで来たりける。今は、帰るべきになりにければ、この月の十五日に、かの元の国より、迎へに人々まうで来むず。さらずまかりぬべければ、思し歎かむが悲しきことを、この春より、思ひ歎きはべるなり」〈Ⅶ〉

【例10】翁：「こは、なでふことをのたまふぞ。竹の中より見付けきこえたりしかど、菜種の大きさおはせしを、わが丈立ならぶまでやしなひたてまつりたる我が子を、なにびとか迎へきこえむ。まさにゆるさむや」

姫：「月の都の人にて父母あり。かた時の間とて、かの国よりまうで来しかども、かくこの国にはあまたの年を経ぬるになむありける。かの国の父母のこともおぼえず。ここには、かく久しく遊びきこえて、慣らひたてまつれり。いみじからむ心地もせず。悲しくのみある。されど、おのが心ならずまかりなむとする」〈Ⅶ〉

次は、質問に対して、やや異例ではあるが、答えの代りに、反復的に質問を投げ返すというペア。

【例11】翁：「難き事どもにこそあなれ。この国に在る物にもあらず。かく難き事をば、いかに申さむ」

姫：「なにか難からむ」〈Ⅱ〉

一方の依頼に対して、相手がそれを承諾するというペア。

【例12】姫：「まことに蓬萊の木かとこそ思ひつれ。かくあさましきそらごとにてありければ、はや返したまへ」
翁：「さだかに作らせたる物と聞きつれば、返さむこと、いとやすし」〈Ⅲ〉

【例13】姫：「この皮衣は、火に焼かむに、焼けずはこそ、まことならめと思ひて、人のいふことにも負けめ。『世になき物なれば、それをまことと疑ひなく思はむ』とのたまふ。なほ、焼きて試みむ」
翁：「それ、さもいはれたり」〈Ⅳ〉

反対に、依頼に対して、それを拒否するというペア。

【例14】翁：「かくなん、帝の仰せたまへる。なほやは仕うまつりたまはぬ」
姫：「もはら、さやうの宮仕へ仕うまつらじと思ふを、しひて仕うまつらせたまはば、消え失せなむず。御官かうぶり仕うまつりて、死ぬばかりなり」〈Ⅶ〉

【例15】翁：「月な見たまひそ。これを見たまへば、物思す気色あるぞ」
姫：「いかで月を見ではあらむ」〈Ⅶ〉

【例16】姫：「ここにも、心にあらでかくまかるに、のぼらむをだに見送りたまへ」
翁：「なにしに、悲しきに、見送りたてまつらむ。我を、いかにせよとて、捨ててのぼりたまふぞ。具して率ておはせね」〈Ⅶ〉

一方が自らの相手に対する気持を表明したのに対して、その気持に同意するのではなく、受け入れないという形で応えるペア。

〔例17〕姫：「（略）。いますかりつる心ざしどもを、思ひも知らで、まかりなむずることの口惜しうはべりけり。長き契のなかりければ、ほどなくまかりぬべきなめりと思ひ、悲しくはべるなり。親たちのかへりみを、いささかだに仕うまつらでまからむ道もやすくもあるまじきに、日ごろも、いでゐて、今年ばかりの暇を申しつれど、さらにゆるされぬによりてなむ、かく思ひ歎きはべる。御心をのみ惑はして去りなむことの悲しく堪えがたくはべるなり。かの都の人は、いとけうらに、老いをせずなむ。思ふこともなくはべるなり。さる所へまからむずるも、いみじくはべらず。老いおとろへたまへるさまを見たてまつらざらむこそ恋ひしからめ」

翁：「胸いたきこと、なのたまひそ。うるはしき姿したる使にも、障らじ」〔Ⅶ〕

以上の用例を見ると、翁とかぐや姫の会話文が集中するⅦのパートに、様々なペアが出現している。ちなみに、先に挙げた〔例5〕の、翁とかぐや姫との一連の会話のやりとりに、以上のペアを当てはめてみると、次のようになる。

①→②（依頼→応諾）、②→③（表明→同意）、④→⑤（疑問→反疑問）、⑤→⑥（疑問→回答）、
⑥→⑦（依頼→保留）、⑦→⑧（表明→同意）、⑧→⑨（疑問→回答）、⑨→⑩（依頼→応諾）

この結果は、2人の発話が対応しているのみならず、さまざまな応答が展開していることを示している。
竹取物語の会話文を構成する全372文において、対相手のモダリティ表現としての質問と命令に限って見てみると、103文に認められる。比率としては約28％になる。そのうち、質問表現が57文、禁止10例を含む命令

表現が56文と、両者ほぼ同じくらいである。

質問表現のうち、疑問詞によるものが43文、疑問の助詞によるものが14文あり、前者が後者の3倍ある。疑問詞のほうでは、「何か」、「何事ぞ」、「誰がためにか」（どれもⅦ）などのように、文末表現が省略されているものが4文あり、助詞のほうには、「や」が12例（係助詞と終助詞が各6例）、他は「か」の終助詞用法である。

命令表現では、敬意を含むのが38例と過半を占め、「娘を我に賜べ」〈Ⅱ〉、「梶取の御神聞し召せ」〈Ⅴ〉、「元の御かたちとなりたまひね」〈Ⅶ〉、「国王の仰せごとにそむかば、はや、殺したまひてよかし」〈Ⅶ〉、「さらに、夜さり、この寮にまうで来」〈Ⅵ〉、「汝が持ちてはべるかくや姫奉れ」〈Ⅶ〉、「声高にな宣ひそ」〈Ⅶ〉などのように表現されている。

会話文の役割

以上より、冒頭で、竹取物語は「虚構であるからこそ、物語としてのリアリティを表わすために、会話文のもつ描写性が生かされたのではないかと予想」したが、予想以上に、会話文の役割が大きいことが明らかになったのではないかと思われる。

それはまず、量的に本文全体の半分近くを占めることに現われているが、それだけではない。会話文がそれぞれ単発に地の文に出て来るのではなく、とくに中心人物である、翁とかぐや姫の会話のやりとりとして表現されていることも、特筆される。それは単にその場面の描写としてのみならず、2人のキャラクターを反映し、それによって物語の展開を促進する働きもしているのである。

この2人以外の会話文も、それぞれの物語場面において、たとえば、5人の貴公子であれ、天皇であれ、多かれ少なかれ、同様の役割を担っていると見られる。

物語の元祖としての竹取物語は、このような、文章における会話文の重用によって、作り物語としてのリアリティを実現させたのである。

第5章　伊勢物語

歌物語の会話文

伊勢物語は、「歌物語」という物語ジャンルの先駆作品として、文学史上に位置付けられている。歌物語とは、和歌を中心として、それをめぐるエピソードから成る物語である。伊勢物語は、125段（伝定家筆本）から成り、そのすべてに和歌が収められているだけでなく、そのうちの66段つまり全体の半分強の段で、締めくくりの重要な位置に据えられている。

このように、和歌を重視する物語の中にあって、同じく引用文とはいえ、会話文はどのような位置を占めるのか。その後の物語にも大きな影響を与えたと考えられる伊勢物語の会話文を対象に検討してみる。

なお、次の例の波線部分は、テキストではカギカッコ表示がないものの、下接表現に「といひ」という引用マーカーがあることから、会話文に含めた。

〔例1〕むかし、男、武蔵の国までまどひ歩きけり。さてその国にある女をよばひけり。父はこと人にあはせむといひけるを、母なむあてなる人に心つけたりける。〔10〕

逆に、カギカッコがあり、「といへ」が下接していても、次のように、書簡における表現とみなされるものは会話文としなかった。

〔例2〕女いひおこせたる。「いまは何の心もなし。身にかさも一つ二ついでたり。時もいと暑し。少し秋風吹きたちなむ時、かならずあはむ」といへりけり。〔96〕

会話文の分量と分布

テキストにおける伊勢物語本文の総行数は1283行あり、そのうち会話文を含む行数は、わずかに44行、全体の3・4％にすぎない。会話文を含む段は全125段のうちの27段（約22％）であり、それらの段のみの総行数477行に対しても9％程度である。

このような結果を見る限り、伊勢物語において、会話文の比重はきわめて小さいと言わざるをえない。

会話文を含む段の、全体における分布を、便宜的に、〔前〕42段・〔中〕41段・〔後〕42段のように、均等に3分して示すと、次のようになる。

〔前〕8段：6・9・10・12・14・22・24・31
〔中〕12段：45・58・60・61・62・63・65・68・69・75・78・82
〔後〕7段：90・94・95・96・100・101・115

位置的にはとくに偏りなく見られるが、あえて言えば、〔中〕の60段台に7段もあることが注目される。

次に、カギカッコで括られる個所をそれぞれ会話文1例としてカウントすると、全部で41例ある。それらが、会話文を含む段に、どのように分布するかを示すと、次のとおりである。

1例：18段（66・7％）、2例：6段、3例：1段（65段）、4例：2段（9段・62段）

会話文が1つのみの段が全体の3分の2を占める。会話文が1つということは、そもそも会話のやりとりとしては示されていないということである。

会話文の構成

今度は、伊勢物語に見られる会話文そのものについて、いくつかの点から整理した結果を示す。まず、会話文1つに含まれる文の数は、41例全体で46文あり、その内訳は次のとおり。

1文：37例（80・4％）、2文：3例、3文：1例

1会話文が1文のみというのが、じつに8割を越える。参考までに、伊勢物語では、例外的に、最大3文から成る例を挙げておく。

〔例3〕さるに、かの大将、いでてたばかりたまふやう、「①宮仕へのはじめに、ただなほやはあるべき。②三条の大御幸せし時、紀の国の千里の浜にありける、いとおもしろき石奉れりき。③大御幸ののち奉れりしかば、ある人の御曹司の前のみぞにするたりしを、嶋このみたまふ君なり、この石を奉らむ」

とのたまひて、（略）〔78〕

1文のみから成る会話文37例に限って、その長さを文節数で示すと、次のようなる。

1文節：4文、2文節：9文、3文節：9文、4文節：4文、5文節：3文、6文節：2文、8文節：1文、9文節：1文、10文節：3文、12文節：1文

1文節から12文節まで広く分布し、全体平均は3・8文節であるが、2文節と3文節に集中し、合わせて全体のほぼ半分になる。

もっとも文節数の多い12文節から成る1文による会話文を挙げておく。

〔例4〕 かの男、いとつらく、「おのが聞こゆることをば、いままでたまはねば、ことわりと思へど、なほ人をば恨みつべきものになむありける」とて、（略）〔94〕

文節数が多い分だけ、接続助詞の「ば」や「ど」を含み、1文がやや複雑な構造になっている。逆に、用例の集中する2文節や3文節程度の1文は相対的に単純な構造と言える。

引用形式

会話文を地の文の中に引用する際の、それと分かるマーカー機能をもつ語を、会話文に上接する部分と下接部分とに分けて取り出すと、上接部分にマーカーがあるのは、41例中の、次に示す、わずか2例である

（該当部分を四角で囲む）。なお、この2例は下接部分にも同じマーカーが用いられている。

〔例5〕 それを見て、ある人のいはく、「かきつばた、といふ五文字を句のかみにすゑて旅の心をよめ」といひければ、よめる。〔9〕

〔例6〕 親王ののたまひける、「交野を狩りて、天の河のほとりにいたる、を題にて、歌よみて盃はさせ」とのたまうければ、かの馬の頭よみて奉りける。〔82〕

いっぽう、下接部分のマーカーは、41例すべてに見られる。具体的な表現は、次のとおり（動詞の活用形は問わない）。

といふ：27例、と申す・とのたまふ：各2例、と問ふ：1例
とて：7例、と：2例

会話文を引用の格助詞「と」で受けて、さらに「いふ」を中心として、「申す・のたまふ・問ふ」などの発話動詞を用いたものが全体の8割近くを占める。「とて」や「と」という助詞のみをマーカーと認定したのは、この後で、文脈が変わるか、動詞が続いても、発話動詞ではないからである。それぞれの例を示す。

〔例7〕 道来る人、「この野はぬすびとあなり」とて、火つけむとす。〔12〕

〔例8〕「かかる君に仕うまつらで、宿世つたなく、悲しきこと、この男にほだされて」とてなむ泣きける。〔65〕

【例9】「この戸あけたまへ」[と]たたきけれど、あけで、歌をなむよみていだしたりける。〔24〕

会話文の意図

会話文における各文の文末モダリティを、対内容と対相手に2分し、さらに、以下のように8種類に分けてみる。各具体例とともに挙げる。

〈対内容モダリティ〉
【例10】述定：「これは、色好むといふすき者」と、すだれのうちなる人のいひけるを、〔61〕
【例11】意志：男、「みやこへいなむ」といふ。〔105〕
【例12】推量：よろこぼひて、「思ひけらし」とぞいひをりける。〔14〕
【例13】喚体：「あなや」といひけれど、〔6〕

〈対相手モダリティ〉
【例14】疑問：「などかくしもよむ」といひければ、〔101〕
【例15】命令：「女あるじにかはらけとらせよ。（略）」といひければ、〔60〕
【例16】禁止：女、「（略）。身もほろびなむ、かくなせそ」といひければ、〔65〕
【例17】勧誘：男、われて「あはむ」といふ。〔69〕

伊勢物語の会話文における46文のうち、対内容的なモダリティを示すのが29文、対相手的なモダリティを示すのが17文であり、前者がやや多めである。それぞれの内訳は、以下のようになる。

〔対内容〕述定：12文、意志：11文、推量：3文、喚体：3文
〔対相手〕疑問：7文、命令：8文、禁止：1文、勧誘：1文

対内容では、述定と意志のモダリティに、対相手では、命令と疑問のモダリティに集中している。ここで1つ断っておけば、対相手のモダリティの場合は、当然ながら、コミュニケーションの相手がいることが想定されるのに対して、対内容のモダリティの場合は、それを耳にする相手がいることも、いないこともありうるということである。

会話の様態

今度は、会話文の発話者を、「男」、相手の「女」、それ以外の「他」の3つに分けると、それぞれの用例数は、次のようになる。なお、「男」と「女」というのは、各段における主たる登場人物ということであって、同一人物であることを意味しない。

男：17例（14段）、女：13例（10段）、他：11例（7段）

「男」の発話が用例数も段数ももっとも多く、それに「女」が次ぐのは、想定の範囲内である。むしろ、「男」と「女」の差がそれほど大きくはなく、さらに「他」の発話もそれなりにあるという点に、注目すべきであろう。

これらのうち、「応答ペア」つまり会話のやりとりが明示されるのは、次の2段に1組ずつあるのみであ

る。

〔例18〕（略）いらへもせでゐたるを、「などいらへもせぬ」といへば、「涙のこぼるるに目も見えず、ものもいはれず」といふ。〔62〕

〔例19〕「などかくしもよむ」といひければ、「おほきおとどの栄花のさかりにみまそがりて、藤氏の、ことに栄ゆるを思ひてよめる」となむいひける。〔101〕

どちらの例も、1文内で、「など」で始まる疑問の発話を、「といへば」「といひければ」で受けて、以下にそれに対する答えの発話を示している。

これらに準じるケースが2種類あり、その1つは、次のような、問答の片方だけが示されるケースである。

〔例20〕渡守に問ひければ、「これなむ都鳥」といふを聞きて（略）〔9〕

問いの発話自体は省かれて、ただ地の文に「問ひければ」とあるのに対して、「これなむ都鳥」という、この段のポイントになる「都鳥」という答えに焦点を当てた表現が会話文になっている。

もう1つは、歌物語の伊勢物語としては、とくに重要と思われるケースで、会話文が和歌とペアになっている例である。全部で11例あり、会話文全体の4分の1が相当し、しかも次の、4つのパターンがある。

その第一は、作歌を促す発話を受けて、それにふさわしい和歌を詠んで見事に応えるというパターン。

〔例21〕それを見て、ある人のいはく、「かきつばた、といふ五文字を句のかみにすゑて旅の心をよめ」とい

ひければ、よめる。／〔歌〕から衣きつつなれにしつましあればはるばるきぬるたびをしぞ思ふ〔9〕

〔例22〕 ある人、「住吉の浜とよめ」といふ。／〔歌〕雁鳴きて菊の花さく秋はあれど春のうみべにすみよしのはま／とよめりければ、みな人々よまずなりにけり。〔68〕

〔例23〕 親王ののたまひける、「交野を狩りて、天の河のほとりにいたる、を題にて、歌よみて盃はさせ」とのたまうければ、かの馬の頭よみて奉りける。／〔歌〕狩りくらしたなばたつめに宿からむ天の河原にわれは来にけり〔82〕

第二に、作歌を求められたわけでもなく、また直接の話し相手でもないのに、自ら和歌を詠んで意思表示をするというパターンである。

〔例24〕 むかし、宮のうちにて、ある御達の局の前を渡りけるに、なにのあたにか思ひけむ、「よしや草葉よならむさがが見む」といふ。男、／〔歌〕つみもなき人をうけへば忘れ草おのが上にぞ生ふといふなる／といふを、ねたむ女もありけり。〔31〕

〔例25〕 むかし、男、後涼殿のはさまを渡りければ、あるやむごとなき人の御局より、「忘れ草を忍ぶ草とやいふ」とて、いださせたまへりければ、たまはりて、／〔歌〕忘れ草おふる野辺とは見るらめどこはしのぶなりのちも頼まむ〔100〕

〔例26〕 むかし、男、筑紫までいきたりけるに、「これは、色好むといふすき者」と、すだれのうちなる人のいひけるを、聞きて、／〔歌〕染河を渡らむ人のいかでかは色になるてふことのなからむ／（略）〔61〕

第三は、第二のパターンとは異なり、相手の発話内容に対して、反論あるいは拒否の意を、和歌によって間接的に示すというパターンである。

〔例27〕この女ども、「穂ひろはむ」といひければ、／〔歌〕うちわびておち穂ひろふと聞かませばわれも田づらにゆかましものを〔58〕

〔例28〕（略）女、「いとかたはなり。身も亡びなむ、かくなせそ」といひければ、／〔歌〕思ふにはしのぶることぞまけにけるあふにしかへばさもあらばあれ／といひて、曹司におりたまへれば、（略）〔65〕

〔例29〕「この戸あけたまへ」とたたきけれど、あけで、歌をなむよみていだしける。／〔歌〕あらたまのとしの三年を待ちわびてただ今宵こそ新枕すれ〔24〕

〔例30〕むかし、男、「伊勢の国に率ていきてあらむ」といひければ、女、／〔歌〕大淀の浜に生ふてふみるからに心はなぎぬかたらはねども／といひて、ましてつれなかりければ、（略）〔75〕

そして第四は、贈歌に対して返歌を送るに先立って、「さればよ」という、独り言の発話を示すという、ただ1例あるパターンである。

〔例31〕（略）女のもとより、／〔歌〕憂きながら人をばえしも忘れねばかつ恨みつつなほぞ恋しき／といへりければ、「さればよ」といひて、男、／〔歌〕あひ見ては心ひとつをかはしまの水の流れて絶えじとぞ思ふ／とはいひけれど、その夜いにけり。〔22〕

これらのパターンは、伊勢物語各段において重要な役割を果たす和歌が、どのようにして、あるいは何のために、詠まれたか、その状況や経緯などをよりリアルに示す手段として、会話文が様々な形で引用されていることを示していると言えよう。

指示表現

会話文が物語場面を再現的に描写するために引用されるとすれば、その場面の現場性を表わす機能が求められる。その機能を担うのが、いわゆる直示的な語・用法であり、伊勢物語においては、それがコソアによる指示表現に端的に現われている。

41例の会話文において、指示表現は15例も用いられているが、そのうちの、じつに14例までがコ系である。唯一の例外は、次の例である。

〔例32〕（略）草の上に置きたる露を、「かれは何ぞ」となむ男に問ひける。〔6〕

「かれ」は現代語のアレに相当し、遠くに見える「草の上に置きたる露」を、それと分からずに女が男に無邪気に尋ねる、現場指示の用法である。このようなア系の用法は、地の文にはありえない。なお、伊勢物語の会話文には、ソ系の指示表現はまったく見られない。

同様に現場指示用法のコ系には、次のように、「これ」が2例、「ここ」が1例、「この」が4例、「かかる」が1例見られる。これらのコ系の指示表現は、どの会話文においても、それぞれの発話者のいる場あるいは場にある物事を指示して、場面の現場性を際立たせるとともに、話題としてそれを取り立てている。

〔例33〕京には見えぬ鳥なれば、みな人見しらず。渡守に問ひければ、「これなむ都鳥」といふを聞きて、（略）〔9〕

〔例34〕「これは、色好むといふすき者」と、すだれのうちなる人のいひけるを、（略）〔61〕

〔例35〕その山科の宮に、（略）。「（略）。こよひはここにさぶらはむ」と申したまふ。〔78〕

〔例36〕道来る人、「この野はぬすびとあなり」とて、火つけむとす。〔12〕

〔例37〕「この戸あけたまへ」とたたきけれど、あけで、（略）〔24〕

〔例38〕夜さり、「このありつる人たまへ」とあるじにいひければ、（略）〔62〕

〔例39〕「かかる君に仕うまつらで、宿世つたなく、悲しきこと、この男にほだされて」とてなむ泣きける。〔65〕

〔例40〕宇津の山にいたりて、わが入らむとする道はいと暗う細きに、（略）、修行者あひたり。「かかる道は、いかでかいまする」といふを見れば、（略）〔9〕

指示表現の用法

コ系とソ系の指示表現には、現場指示だけでなく、文脈指示の用法もある。談話におけるコ系の文脈指示は自らの発話文脈内を、ソ系の文脈指示は相手の発話文脈内を指示するのが一般的である。では、伊勢物語の会話文における、コ系の文脈指示用法とみなされる用例がどうなっているかを見ると、次のとおりである。

〔例41〕人のむすめのかしづく、いかでこの男にものいはむと思ひけり。うちいでむことかたくやありけむ、もの病みになりて、死ぬべき時に、「かくこそ思ひしか」といひけるを、（略）〔45〕

〔例42〕いかでこの在五中将にあはせてしがなと思ふ心あり。狩し歩きけるにいきあひて、道にて馬の口をとりて、「かうかうなむ思ふ」といひければ、あはれがりて、（略）〔63〕

〔例43〕男、女がたゆるされたりければ、女のある所に来てむかひをりければ、女、「いとかたはなり。身も亡びなむ、かくなせそ」といひければ、（略）〔65〕

〔例44〕この帝は、顔かたちよくおはしまして、仏の御名を御心に入れて、御声はいと尊くて申したまふを聞きて、女はいたう泣きけり。「かかる君に仕うまつらで、宿世つたなく、悲しきこと、この男にほだされて」とてなむ泣きける。〔65〕

〔例45〕かくかたはにしつつありわたるに、身もいたづらになりぬべければ、つひに亡びぬべし、とて、この男、「いかにせむ、わがかかる心やめたまへ」と、仏神にも申しけれど、いやまさりにのみおぼえつつ、なほわりなく恋すのみおぼえければ、（略）〔65〕

〔例46〕「（略）。三条の大御幸せし時、紀の国の千里の浜にありける、いとおもしろき石奉れりき。大御幸ののち奉れりしかば、ある人の御曹司の前のみぞにすゑたりしを、島このみたまふ君なり、この石を奉らむ」とのたまひて、〔78〕

各用例におけるコ系の指示表現が指し示すと見られる文脈部分に傍線を付してあるが、それによって明らかなように、同一発話内における文脈を指示しているのは、最後の〔例46〕のみであり、それ以外はすべて地の文の文脈を指示し、〔例41〕〜〔例44〕が会話文に先行する地の文、〔例45〕が会話文に後続する地の文に見出される。

とくに注目すべきは、〔例41〕の「かく」、〔例42〕の「かうかう」で、それ自体では談話における実際の発話としてなら意味不明であり、成り立たない。文章における地の文と会話文の関係おいてのみ成り立つ用法であり、同一表現の反復を避けた、独自の文脈指示用法と見ることができよう。

ただし、注意を要するのは、これらの会話文における指示表現は会話の当事者にとってはあくまでも現場指示の用法であって、それが文脈指示となりうるのは、その現場を共有しない読み手にとってという点である。つまり、地の文と会話文の関係において、文脈指示が成り立つのは、文章の書き手と読み手の関係においてであって、会話の当事者同士においてではない。見方を変えれば、このような会話文は、形式のみならず内容においても、それ自体が独立しているわけではなく、地の文の文脈に依存しているということになる。

会話文の役割

冒頭に示したように、伊勢物語には会話文そのものの引用がそもそもきわめて少ないので、おのずとその役割も限られたものにならざるをえない。引用の中心はあくまでも和歌であって、会話文は和歌の引用を導くための手段という場合がもっぱらである。それでも、特記すべきことがあるとすれば、次の2点であろう。

まず1番に挙げたいのは、伊勢物語の中核を成す和歌が、各段で展開されるコミュニケーションにおいて、和歌同士のやりとり以外で、どのような意味なり役割なりを担っているかを、会話文のほうが地の文よりもリアルに示す働きをしているという点である。

2つめは、会話文における、とくに指示表現の使用において、場面指示による、それぞれの場面性を示すことの他に、文脈指示による、地の文との兼ね合いで、和文散文という文章としての調整を図っているという点である。

第6章

和泉式部日記

日記と物語の会話文

和泉式部日記は、「和泉式部物語」とも称される。「日記」が通称となっているのは、諸伝本のうち三条西家本のみがその書名なのであるが、それが最善本とみなされていることによる。作者としては、和泉式部本人説と別人説とがあり、それによって成立年代の想定も異なる。ここでは、本人自作説の立場に拠り、成立も平安時代半ばと見ておく。

日記文学として見れば、この作品よりも前に、土左日記とかげろふ日記がある。これらと和泉式部日記が異なるのは、それが物語として読まれてきたという点である。とりわけ、和歌が144首も出て来るところからは、歌物語的な性格を帯びているとも言える。そういう点が、伊勢物語同様に、会話文の様相にも現れているのではないかと予想される。

会話文の分量

テキスト本文の総行数１０７０行に対して、会話文の占める実質的な行数は140行、全体の約13％にすぎない。

会話文の総用例数は77例であり、1例あたりの平均行数は1・8行となる。ただし、1行以内の会話文が35例と半分近くもあり、2行以内が26例、3行以内が6例、4行以内が6例、飛んで、6行が1例、12行が1例、14行が1例のように分布している。

会話文の作品全体における分布を見ると、ほぼ全体にわたって見られるが、出現の仕方には粗密がある。密のほうで注目されるのは、それが宮と女のやりとり以外の会話文ということである。テキストのページ単位で会話文が6例あるのが最多で、5例が2個所あるが、どれも2人の間の会話のやりとりではない。粗のほうでは、会話文が出て来ない本文が7ページ続くのが1個所、5ページが2個所ある。この3個所に共通するのは、当然予想されることではあるが、宮が女から間遠になっている時期で、その間も和歌を記した書簡のやりとりはあるものの、直接会話を交わす機会がないからである。

当然の予想としたのは、和泉式部日記がこの2人の関係を中心に展開していることに基づく。各会話文の発話者を見ると、宮がもっとも多くて38例あるのに対して、女はその半分以下の16例である。両者の合計54例のうち、2人の会話のやりとりになっているのが35例あって、やりとりとしては飛び抜けて多い。宮の38例の会話文のうち女が相手なのが25例、女の16例の会話文のうち宮が相手なのは10例ある。

また、2人以外の発話者の会話文は23例あるが、そのうち13例は宮（7例）か女（6例）を相手にしたものである。ということは、和泉式部日記における会話文77例のうちの67例、つまり9割近くは、宮と女が会話の当事者になっているということである。なお、他の発話者としては、小舎人童が7例あるのが目に付く程度で、そのうちの5例が女に対する発話である。

この2人以外でとくに注目される会話のやりとりは、和泉式部日記冒頭部分にある、女と小舎人童とのやりとりである。〔例1〕として発話者別に示すように、女のほうから興味津々に話を切り出し、6例も連続的に会話文が示されている。これほどの会話文の連続は和泉式部日記の中では唯一であり、その後の、宮と女の間にも見られない。その意味では、これらの会話文は、宮と女を結び付けるきっかけを具体的に描くという、きわめて重要な役割を果たしていると言える。

〔例1〕女：「などか久しく見えざりつる。遠ざかる昔のなごりにも思ふを」など言はすれば、

童：「そのこととさぶらはでは、なれなれしきさまにやと、つつましうさぶらふうちに、日ごろは山寺にまかり歩きてなむ。いとたよりなく、つれづれに思ひたまうらるれば、御かはりにも見たてまつらむとてなむ、帥宮に参りてさぶらふ」と語る。

女：「いとよきことにこそあなれ。その宮は、いとあてにけけしうおはしますなるは。昔のやうにはえしもあらじ」など言へば、

童：「しかおはしませど、いとけぢかくおはしまして、『つねに参るや』と問はせおはしまして、『参りはべり』と申しさぶらひつれば、『これもて参りて、いかが見たまふとてたてまつらせよ』とのたまはせたる」とて、橘の花をとり出でたれば、

女：「昔の人の」と言はれて、

童：「さらば参りなむ。いかが聞こえさすべき」と言へば、ことばにて聞こえむもかたはらいたくて、（略）。

引用形式

会話文の引用形式として、上接表現を見ると、当該の地の文内に明確に引用マーカーがあるのは、次の、「聞こゆるやう」の、たった1例である。

〔例2〕（略）、ある人々聞こゆるやう、「このごろは、源少将なむいますなる。昼もいますなり」と言へば、また、「治部卿もおはすなるは」など、口々に聞こゆれば、（略）。

このマーカーは、引用末尾の「など、口々に聞こゆれば」とセットになって、その間にある2つの会話文の引用を示すという、珍しいケースである。

上接表現無しで会話文が始まる例は13例ある。その中でも顕著な例は、次のように、会話文が直接連続するケースである。

〔例3〕むつかしき所などかきはらはせなどさせたまひて、「しばしかしこにあらむ」。かくて居たれば、あぢきなく、こなたへもさし出でたまはぬも苦しうおぼえたまふらむ」とのたまへば、「いとぞあさましきや。世の中の人のあさみきこゆることよ」∅「参りけるにも、おはしまいてこそ迎へさせたまひけれ。すべて目もあやにこそ」∅「かの御局にはべるぞかし。昼も三たび四たびおはしますなり」∅「いとよくしばしこらしきこえさせたまへ。あまりもの聞こえさせたまはねば」などにくみあへるに、御心いとつらうおぼえたまふ。

これは、宮の北の方付きの女房たちが、女を邸に引き入れた宮に対して、口々に非難する4つの会話文であって、中の2例は下接表現も伴っていない。順次の会話のやりとりではなく、一斉に言い合うさまを示すための措置であろう。

下接表現においては、「と」で受けるのが46例、「とて」と「など」がそれぞれ14例あり、残り3例は〔例

3」にもあるように、下接表現がない。「と」が約6割を占めるが、「とて」や「など」もそこそこ用いられている。

「と」には、「さし寄せて、「はや、はや」とあれば、」の「あり」1例を除き、すべて発話動詞が続く。「と」に続く発話動詞としては、敬意を伴う「のたまふ」17例・「聞こゆ」13例・「申す」3例、伴わない「言ふ」8例・「問ふ」3例・「語る」「物語す」各1例がある。

「など」には、「にくむ」1例を除いて、「のたまふ」5例・「聞こゆ」3例・「言ふ」3例・「物語す」・「ひとりごつ」各1例があり、「と」とほぼ同様に発話動詞が続く。「と」と「など」での表現上の違いを挙げれば、「と」の場合、その後に已然形＋「ば」になるのが25例、連用形＋「て」が10例あるのに対して、「など」の場合、「ば」が4例、「て」が6例という点である。「と」で受ける会話文のほうが、次の会話文との関係付けが相対的に強いということであろう。

これらに対して、「とて」で受ける場合は、14例すべてがそれだけで引用マーカーとなり、発話動詞以外の表現が続く。

会話文の構成と発話主体

和泉式部日記における会話文がそれぞれ何文から成るかを見ると、次のとおりである。なお、全体数は157文で、1例平均は、約2文である。

1文：37例、2文：20例、3文：14例、4文：3例、5文：1例、9文：1例、12文：1例

1文のみの会話文が半分弱あり、3文までで9割以上を占める。最多12文の会話文は、乳母が宮に外出を

控えるように懇々と諫める発話である。

1文のみの会話文における文節数の分布は次のとおり。平均文節数は約4文節である。

1文節：5文、2文節：15文、3文節：6文、4文節：2文、5文節：1文、6文節：1文、8文節：1文、9文節：1文、10文節：1文、12文節：2文、14文節：1文、16文節：1文

最多は2文節の15文であるが、全体にばらついている。最少の1文節の1文には、「いかに」、「なにぞ」、「かくなむ」、「見苦し」、「下りね」のように、省略が目立つ。最多16文節の1文から成る会話文は、〔例1〕に示した、作品冒頭の、小舎人童の2回目のものである。

全体平均約2文に対して、宮が約2・1文と平均を上回るのに対して、女は約1・5文と下回る。2人の会話文における文数の分布は次のとおりである。

宮：1文：19例、2文：8例、3文：6例、4文：3例、5文：1例、9文：1例
女：1文：11例、2文：2例、3文：3例

宮の会話文でも、1文が全体の半分を占めるが、9文まであって、広がりがある。女の会話文では、約7割が1文のみであり、しかも3文までしかない。このような傾向は2人だけの会話のやりとりに限っても変わらない。

2人の間の会話文は35例あるが、そのうち11例がやりとりとして示されている。中で、もっとも文数が多いのは、次の例である。宮の会話文に4文、女の会話文に3文、計7文でのやりとりである。

【例4】（宮）「①いと明し。②古めかしう奥まりたる身なれば、かかるところに居ならはぬを。③いとはしたなき心地するに、そのおはするところに据ゑたまへ。④よも、さきざき見たまふらむ人のやうにはあらじ」とのたまへば、（女）「①あやし。②今宵のみこそ聞こえさすると思ひはべれ。③さきざきはいつかは」など、はかなきことに聞こえなすほどに、夜もやうやうふけぬ。

これは、初めて2人が一夜を明かし、直接会話を交わす会話文が登場する最初の場面である。宮が何とか中に入ろうとして、その理由を述べるのに対して、女は宮の言葉尻を捉えて、はぐらかしている。ちなみに、宮の会話文で4文以上から成る5例はすべて相手が女であり、女の会話文で最多3文の3例のうち2例の相手が宮である。

文末表現

和泉式部日記における会話文を構成する157文のうち、述語文末が省略されているとみなされるのが30文ある。全文数の2割弱であり、目立って多いとは言えない。ただし、このうち、1文のみも含め、会話文の最後に位置する省略が21文あることが注意される。省略とした中には、「いざたまへ、今宵ばかり」と「まことにや、女御殿へわたらせたまふと聞くは」の2例があるが、これらは倒置によるものであろう。

この30文の省略文末に、とくに目立った傾向はないものの、比較的多いのは、係助詞の結びを欠くケースで、9文ある（「なむ」7例、「こそ」1例、「も」1例）。そのほとんどを占める「なむ」は、「かくなむ。」、「かく参り来ること便悪しと思ふ人々、あまたあるやうに聞けば、いとほしくなむ。」、「明日は物忌と言ひつれば、なからむもあやしと思ひてなむ。」などのような形で、文末に現われている。これに、「まして、まことなりけりと見はべらむなむかたはらいたく」も加えられよう。どれも文脈抜きでも補充が可能な省略である。

この中の「かくなむ」は次のように出て来て、これだけでは発話としての実質性はなく、地の文に依存した省略的な表現である。なお、続く「なし」は実際には発話されていないので、カギカッコはあるが、会話文には含めていない。

〔例5〕あやしき御車にておはしまいて、「かくなむ」と言はせたまへれば、女いと便なき心地すれど、「なし」と聞こえさすべきにもあらず。

疑問副詞単独で1文になる、「なにぞ」、「なにか」、「いかに」という各1例もある。さらに、「さきざきはいつかは」「つねはいかでか」のように、表現が補われている例も見られ、会話文らしい文末と言える。これは先行文脈があって可能な省略である。

他に、引き歌として、「昔の人の」、「風の前なる」、「鳥の音つらき」の3例がある。最初の1例が女の、後の2例が宮の口ずさみである。これらは、発話者はもとより、それを耳にする相手、そして読み手も元歌を想起できる限りにおいて、引き歌としての省略が意味を持つ。なお、「人は草葉の露なれや」という、宮による引き歌もあるが、1文としては完結しているので、省略とはみなさなかった。

会話文の文末に省略のない127文において、地の文には出現しにくい表現として、対相手のモダリティ表現がある。典型的なのは、質問表現と命令（禁止を含む）表現である。どちらも20文ずつ、計40文に見られる。共通しているのは、各20文のうち、質問表現では13文、命令表現では17文と、発話者が圧倒的に宮に偏るという点である。

質問表現としては、疑問詞によるのが10例、疑問の助詞のみによるのが10例ある。疑問詞には、「などいらへもしたまはぬ」、「などか久しく見えざりつる」、「昼は人々、院の殿上人など参りあつまりて、いかにぞかくてはありぬべしや」、「いかが聞こえさすべき」、「見苦しうはたれかは見む」、「いづちか行かむ」など、疑問助詞には、「御文やある」のように係り結びの例と、「童参りたりや」、「もしのたまふさまなるつれづれならば、かしこへはおはしましなむや」などや、「人使はむからに、御おぼえのなかるべきことかは」のように、終助詞の例とがある。なお、「よし見たまへ、手枕の袖忘れはべる折やはべる」という1文は、文中に命令表現を含むが、文末に限って、疑問表現とした。

命令表現20例のうち、禁止表現は「かかること、ゆめ人に言ふな」と「あさましく心よりほかにおぼつかなくなりぬるを、おろかになおぼしそ」の2例があり、命令表現としては、「いざたまへ」、「人ゐておはせ」、「苦しくとも行け」、「右近の尉にさし取らせて来」などのように、動詞命令形が9例ともっとも多く、「よし見たまへ」、「いとよくしばしこらしきこえさせたまへ」などのように、補助動詞「たまふ」の命令形が5例、「こなたなどにも召し使はせたまへかし」、「思ひおきたることなければど、ただおはせかし」などのように、終助詞「かし」が下接するのが3例、「下りね」、「例の車に装束せさせよ」のように、助動詞命令形が2例見られる。

残りの80文は、「あが君や」や「騒がしの殿のおもとたちや」のような喚体句を除けば、主語を欠くのも含め、平叙文であるが、その中で目立つのは、「ぞ」「なむ」「こそ」の係り結びによる強調表現になっているのが22例ある点である。「ぞ」が2例、「なむ」が6例、「こそ」が14例あり、「こそ」が際立っている。

会話には強調を伴いやすいと言えそうであるが、会話文以外には、和歌、書簡文、心話文、引用文を除いた、狭義の地の文があるが、次のとおりである。

和歌　：「ぞ」25例、「なむ」0例、「こそ」14例、計39例
書簡文：「ぞ」2例、「なむ」3例、「こそ」9例、計14例
心話文：「ぞ」2例、「なむ」0例、「こそ」6例、計8例
地の文：「ぞ」11例、「なむ」0例、「こそ」0例、計11例
右計　：「ぞ」40例、「なむ」3例、「こそ」29例、計72例
会話文：「ぞ」2例、「なむ」6例、「こそ」14例、計22例

単純な比較はできないが、先に明らかにしたように、行数による分量比率は、会話文が約13％であるのに対して、会話文における強調の係り結び例は全体94例の約23％になるから、相対的に高く、さらに、突出して多く、かつ位相の異なる和歌を除けば、40％にもなるので、なおさらである。

会話文では、「こそ」が最多であるが、これは書簡文や心話文とも共通し、「なむ」が用いられるのは、会話文と書簡文のみであり、合わせて、会話文と書簡文の親近性がうかがえる。対するに、狭義の地の文には「ぞ」しか用いられていないのも、和歌を含めた引用文との大きな違いである。

語の位相

会話文は、地の文と位相を異にするものであり、それによって、それぞれに用いられる語彙にも違いが生じることが予想される。いわゆる話し言葉と書き言葉に差がなかったとみなされている時代にあっても、それぞれの基盤としての談話と文章のそれぞれの条件の違いが、使用語彙にも現れているのではないか。それを確認してみる。

資料として、安部清哉ほか「『和泉式部日記』文体・位相別自立語索引稿」(『玉藻』第26号、1991

年）を用いる。同資料は語別に、地の文、会話文、心内語、歌、漢文、消息文のように分類してあるが、ここでは、地の文、会話文、歌の3種のみを取り上げ、心内語は地の文に含め、漢文、消息文の語はカウント外とした。また、1語としての認定も、同資料の見出し語として示されたものに従う。

それぞれの位相にのみ見られる語の数は、以下のとおりである（「併用」とは2つ以上の位相にまたがって用いられることを示す）。

会話文：121語、地の文：478語、和歌：346語、併用：316語、計1261語

分量的に見れば、地の文のみに見られる語がもっとも多いのは当然としても、和歌にしか用いられない語が相対的に目立つ。それに比し、会話文のみは全体の1割程度しか見られないが、本文行の分量比率とほぼ相関的である。

会話文にしか見られない語全体を見ると、121語のうちの107語、9割近くが1回しか出て来ない。これは、たまたま会話文にしか出て来なかったにすぎないという可能性もある。

複数回見られる15語は、次のとおりである。

「いざたまへ」「まことなり」（各4回）、「かの〔彼〕」「かやうなり〔斯様〕」「かしこ〔彼処〕」「まかる〔罷〕」（各3回）、「います〔坐〕」「おむかへ」「さきざき」「などか」〔副〕、「ひとげなし」「ふるめかし」「まゐりく」「まゐる」「よし」〔副〕（各2回）

これらの語から、会話文のみの語の特徴として指摘できそうなことは、次の3点である。

第一に、最多4回の「いざたまへ」は、資料では1語扱いしているが、「いざ」(感動詞)＋「たまふ」(動詞)の命令形であるという点である。「いざ」単独では、和歌に3例あり、「たまふ」も、命令形以外は、各位相に多く用いられているが、このような形での用法は会話文ならではである。

第二に、その「いざたまへ」を含め、「まかる」「います」「おむかへ」「まゐりく」「まゐる」など、待遇語が多く出て来るという点である。1回のみにも、待遇を含む語が16語ある(尊敬の「おはしましかよふ」「おぼしおく」「ききおはす」「きこしめしげなり」「ごらんじはつ」「めしつかふ」、「おん」の付く「おんあやまち」「おんおぼえ」「おんかど」「おんかはり」「おんせうそこ」「おんつぼね」「(とのの)おもとたち」、謙譲の「いでまうでく」「きこえたゆ」「ものがたりきこゆ」)。待遇語は地の文にも現れるが、会話文の場合は、会話当事者同士の人間関係をふまえて用いられるものである。

第三に、「かの」「かやうなり」「かしこ」のような指示語が多いという点である。1回のみにも、「かれ」、「かう」「かうかう」、「さり」(ラ変)「さりぬべし」「しか」「しかじか」「そが」「そこ」がある。さらに、「あが」「まろが」という1人称代名詞や、「あす」「けふあす」のような日にちを表わす語も会話文にしか見られない。これらはどれも、会話の現場をふまえて成り立つ直示的な用法であるからこそ、会話文に見られるのである。

宮と女のやりとり(1)

先に、宮と女の「2人の会話のやりとりになっているのが35例あって、やりとりとしては飛び抜けて多い」ことを指摘した。これは、和泉式部日記全体の展開にとって、相応の意味があることを示していよう。「相応の」としたのは、この作品において、2人をつなぎ合う、もっとも頻繁かつ重要な手段のほとんどが書簡による歌の贈答だからである。会話のやりとりは、2人の対面の場面に限られ、その場面さえごくわずかしかない。

歌と会話、書簡と対面では、コミュニケーションの質がおのずと異なる。その異なりのポイントを挙げれば、和泉式部日記において、歌・書簡は建前であるのに対して、対面の会話は本音である点である。その本音としての会話のやりとりがどのようなもので、どのように展開しているか、順に確認してみる。

最初の2人の会話のやりとりが実現するのは、先に挙げた〔例4〕である。

何せ、いきなりの最初の一夜であるから、女は応答したものの、すぐには受け入れないというポーズを示す。しかし、その後、歌の贈答を経て、宮は「かろがろしき御歩きすべき身にてもあらず。なさけなきやうにはおぼすとも、まことにものおそろしきまでこそおぼゆれ」と言って、「やをらすべり入り」、そして、「いとわりなきことどもをのたまひ契りて、明けぬれば帰りたまひぬ」となる。この間、女が何かを話したか、何も話さなかったかについては、まったく記されていない。

それから1ケ月ほど後に、宮が女を訪れ、2晩続けて外に連れ出すが、その場面では、8例の宮の会話文があるのみで、女の会話文は見られない。宮の8例めの「かやうならむ折は、かならず」という別れ際の言葉に対し、やっと女は「つねはいかでか」と渋るような返答をする。

その後はいろいろ事情があって、2人が会うのは5カ月も経ってからである。この間は、歌の贈答はあっても、会話のやりとりはまったくない。久しぶりに会った女の「寝たるやうにて思ひ乱れて臥したる」姿に驚いて、宮は歌を詠むが、それに対して、女は「御いらへすべき心地もせねば、ものも聞こえで」という状態にある。そのうえで、次のようなやりとりになる。

〔例6〕（略）、（宮）「などいらへもしたまはぬ。はかなきこと聞こゆるも、心づきなげにこそおぼしたれ。いとほしく」とのたまはすれば、（女）「いかにはべるにか、心地のかき乱る心地のみして。耳にはとまらぬにしもはべらず。よし見たまへ、手枕の袖忘れはべる折やはべる」とたはぶれごとに言ひなして、（略）。

女のそのような様子が気掛かりになって、宮はそれからは「しばしばおはしまして」、女の人柄を見直し、女に初めて自らの決断を語りかける。次に示すように、宮の会話文としても、全体としても、もっとも長く、9文・14行にわたる。

〔例7〕（略）、あはれに語らはせたまふに、「①いとかくつれづれにながめたまふらむを。②思ひおきたることとなけれど、ただおはせかし。③世の中の人も便なげに言ふなり。④ときどき参ればにや、見ゆることもなけれど、それも人のいと聞きにくく言ふに、またたびたび帰るほどの心地のわりなかりしも、人げなくおぼえなどせしかば、いかにせましと思ふ折々もあれど、古めかしき心なればにや、聞こえ絶えむことのいとあはれにおぼえて。⑤さりとて、かくのみはえ参り来まじきを、まことに、聞くことのありて制することなどあらば、『空行く月』にもあらむ。⑥もしのたまふさまなるつれづれならば、かしこへはおはしましなむや。⑦人などもあれど、便なかるべきにはあらず。⑧もとよりかかる歩きにつきなき身なればにや、人もなき所についゐなどもせず。⑨おこなひなどするにだに、ただひとりあれば、おなじ心に物語聞こえてあらば、なぐさむことやあると思ふなり」などのたまふにも、（略）。

この宮の誘いの言葉を聞いた女は、自らの迷いを示す、10行にも及ぶ長い心話文の後に、次のように、その迷いのまま返答し、宮がすぐそれに答える。

【例8】（女）「なにごともただわれよりほかのとのみ、思ひたまへつつ過ぐしはべるほどのまぎらはしには、かやうなる折、たまさかにも待ちつけきこえさするよりほかのことなければ、ただいかにものたまはするままにと思ひたまふるを、よそにても見苦しきことに聞こえさすらむ。まして、まことなりけりと見はべらむなむかたはらいたく」と聞こゆれば、（宮）「それはここにこそともかくも言はれめ。見苦しうはたれかは見む。いとよく隠れたるところつくり出でて聞こえむ」など頼もしうのたまはせて、夜ぶかく出でさせたまひぬ。

しかし、決着の付かないまま、数日後にまた訪れ、女を促す宮の言葉に対して、ようやく女の気持に変化の見られる、次のようなやりとりがある。

【例9】（宮）「この聞こえさせしさまに、はやおぼし立て。かかる歩きのつねにうひうひしうおぼゆるに、さりとて参らぬはおぼつかなければ、はかなき世の中に苦し」とのたまはすれば、「ともかくものたまはせむままにと思ひたまふるに、『見ても嘆く』といふことにこそ思ひたまへわづらひぬれ」と聞こゆれば、「よし見たまへ。『塩焼き衣』にてぞあらむ」とのたまはせて、出でさせたまひぬ。

この会話のやりとりからは、宮の決断の変わらないことに、女の気持がそちらに傾き始めたさまがうかがえる。

それからしばらくしての宮の来訪時には、これまでのやりとりとはうって変わった話題が出る。

【例10】（宮）「このごろの山の紅葉はいかにをしからむ。いざたまへ、見む」とのたまへば、（女）「いとよくはべるなり」と聞こえて、（略）。

結局は女の都合で実現しなかったものの、宮からの紅葉狩りの誘いに、女が快く応じるという、2人が親密な関係になったことを物語るものである。

その後の来訪時にも、宮は「なほ人の言ふことのあれば、よもとは思ひながら聞こえしに、かかることは言はれじとおぼさば、いざたまへかし」と女をふたたび誘ったり、また別の夜にも、「かしこにゐてたてまつりてのち、まろがほかにも行き、法師にもなりなどして、見えたてまつらずは、本意なくやおぼされむ」と、今度は女の宮邸入り後の心配を語ったりするが、女は「ものも聞こえで、つくづと泣く」ばかりである。

宮と女のやりとり（2）

そうして、ついに宮は我慢しきれなくなり、12月18日、決行の日が来る。その様子が次のように描かれている。

【例11】例の、（宮）「いざたまへ」とのたまはすれば、今宵ばかりにこそあれと思ひてひとり乗れば、「人ゐておはせ。さりぬべくは心のどかに聞こえむ」とのたまへば、「例はかくものたまはぬものを、もしやがてとおぼすにや」と思ひて、人ひとりゐて行く。

口には出さないものの、女もある程度は宮邸入りを覚悟していたことが知れる。

そして、宮邸入り後、2人の会話のやりとりとしては最後の例が、次のとおりである。

〔例12〕（宮）「今かの北の方に渡したてまつらむ。ここには近ければゆかしげなし」とのたまはすれば、みそかに聞けば、（宮）「昼は人々、院の殿上人など参りあつまりて、いかにぞかくてはありぬべしや。近劣りいかにせむと思ふこそ苦しけれ」とのたまはすれば、（女）「それをなむ思ひたまふる」と聞こえさすれば、笑はせたまひて、（宮）「まめやかには、夜などあなたにあらむ折は用意したまへ。けしからぬものなどはのぞきもぞする。今しばしあらば、かの宣旨のある方にもおはしておはせ。おぼろけにてあなたは人もより来ず。そこにも」などのたまはせて、（略）。

宮邸入りを既成事実としたうえで、2人は具体的な状況や今後のことについて語り合うのである。作品の中で、歌の贈答も含め、2人の関わり合いが示されるのは、この会話のやりとりが最後である。

以上の、宮と女の会話のやりとりから明らかなことは、3つある。

1つめは、2人の実質的な恋愛関係の記念すべき最初と最後を、会話文が示しているということである。「最後」というのは、あくまでも恋愛関係としてであって、同居後は夫婦関係同然になったと見られるからである。

2つめは、対面時の会話のやりとりによって、お互いの心情の本音のところが露わになっているということである。先に、和歌を建前とみなしたのは、詠まれるのがその時々の心情という点では共通するが、それだけではなく、作歌や贈答に伴う、それなりのルールがあり、お互いの教養や才能も問われるからである。このことは、2人が互いに認め合っていたのであるが、単なる歌友達というわけではない。

そして3つめは、この恋愛当事者としての女にとって、機会が少なかったからこそ、直接触れ合い、語り合う場面がもっとも強く印象に残っていたのではないかということである。それはつまり、史実としても裏付けられている、帥宮と和泉式部との関係であり、体験者としての彼女が書き手であるということに結び付いている。さらに言えば、その恋愛事実と彼女の印象記憶のほうが、虚構としての物語の完成度よりも優先されたのではないかとさえ思われる。

その意味では、和泉式部日記に対して、歌の多さから歌物語的な性格を帯びることを予想したけれども、物語的な日記あるいは日記的な物語と見るのが、よりふさわしいかもしれない。

発話の再現性

以上、和泉式部日記における会話文全体の様相を整理してきたが、これはすべての会話文を同一の表現条件にあることを前提としたものである。冒頭で触れたように、この作品の作者として和泉式部本人以外が想定される理由の1つは、「女」として描かれるのが和泉式部自身だとしたら、彼女が直接は知りえないことが書かれているということがある。会話文についても同様で、女が当事者として関わっている会話ならば、その体験記憶を再現しうるが、関わっていない会話の場合は、そもそも再現のしようがない。つまり、それは別人による虚構創作ではないかというのである。かりに和泉式部自身がすべてを書いたとしたら、本人が関わった会話とそうでない会話とでは、会話文として差異が認められるのではないかという予想も成り立ちえよう。最後に、補足的に、この点について触れておきたい。

女が話し手となっている会話文は、独白2例を含めて16例ある。一方、女が聞き手となっている会話文は、32例ある。合わせて48例である。これらについては、細部まではともかく、記憶再現は可能である。残りの29例が女の関わらない会話文であるが、その29例のうち、「女」が後に話として聞く可能性がある相手は宮と小舎人童であり、この2人が関わる会話文が22例ある。再現度は落ちるかもしれないが、その話を元

に会話を再構する こともできなくはない。問題は、女が知りようもない、それら以外の会話文の例である。

しかし、じつは、この残り7例はすべて、女が宮邸入りした後に登場する、宮の北の方を中心とした会話文なのである。とすれば、宮からではなくても、宮邸内の誰かから聞くことも、あるいは女自身が耳にすることも考えられなくはない。

その最初の例は、女が宮邸入りしたことを知った女房からその知らせを聞いた北の方が話す場面である。

〔例13〕（略）、「かかることなくてだにあやしかりつるを。なにのかたき人にもあらず。かく」とのたまはせて、「わざとおぼせどこそ忍びゐておはしたらめ」とおぼすに、心づきなくて、例よりもものむつかしげにおぼしておはすれば、いとほしくて、しばしは内に入らせたまはで、（略）、こなたにおはします。

北の方の話し相手は注進に来た女房たちであろうが、北の方が「わざとおぼせどこそ忍びゐておはしたらめ」や「例よりもものむつかしげに」と「おぼす」と思ったのは、その時点では話し相手ではなかったはずの宮である。しかし、その直後の文脈において、北の方は直接、宮に向って、「しかじかのことあなるは、などかのたまはせぬ。いとかう、身の人げなく人笑はれに恥づかしかるべきこと」と泣く泣く訴えることになっていて、この間の経緯や会話関係は必ずしも明らかではない。つまり、その辺のところを、書き手がそのような展開として示したということであって、女が知りえないとはならないということである。

その後、宮邸を出ることを覚悟した北の方が女房たちに対して、「しばしかしこにあらむ。かくて居たればあぢきなく、こなたへもさし出でたまはぬも苦しうおぼえたまふらむ」と話すのを聞いて、女房たちが〔例3〕に示したように、口々に女を非難する。このようなやりとりも、その場に、女はもとより、宮がいないからこそであろうが、その後に、迎えに来た「御せうとの君達、「女御殿の御迎へに」と聞こえたまへば、さおぼしたり」というのも宮であるから、北の方と女房たちのやりとりの如何に、おおよその見当は付き、それを女に告げたとしても、不自然ではあるまい。

つまり、女自身が直接関わる会話かそうでない会話かというのは、再現描写するにあたって、あくまでも相対的な程度差にすぎないのであり、一方が事実で、もう一方が虚構という対立にはならないということである。もしその点をもって、書き手を別人とするのであれば、それは当たらないであろう。

第7章　堤中納言物語

会話文の分量と分布

堤中納言物語は、謎に満ちた作品である。書名の由来も不詳であれば、編者も不詳。成立年代も平安後期以降とされるのみ。10編の短編物語で構成されるが、各出自も配列の事情もよく分かっていない。だからこそと言うべきか、「虫めづる姫君」を代表として、かなり個性が強く、内容的にもそれぞれ独立した作品が集められている。共通している点は、平安貴族の世界が描かれていることぐらいであり、作品によって会話文のありようにも大きな違いが見られることが予想される。

収録順に作品名を挙げると、以下のとおり（末尾は以下に用いる略称）。

「花桜折る少将」〈花〉、「このついで」〈此〉、「虫めづる姫君」〈虫〉、「ほどほどの懸想」〈程〉、「逢坂越えぬ権中納言」〈逢〉、「貝合」〈貝〉、「思はぬ方に泊りする少将」〈思〉、「はなだの女御」〈縹〉、「はいずみ」〈掃〉、「よしなしごと」〈由〉

堤中納言物語の本文の総行数は１４３７行で、会話文の総行数は455行であり、全体としては3割程度を占める。作品ごとでは、次のようになっている（会話文行数／総行数、比率）。

〔花〕34／108（31・5％）、〔此〕75／94（79・8％）、〔虫〕68／195（34・9％）、
〔程〕26／83（21・6％）、〔逢〕54／159（34・0％）、〔貝〕55／137（40・1％）、
〔思〕21／173（12・1％）、〔縹〕58／199（29・1％）、〔掃〕63／173（36・4％）、
〔由〕1／116（0・9％）

最高比率は「このついで」の79・8％、最低は「よしなしごと」のわずか1例の0・9％と、落差がきわめて大きく、この2作品が他から突出している。その中間では、30％台が4作品（「花桜折る少将」「虫めづる姫君」「逢坂越えぬ権中納言」「はいずみ」）と集中し、これら以外は、「思はぬ方に泊りする少将」だけが10％台、20％台が2作品（「ほどほどの懸想」「はなだの女御」）、40％台が1作品（「貝合」）となっている。

会話文の総用例数は276例であり、1作品あたりの平均は約28例となるが、作品別には次のとおりである（カッコ内は1例あたりの平均行数）。

〔花〕25例（1・4）、〔此〕15例（5・0）、〔虫〕46例（1・5）、〔程〕18例（1・4）、
〔逢〕38例（1・4）、〔貝〕32例（1・7）、〔思〕16例（1・3）、〔縹〕44例（1・3）、
〔掃〕41例（1・6）、〔由〕1例（1・0）

最高は「虫めづる姫君」の46例、これに「はなだの女御」の44例、「はいずみ」の41例が続く。最低は「よしなしごと」の1例で、あとは10例台が3作品（「このついで」「ほどほどの懸想」「思はぬ方に泊りする少将」）、20例台が1作品（「花桜折る少将」）、そして30例台が2作品（「逢坂越えぬ権中納言」「貝合」）と、

行数同様、ばらついている。

1例あたりの平均行数としては、「このついで」がやはり5・0行と飛び抜けていて、他はすべて1行台で、大差は見られない。

広い意味で、会話のやりとりになっていると認められるのは、276例中の175例で、約63％になる。作品別では、「はなだの女御」「花折る少将」「はいずみ」などが8割前後で、やりとりの比率が高いのに対して、「ほどほどの懸想」や「虫めづる姫君」は3割前後と、比率が低い。

会話のやりとりであることを示す表現として、1つの地の文内に2例以上の会話文が引用される場合、それらをつなぐ「言ふ」などの発話動詞の已然形＋「ば」がある。堤中納言物語の中には、それが66例も見られる。つまり175例中の132例、全体の4分の3は、その表現によって、会話同士のつながりが担保されているということになる。

引用形式

会話文の引用形式を見ると、会話文を含む1文の上接表現において引用マーカーが見られるのは、276例中、わずかに6例しかない。しかも、「虫めづる姫君」の「のたまふこと」、「言ふやうは」、「言ひたまふことは」の3例、「はいずみ」の「言ふやう」の3例のように、2作品のみに限られている。これらに準じて、音声に関わる表現としても、「古びたる声にて」〔花〕、「声をうちあげて」〔虫〕、「さかしき声にて」〔虫〕、「いとうれしと思ひたる声にて」〔貝〕、「はやりかなる声にて」（2例）〔縹〕くらいしか見当たらない。それどころか、当該の1文がいきなり会話文の引用から始まるケースが、48例もある。

会話文の下接表現については、特筆すべきことを4点、挙げる。

第一に、下接表現を伴わず、1文が会話文で終わる例が35例あるという点である。上接表現を欠く会話文よりはやや少ない。その中で、上下とも地の文がなく、会話文だけで成り立っている例が5例ある。以下に、その前後も含めて、全例を挙げる。

〔例1〕「（略）」と。∅『いかばかり、あはれと思ふらむ』と、『おぼろげならじ』と言ひしかど、誰とも言はで、いみじく笑ひまぎらはしてこそやみにしか」。∅「（略）」〜。〔此〕
〔例2〕「（略）」。∅「さても、まことならば、くちをしき御ものづつみなりや」。∅「（略）」〜。〔此〕
〔例3〕（略）いみじううつくしげなり。∅「いかにぞ、この組入の上より、ふと物の落ちたらば」。∅「（略）」など言ひあへるは、をかし。〔貝〕
〔例4〕（略）扇を使ふ。∅『いかに』とて参りなむ。恋しくこそおはしませ。みな人もあかぬにほひを女郎花よそにていとどなげかるるかな」。∅／夜いたく更けぬれば、（略）。〔縹〕
〔例5〕（略）、泣き暮す。／∅「心憂きものは世なりけり。いかにせまし。おし立ちて来むには、いとかすかにて出で見えむも、いと見苦し。いみじげに。あやしうこそはあらめ、かの大原のいまこが家へ行かむ」。∅かく言ふは、もと使ふ人なるべし。〔掃〕

〔例1〕と〔例2〕は「このついで」に出て来るが、ともに前後も会話文であり、それぞれの内容から発話主体の切り替わりが認められる。〔例3〕もこれらに準じ、後続文に「など言ひあへる」とあるのは、別々の発話主体を示すためであろう。〔例4〕は後続文脈、〔例5〕は先行文脈と、場面が切り替わり、段落が分けられていることによる。

第二に、下接表現を伴う240例のうち、会話文を「など」が受ける例が29例あるという点である。「など」は副助詞であり、これ自体は引用マーカーとは言いがたいが、続く「いふ」や「のたまふ」などの発話動詞とセットになって用いられるのがほとんどである。その場合、「など」は婉曲的な言い回しとなる。ただ、「(略)、「そよ、そのなげきの森の、もどかしければぞかし」など、ほどほどにつけては、かたみに、いたしなど思ふべかめり」(程)や「「御返事なからむは、いと古めかしからむ。今やう様は、なかなかはじめのをぞしたまふなる」などぞ笑ひて、もどかす」(程)などのように、発話動詞がなくても会話文とみなされる例も、わずかながらある。

第三に、会話文を受ける「と」が147例あるのに対して、「とて」が64例あるという点である。しかも、「とて」単独で引用マーカーになるのが49例もある(「と」単独は14例)。「とて」の成立には諸説があるが、たとえば「と言ひて」などの縮約形と見る立場もあり、その点からは引用マーカーとしての独立性は高いと言える。作品別では、「虫めづる姫君」に19例、「はいずみ」に9例と、多く見られる。

第四に、会話文の後に「と」「とて」「など」を介して動詞(発話動詞以外も含む)が続く場合、その動詞が已然形で「ば」に接続する例が84例あるという点である。これは当該の1文が複文になるということであるが、後続句のうちの8割に相当する68例が会話文を含んでいる。つまり、その1文において、会話のやりとりが示されているということである。

以上のように、堤中納言物語は、会話文の引用形式に関して、これまでにはない特徴が認められる。

会話文の構成

堤中納言物語における会話文276例が含む文の数は計473文であり、文数による会話文の分布は次のようになっている。

1文：158例、2文：71例、3文：31例、4文：9例、5文：4例、7文：1例、8文：1例、

10文：1例

全体平均が約1・7文であるが、1文のみから成る会話文が全体の6割近くになり、3文までで約94%と、ほとんどを占める。7文以上は3例のみで、各1例ずつである。

最多10文の会話文は、「虫めづる姫君」に見られる、次の会話文である。テキストで7行にわたるが、1文はどれも短く、簡潔な物言いとなっている。

【例6】（略）、とがとがしき女聞きて、「①若人たちは、何事言ひおはさうずるぞ。②蝶めでたまふなる人も、もはら、めでたうもおぼえず。③けしからずこそおぼゆれ。④さてまた、烏毛虫《かはむし》ならべ、蝶といふ人ありなむやは。⑤ただ、それが蛻《もぬ》くるぞかし。⑥そのほどをたづねてしたまふぞかし。⑦それこそ心深けれ。⑧蝶はとらふれば、手にきりつきて、いとむつかしきものぞかし。⑨また、蝶はとらふれば、瘧病《わらはやみ》せさすなり。⑩あなゆゆしとも、ゆゆし」と言ふに、いとど憎さまさりて、言ひあへり。〔虫〕

各作品別に見ると、次ページの表のような分布になる。

1文1例のみが「よしなしごと」1作品、1文から3文までに収まっているのが3作品（「花桜折る少将」「ほどほどの懸想」「思はぬ方に泊りする少将」）、4文までが1作品（「はなだの女御」）、5文までが2作品（「逢坂越えぬ権中納言」「貝合」）、7文以上を含むのが3作品（「このついで」「虫めづる姫君」「はいずみ」）であり、全体にばらつきはあるものの、平均文数は、1・7文を中心にして、それほどの大差はない。1文のみがどの作品でも大勢を占める中、「花桜折る少将」だけは、1文と2文が拮抗している。

	1文	2文	3文	4文	5文	7文	8文	10文	平均文数
花	10	11	4	0	0	0	0	0	1・8
此	8	6	0	0	0	1	0	0	1・7
虫	30	9	4	2	0	0	0	1	1・7
程	10	5	3	0	0	0	0	0	1・6
逢	24	10	3	1	0	0	0	0	1・8
貝	14	9	5	2	2	0	0	0	2・0
思	10	5	1	0	0	0	0	0	1・4
縹	26	10	7	2	0	0	0	0	1・7
掃	26	5	5	2	2	0	1	0	1・6
由	1	0	0	0	0	0	0	0	1・0

1文のみから成る会話文158例における文節数の分布は、次のとおり。

1文節：11文、2文節：37文、3文節：25文、4文節：30文、5文節：15文、6文節：8文、
7文節：13文、8文節：6文、9文節：5文、10文節：4文、11文節：1文、
12文節：1文、14文節：1文、24文節：1文、80文節：1文

最多用例数は2文節の37文であるが、中央値は4文節に位置し、複数例のある5文節までで、全体のほぼ

4分の3を占める。

最少1文節の文には、「誰がぞ」〔程〕、「誰そ」〔掃〕、「いかが」〔逢〕などの疑問詞や、「ものぐるほしや」〔花〕、「心憂し」〔虫〕、「あやしく」〔貝〕という形容詞、「いさや」〔逢〕という感動詞などが見られる。80文節という異常な多さの1文は、「このついで」で、3番目の語り手の少将の君の体験談の第1文であり、全体がテキストで28行にも長い会話文を、わずかに6文にしか切っていない。

省略表現

会話文を成す470文に関して、まず指摘しておきたいのは、省略表現である。ここに言う省略表現とは、述語文を基本とする文末表現に関してで、91文にそれが認められる。

そのうちの36文の文末に係助詞が来ている。「こそ」が14例（うち「こそは」4例）、「なむ」が9例、「ぞ」が2例、「や」が7例、「か」が3例（うち「かは」1例）、「は」が1例である。以下に、それぞれ短かめの1文の1例ずつ挙げる。

〔例7〕 さるべきことにこそ。〔掃〕

〔例8〕 しかじかの人のもとになむ。〔程〕

〔例9〕 心に、寄る方のあるにや、分くとはなけれど、さすがに挑ましげにぞ。〔逢〕

〔例10〕 さらばかひなくや。〔花〕

〔例11〕 いかに侍ることにか。〔思〕

〔例12〕 あはれ、かくは。〔貝〕

どの例も、省略されているのは存在動詞であろうから、省略による理解上の不都合はほとんどあるまい。

次に目に付くのは、接続助詞で終わる1文で、18例ある。「ば」が11例（未然形＋が3例、已然形＋が8例）、「て」4例、「とて」3例である。各1例ずつ挙げる。


〔例13〕いかにぞ、この組入の上より、ふと物の落ちたらば。〔程〕

〔例14〕これにつけても、母のおはせましかば。〔貝〕

〔例15〕車は、牛たがひて。〔掃〕

〔例16〕また、御風の気のものしたまふとて。〔思〕

これらは、それぞれの前後の地の文や会話文の文脈から、何が省略されているか推測しうるものである。どの場合の省略であれ、それは、文章よりは談話に、地の文よりは会話文に目立つということは言えよう。

会話文の意図

文末表現に省略のない382文に関して、目立つ点を3つ示す。

1つめは、質問表現が57文にあるという点である。これに、省略表現における19例（文末に「や」が6例、疑問詞が13例）を加えると、76文にもなる。

この57文のうち、「ある君達に、忍びて通ふ人やありけむ」〔此〕や「なほざりにやはべる」〔程〕などのように、「や」の係り結びが8例、「そらごとと思しめすか」〔虫〕や「古めかしうもてなしたまふものか」〔標〕のように、終助詞「か」によるものが2例、その他の47例が疑問詞によるものである。

疑問詞には、イカ系が15例（「いかなり」7例、「いかが」6例、「いかで」2例）、ナド系が9例（「など」

「などか」各4例、「なぞ」1例）、イヅ系が8例（「いづく」3例、「いづれ」2例、「いづかた」「いづち」「いづら」各1例）、ナニ系が8例（「なにごと」5例、「なに」「なにか」「なにさま」各1例）、タレ系が7例（「た」4例、「たれ」3例）と、多様に見られる。

この中で、表現形式として特異なケースは、「いかなるぞ」〔縹〕、「誰《た》ぞ」〔掃〕のように1文節で1文になる場合と、「その、通ふらむところは、いづくぞ」〔程〕、「いなや、こは誰ぞ」〔花〕、「かたつぶりのお、つのの、あらそふや、なぞ」〔虫〕のように、疑問詞が述語になる場合と、「こは何ぞ、こは何ぞ」〔花〕、「いづら、いづこにぞ」〔掃〕のように、疑問詞が反復している場合である。

2つめは、命令表現が50文にあるという点である。

そのうち、命令が45文、禁止が5文ある。命令のうち敬語を伴うのが29文、伴わないのが16文、禁止では3文と2文である。敬語を伴う表現は命令・禁止というよりは、依頼と見るのが適切であろう。

まずは、禁止の例から挙げると、「わが御前負けさせたてまつりたまふな」〔貝〕や「見つとも言ふな」〔縹〕のように、終助詞「な」のみで表わす場合と、「な騒ぎそ」〔虫〕や「この翁、ないたう挑みたまひそ」〔逢〕のように、「な—そ」の構文の場合、そして「ことごとしくこそ求めたまふなかれ」〔貝〕の「なかれ」のような漢文訓読調の場合がある。

敬語を伴う命令表現のうち、尊敬が26例、謙譲が3例で、丁寧は見られない。謙譲には、「これ奉れ」〔虫〕、「かやうに申せ」〔掃〕、「はや、馬ゐて参りね」〔掃〕という例、尊敬のほうには、補助動詞「たまふ」が16例、本動詞が10例ある。補助動詞には、「さて、今日のありさまの見せたまへよ」〔貝〕のように、終助詞「よ」が下接するのが3例ある。本動詞には、「これ御覧ぜよ」〔虫〕のような「御覧ず」が3例、「そのほどはここにおはせ」〔掃〕のような「おはす」が3例、他に「のたまふ」「のたまはす」「おはす」「たまふ」が各1例ある。

敬語を伴わない命令表現としては、「たばかれ」〈花〉や「あけよ」〈掃〉のように、1語のみの命令文があることと、「『風にや、例ならぬ』など言へ」〈思〉、「『そこにて、しばし。な入りたまひそ』と言へ」〈掃〉、「『山人に物聞こえむと言ふ人あり』とものせよ」〈花〉、「同じくは、ねんごろに言ひおもむけよ」〈程〉、「さらば、そのしるべして、伝へさせよ」〈程〉、「われに聞かせよ」〈花〉、「こまかに語れ」〈花〉のように、発話に関する内容が多いことが目に付く。

3つめは、詠嘆表現が26文に見られるという点である。

これには2種類あり、1種は、「あなかま」〈縹〉、「あなかまよ」〈貝〉、「あないみじ」（2例）〈虫〉、「あな心憂」〈虫〉、「あな、をこがまし」〈逢〉、「いさや」〈逢〉のような、喚体句相当の1文である。さらに、1文節ではないが、〈例12〉の文頭の「あはれ」と同じく、「あはれ、故宮のおはしませば」〈程〉、「あはれのことや」〈花〉や「あなめでたや」〈虫〉、「あなゆゆしとも、ゆゆし」〈虫〉、「あな聞きにくや」〈程〉、また「いなや、こは誰そ」〈花〉というのもある。

もう1種は、終助詞「かな」が来る17文である。「あやしかりけることかな」〈花〉、「あいなき事のついでをも聞こえさせてけるかな」〈此〉、「いと興あることかな」〈虫〉、「はかなの御懸想かな」〈程〉、「なかなかなることを言ひ始めてけるかな」〈貝〉、「うらやましくも仰すかな」〈縹〉、「名残なき御心かな」〈掃〉などのように、各作品に見られる。

以上に指摘した3点は、地の文ではなく会話文だからこそ顕著に認められる表現であると言えよう。

「よしなしごと」と「このついで」

以下に、全体としてでは見えにくい、作品ごとの会話文の特徴と見られる点を指摘してゆく。
まずは、「よしなしごと」と「このついで」という、会話文の分量として両極端の2作品を取り上げる。

堤中納言物語の最後に位置する「よしなしごと」は、会話文が1文から成る1例しか出て来ないという点で、堤中納言物語の中では唯一である。作品のほぼ全体が僧侶からの書簡文で成り立っているので、そもそも会話文を引用する余地がない。当該の1例は、書簡文を紹介する冒頭部分に、次のように出て来る。

〔例17〕人のかしづくむすめを、故だつ僧、忍びて語らひけるほどに、年のはてに山寺に籠るとて、「旅の具に、莚、畳、盥、半挿貸せ」と言ひたりければ、女、長莚、何やかや、一やりたりける。〔由〕

文末が「貸せ」という敬語抜きの命令形になっているのは、娘と僧の人間関係に基づく発話そのものの再現ではなく、用件の要点を示すだけのためであろう。

ちなみに、主たる書簡文は、その用件を聞きつけた別の僧が娘に借用を頼むものであるが、「貸したまへ」などの敬語表現の依頼が繰り返されている。会話文ではなく書簡文であるから、それなりの改まりによると見られ、「はべり」を基調とした文体になってはいるが、途中で「まづ、いるべきものどもよな」というくだけた1文もあり、借用品をしつこく列挙することからも、戯文の類いとして書かれたのであろう。

片や、「このついで」は、会話文が本文の約8割の分量を占めるという点で、「よしなしごと」の対極に位置する。会話文がこれだけの分量を占めるのは、この作品が、中将の君、中納言の君、少将の君という3人の長い思い出話から構成されているからである。

宰相の君に唆されて、口火を切ったのが中将の君であり、テキストで19行に及ぶ語りになっている。その中には、1首の和歌と2例の会話文が二重引用されている。次が中納言の君で、15行に及ぶ語りになっている。最後は少将の君で、先に、文節数のところで触れたように、6文から成る28行という、最長の語りである。しかも、「くやしうなりて」のように、完結しない1文で、会話文が終る。

これら3人の語りは、それぞれ一続きの話であって、途中で別人の発話が混入することはない。その意味では、会話文というより、3つの、まさに「語り」によって、この作品は成り立っていると言える。ただし、これらの語りの前後には、共通して、会話のやりとりが見られる。

最初の中将の君の語りについては、その前に、「なだつ宰相の君、「何事にか侍らむ。つれづれに思し召されてはべるに、申させたまへ」とそそのかせば、「さらば、ついたまはむとすや」とて、」というやりとりがある。2人めの中納言の君の語りの前にも、「「いづら、今は、中納言の君」とのたまへば、「あいなき事のついでをも聞こえさせてけるかな。あはれ、ただ今のことは聞こえさせはべりなむかし」とて、」というやりとりがあり、後にも、「「いと、さしも過したまはざりけむとこそおぼゆれ」「さても、まことならば、くちをしき御ものづつみなりや」。」という、その語りに対する聞き手の人々の感想の発話が2つ続けて添えられている。最後の少将の君の語りの場合も、まず「「いづら、少将の君」とのたまへば、「さかしう、物も聞こえざりつるを」と言ひながら、」という前置きがある。

このような、語りの前後に、語り手と聞き手との会話のやりとりを示すことによって、単に語りを並べるにとどまらず、語りの場の臨場感を出そうとしたのではないかと考えられる。

「はなだの女御」と「虫めづる姫君」

次に、会話文数のもっとも多い部類の「はなだの女御」と「虫めづる姫君」を取り上げる。「はなだの女御」は、「虫めづる姫君」に次いで、会話文が44例と多く見られる。その発話主体となるのは、ほとんどが、ある一所に集まった女性たちである。

きっかけとなったのは、そのうちの1人が前栽にある蓮の花を見て、「池のはちすの露は、玉とぞ見ゆる」という、古歌の見立てを口にし、さらに「いざ、人々にたとへきこえむ」と、周りの女性たちに促したことにある。その後に、それぞれの女性が順に、そのたとえを披露することによって、1対多という関係の応答になっているのであるが、その会話文が30例も並列されている。しかも、その引用形式はもっぱら、まず名前を挙げて会話文1例という、台本に近い表記パターンである。

まずは、命婦の君の「『かのはちすの花は、まろが女院のわたりにこそ似たてまつりたれ』とのたまへば、」から始まって、以下のように続く。大君から十の君までを示す。

〔例18〕大君、「下草の竜胆は、さすがなんめり。一品の宮と聞こえむ」、
中の君、「ぎぼうしは、だいわうの宮にもなどか」、
三の君、「紫苑の、はなやかなれば、皇后宮の御さまにもがな」、
四の君、「中宮は、父大臣つねにぎきやうを読ませつつ、祈りがちなめれば、それにもなどか似させたまはざらむ」、
五の君、「四条の宮の女御『露草の露にうつろふ』とかや、明け暮れのたまはせしこそ、まことに見えしか」、
六の君、「垣ほの撫子は、承香殿と聞こえまし」、
七の君、「刈萱のなまめかしきさまにこそ、弘徽殿はおはしませ」、
八の君、「宣耀殿は、菊と聞こえさせむ。宮の御おぼえなるべきなめり」、
「麗景殿は、花薄と見えたまふ御さまぞかし」、九の君、と言へば、
十の君、「淑景舎は『朝顔の昨日の花』となげかせたまひしこそ、ことわりと見たてまつりしか」、

九の君のところだけは変えているものの、パターンはほぼ同じであり、会話文の下接表現も省かれてい

る。ちなみに、会話文に下接表現がないのは全体で35例あったが、そのうちの19例がこの「はなだの女御」に集中している。これは会話のやりとりとしてではなく、1つの問いに対する答えを順番に発話しているという展開によるものである。

もとより、会話文自体の表現にはそれぞれ差異がある。ここで注意したいのは、比喩関係である。最初の命婦の君は、「はちすの花」を「まろが女院」にたとえたものであり、大君、中の君、三の君、六の君、七の君はそれと同じであるが、四の君、五の君、八の君、九の君、そして十の君は、その構文からも明らかなように、反対に、それぞれの女性を花にたとえているのである。

要は、女主人と植物を関連付けさえすればよいということだったのかもしれないが、作品の終盤近くでは、「かの女郎花の御かたこと言ひし人」、「撫子の御人」、「刈萱の御人」、「菊の御人」、「花薄の人」、「はちすの御人」、「紫苑の御人」、「朝顔の人」などのように、立ち聞きをしていた男性が、たとえとなった植物を形容として、それぞれの女性を取り上げ、人物評をして、関連付けている。

いっぽう、「虫めづる姫君」は、そのタイトルどおり、この作品の中心人物はそのように通称される姫君である。発話主体としては、46例のうちの19例、つまり約4割が姫君である。その他は、不特定の女房（たち）が8例、男童が7例、大輔の君が5例、姫君の父親が3例などであり、姫君1人が抜きん出ている。ただし、発話主体として明示されているのは、上接表現の「この姫ののたまふこと」、「君はいとのどやかにて」の2例のみである。

会話文の引用形式としては、上接表現に「のたまふこと」、「言ふやうは」、「言ひたまふことは」のように、発話動詞が3例あり、しかも、そのうちの「こと（は）」で受けるのは、この作品のみである。下接表現には、「とて」が19例、已然形＋「ば」が15例あり、足し合わせると34例となり、「虫めづる姫君」における会話文の4分の3近くに及ぶ。

最多となる姫君の会話文19例（28文）において、注目すべきことを3点挙げる。

1つめは、形容詞文節が文末に来るのが、28文のうちの10文あるという点である。「あやしけれ」「をかしけれ」「心にくけれ」のように「こそ」の結び形が3例、「わろし」「きたなし」「さうざうし」という終止形が3例、「苦しからず」「恥づかしからず」「恥づかしからぬ」という打消し形が3例、そして「めでたや」という語幹用法が1例である。プラスであれマイナスであれ、これらの形容詞は、虫そのもの、あるいは虫に対する捉え方を評価するものである。

姫君以外の発話者の会話文の文末に形容詞文節が来るのは50文中12文あり、そのうち、姫君と共通する形容詞は「あやし」3例（父親）、「をかし」1例（男童）、「さうざうし」1例（右馬佐）の4例が男性の会話文に見られ、姫君が用いていない形容詞は、「心深し」「むつかし」各1例、「ゆゆし」2例（老女）、「おぼつかなし」1例（女房）、「いみじ」2例（大輔の君）、「心憂し」2例（大輔の君・女房）が女性の会話文に見られる。

2つめは、命令表現（うち禁止1例）が5例あるという点である。「こち持て来」「けらを、かしこに出で見て来」、「これに拾ひ入れよ」、「これを、一つも落さで、追ひおこせよ、童」は男童に対して、「な騒ぎそ」は女房に対しての発話に用いられている。

ちなみに、姫君以外では、男童が「これ御覧ぜよ」、「ただここもと、御覧ぜよ」、「これ奉れ」の3例、大輔の君が「入らせたまへ」、「奥にてご覧ぜよ」の2例、姫君の父親が「返事をして、はやくやりたまひてよ」の1例あり、「これ奉れ」以外は、すべて姫君に向けての発話である。

3つめは、「虫めづる姫君」に限らず、堤中納言物語全体においても、他には見られない表現が姫君の会話文には見られるという点である。

たとえば、この作品に最初に出て来る会話文は、次のように、姫君によるものである。

〔例19〕「人々の、花、蝶やとめづるこそ、はかなくあやしけれ。人は、まことあり、本地たづねたるこそ、心ばへをかしけれ」とて、よろづの虫の、恐ろしげなるを取り集めて、「これが、成らむさまを見む」とて、さまざまなる籠箱どもに入れさせたまふ。中にも「烏毛虫の、心深きさましたること心にくけれ」とて、明け暮れは、耳はさみをして、手のうらにそへふせて、まぼりたまふ。〔虫〕

ここだけでも会話文が3例あるが、その後も姫君の会話文のみが3例も続く。これらによって、姫君の考え方の異様さが作品冒頭で強く印象付けられる。中でも、最初の1文から「こそ」の係り結びによる強調が3回も見られるのは、そのこだわりの強さがよく現れている。

他にも、「南無阿弥陀仏、南無阿弥陀仏」と経を唱えたり、「人は夢幻のやうなる世に、誰かとまりて、悪しきことをも見、善きをも見思ふべき」のように、無常観を語ったり、「かたつぶりのお、つのの、あらそふや、なぞ」という詩句を諳んじたり、「ばうぞく」（凡俗か）という漢語を用いたりしている点も、他にはまったく見られない。

「思はぬ方に泊りする少将」と「ほどほどの懸想」

ここでは、「よしなしごと」を除き、分量的にもっとも比率の低い「思はぬ方に泊りする少将」（約12％）と「ほどほどの懸想」（約22％）の2作品を取り上げる。どちらも、恋愛をメインとした物語という点では共通している。

「思はぬ方に泊りする少将」は、右大将の子の少将と右大臣の子の権少将、故大納言の姫君姉妹の4人が主要人物であるが、このうち、会話文の主体になるのは、権少将の2例と妹君の1例の計3例のみであり、残りの13例はそれ以外の人物、おもには側仕えの者たちである。とはいえ、その側仕えたちの会話文が物語を展開させる重要な役割を果たしているのならばまだしも、主人の命令に従うか、事態の進行にうろたえるかするばかりであって、それぞれの場面状況の描写の1つにすぎない。その意味では、量的にだけでなく、質的にも、この作品で会話文に重きが置かれているとは言いがたい。

たとえば、姉君と契りをすでに交わした少将に対して、その乳母の娘婿である左衛門尉がその妹君を勧めるくだりは、次のように書かれている。

〔例20〕（略）、右大臣の少将の御乳母の左衛門尉の妻なり、たぐひなくおはするよしを語りけるを、かの左衛門尉、少将に、「しかじかなむおはする」と語りきこえれば、（略）〔思〕

「しかじか」という指示表現は、発話としての実質を成していないものであり、先行する地の文にある、その妻の語る「たぐひなくおはするよし」を文脈指示するだけである。つまり、誘いの会話文において、妹姫がいかに魅力的かを具体的に描いていないのである。にもかかわらず、「あくがれありきたまふ君なれば」、少将は妹姫に熱心に手紙を送り付けることになる。その妹姫は、権少将とひそかに情を交わしていたのであるが、呼び付けられて出向くのを躊躇する際に、女房たちが次のように説き伏せる。

〔例21〕「今は、のたまはむことをたがへむも、あいなきことなり。あるまじきところへおはするにてもなし」など、さかしらだち、すすめたてまつる人々多かれば、われにもあらず、時々おはする折もありけり。〔思〕

この場合も、女房たちの言葉が決め手になったというわけではない。不本意ながらも、本妻ではない立場に従わざるをえない状況は、妹姫自身も弁えていたのである。

その後、権少納言の呼び出しに応じてしまった姉姫に対して、「侍従の君」という女房は、そのことに気付いたとき、次のように語る。

〔例22〕侍従こそは、「いかにと侍ることにか」と、「これは、あらぬことになむ。御車寄せはべらむ」と、泣く泣く言ふを、（略）。〔思〕

そもそもは、権少納言の使いが「少将殿より」と言うのに対して、侍従の君が「ねぼけたる心地に、「いづれぞ」とたづぬることもなし」、つまり右大将の少将か右大臣の少将かの確認を怠ったことに起因するのであるが、やむをえないところもあろう。ともあれ、侍従の君が何と言おうと、その逢瀬を免れさせるすべはなかったのである。

いっぽう、少将のほうの呼び出しに対して、やはり勘違いして妹姫が出向くことになったが、その勘違いに気付いた、妹姫付きの「弁の君」という女房も、「「いとあさましくなむ侍る」と申す」だけである。

会話文の表現としては、「人のほど、くちをしかるべきにはあらねど、何かは、いと心細きところに」、「思ひのほかにあはあはしき身のありさまをだに、心憂く思ふことにて侍れば。まことに強きよすがおはすなる人を」、「御使、こち」、「御文なども侍らねば、いかなることにか。また、御風の気のものしたまふと て」、「いかに侍ることにか」などのように、文末表現の省略が目立つ。

もう1つの、「ほどほどの懸想」のほうは、頭中将と式部卿の姫君、それぞれに仕える家司と女房、さらにその小舎人童と女童、という3組の男女の関わりを描く作品である。ただし、登場するのはこの逆の順番であり、頭中将と姫君の関係については、最後に暗示的に描かれるだけである。
会話文は18例しか見られないが、特筆すべきは、すべて個別の話し相手が特定され、かつ14例が会話のやりとりになっている点である。これは、それぞれの会話場面が活写されているということである。
最初は、小舎人童と女童の歌の贈答から始まる。小舎人童の誘いの歌に対して、女童がつれない返歌をしたのを受けて、次のような会話のやりとりがある。

〔例23〕（小）「あな聞きにくや」とて、笏して走り打ちたれば、（女）「そよ、なげきの森の、もどかしればければぞかし」など、ほどほどにつけては、かたみに、いたしなど思ふべかめり。〔程〕

その次も、また異なる場面で、この2人の会話のやりとりが、以下のように繰り返される。

〔例24〕（小）「まろが君を、この宮に通はしたてまつらばや。まだ定めたるかたもなくておはしますに、いかにようからむ、程遥かになれば、思ふままにも参らねば、おろかなるとも思すらむ。また、いかにとうしろめたき心地も添へて、さまざま安げなきを」と言へば、（女）「さらに今は、さやうのことも、思しのたまはせずとこそ聞けば」と言ふ。（小）「御かたち、めでたくおはしますらむや。いみじき御子たちなりとも、あかぬところおはしまさむは、いとくちをしからむ」と言へば、（女）「あなあさまし。いかでか。見たてまつらむ人々ののたまふは『よろづむつかしきも、御前にだに参れば、慰みぬべし』とこそ、のたまへ」と語らひて、明けぬれば、往ぬ。〔程〕

その後は、小舎人童と家司の会話のやりとりになり、「その、通ふらむところは、いづくぞ。さりぬべからむぞ」という家司の問いに対して、小舎人童が「八条の宮になむ。知りたるもの候ふめれども、ことに若人あまた候ふまじ。ただ、中将、侍従の君などいふなむ、かたちもよげなりと聞きはべる」と答えると、家司が「さらば、そのしるべして、伝へさせよ」と命じたのに対して、小舎人童が引き受けつつも、「はかなの御懸想かな」という感想をもらす。

最後に、会話のやりとりが両方とも明示されるのは、頭中将が家司あての手紙を見て、「誰がぞ」と問うたのに対して、家司が「しかじかの人のもとになむ。なほざりにやはべる」と答え、それに、頭中将が「同じくは、ねんごろに言ひおもむけよ。物のたよりにもせむ」と告げるという場面である。

ごくわずかの、片方の会話文しか出て来ないのは、小舎人童から受け取った家司の手紙に対して、女童の「あやしのことや」、女童がその手紙を女房に渡すときの「しかじかの人」であり、とくに相手の発話を示すまでもなかったからであろう。この作品の最後に出て来る会話文は、小舎人童から姫家の内情を詳しく聞いた後の頭中将の「あはれ、故宮のおはしましかば」と「世の常に」である。この「世の常に」の会話文には「など、ひとりごたれたまふ」と、その場に小舎人童がいたのに、わざわざそれが独言であると断っている。

以上のように、「思はぬ方に泊りする少将」と「ほどほどの懸想」は、会話文が少ないという点では共通するが、その重要度という点では大きな開きが認められる。

「逢坂越えぬ権中納言」と「貝合」

今度は、「逢坂越えぬ権中納言」と「貝合」の2作品である。どちらも、作品全体の分量も会話文の分量も中間的・平均的で、ほぼ同程度である。また、それぞれ根合せと貝合せという遊びを取り上げているという点でも似通っている。

「逢坂越えぬ権中納言」はそのタイトルにある権中納言が作品の中心人物である。恋い焦がれる姫君との関係がついに「逢坂越えぬ」というところで、物語は終わるが、いくつかのエピソードを通して全体として浮き彫りにされるのは、権中納言という理想の男性像である。

会話文の数は、中心人物であるだけに、権中納言がもっとも多く、38例のうちの11例あるが、姫君の女房である宰相君（小宰相君も含む）も8例あって、飛び抜けているわけではない。ただし、その会話文において、理想の男性像と思われるような発言が繰り返し認められる。

たとえば、作品冒頭近くで、蔵人の少将が権中納言宅に参内するように促しに来るが、気乗りしない様子を見て、「いみじう、ふさはぬ御気色の候ふは、たのめさせたまへるかたの、恨み申すべきにや」とからかうのに対して、権中納言は「かばかりあやしき身を、恨めしきまで思ふ人は、誰か」と、「かばかりあやしき身」という、へりくだった表現で答える。また、根合せの準備をしている女房たちが、そこに現われた権中納言に、「明後日、根合侍り。潮いづかたにか寄らむと思しめす」と尋ねたのに、「あやめも知らぬ身なれども、引き取りたまはむ方こそは」と、「あやめも知らぬ身」という、自らを卑下した答え方をする。これからからは、周りからもてはやされているのに、驕り高ぶることのない権中納言の態度がうかがえよう。

根合せ直前の騒ぎの中、権中納言が遅く現れたときも、「などとよ。この翁、ないたう挑みたまひそ。身も苦し」のように、まだ二十歳過ぎにもかかわらず、「この翁」と自らを謙称するし、根合せが終った後、左中弁に琵琶の演奏を頼むときも、「むげに、かくて止みなむも、名残つれづれなるべきを、琵琶の音こそ恋しきほどになりにたれ」と、遠回しな言い方をし、宰相君に姫君との仲介を頼むときも、「例の、かひなくとも、かくと聞きつばかりの御ことのはをだに」のように、遠慮がちな物言いである。

そして極め付けは、次に示す、作品最後に見られる会話文である。

〔例25〕思し惑ひたるさま心苦しければ、「身のほど知らず、なめげには、よも御覧ぜられじ。ただ一声を」

と言ひもやらず、涙のこぼるるさまぞ、さまよき人もなかりける。〔逢〕

姫君のところに忍び込んだまではよかったものの、頑くなな様子の姫君を見ての、「身のほど」を弁え、強引な行動を控えるという発言である。実際、その後の地の文にも、「宮は、さすがにわりなく見えたまふものから、心強くて、明けゆくけしきを、中納言も、えぞ荒だちたまはざりける」とあり、その発言どおりに対応するのである。

このような権中納言の会話文は、女性から見た、1つの理想の男性像という点で、いささか類型的なイメージがあって、リアリティに乏しい感がなくもない。それに比べれば、会話文数が権中納言に次ぐ、姫君付きの宰相君の会話文には、いかにもその人らしさが現れていて、生彩を放っていると言えよう。

たとえば、先に挙げた、権中納言の「あやめも知らぬ身なれども」を受けて、「あやめも知らせたまはざなれば、右には不用にこそは。さらば、こなたに」と即答したり、同じく権中納言の仲介依頼に対して、「いさや」と明言を避けながらも、姫君に対しては、次のように、それとなく仲を取り持つような話を持ちかけたりもしている。これらの会話文からは、一筋縄ではいかない、宰相君のしたたかなキャラクターが浮か上がってくるのである。

〔例26〕 臥したまへるところにさし寄りて、「時々は、端つ方にても涼ませたまへかし。あまり埋れ居たるを」とて、「例の、わりなきことこそ。えも言ひ知らぬ御気色、常よりもいとほしうこそ見たてまつりはべれ。『ただひとこと聞こえ知らせまほしくてなむ。野にも山にも』と、かこたせたまふこそ。わりなく侍る」と聞こゆれば、(略)。〔逢〕

対する「貝合」は、「逢坂越えぬ権中納言」とは違って、タイトルどおり、貝合せのイベントそのものが物語の中心になっている。このイベントの準備の主役として活躍するのは、一方の姫君を中心とした少女たちである。蔵人少将という、その様子を垣間見る男も出て来るものの、いわば裏方にすぎない。

この作品の会話文は32例あるが、そのうち、男を手引きする少女の会話文が9例、少女たちの会話文が10例、これに2人の姫君の会話文4例を加えると、計23例にも及び、その主役ぶりを裏付けている。少将の会話文は7例であり、冒頭に出て来る独言1例を除けば、残りは手引きの少女を相手にしたものである。

少女たちの会話文が集中的に見られるのは、3つの場面である。最初は、手引きの少女が貝合せの必勝祈願をするのに応えて、少将が陰から「かひなしと何なげくらむ白波も君が方には心寄せてむ」という歌をささやくのを少女たちが聞きつけた場面である。

〔例27〕（略）、「今、方人に。聞きたまひつや」「これは、誰が言ふべきぞ」「観音の出でたまひたるなり」「うれしのわざや。姫君の御前に聞こえむ」と言ひて、（略）。〔貝〕

次は、「かうかう、念じつれば、仏のたまひつる」という報告を受けた姫君が「まことかはとよ。おそろしきまでこそおぼゆれ」と喜ぶさまを見てからの場面である。

〔例28〕「いかにぞ、この組入の上より、ふと物の落ちたらば」「まことの仏の御徳とこそは思はめ」など言ひあへるは、をかし。〔貝〕

最後は、作品末尾にある、貝合せの当日、少将がプレゼントした豪華な洲浜を目にした時の場面である。

〔例29〕この州浜を見つけて、「あやしく」「誰がしたるぞ」と言へば、「さるべき人こそなけれ。思ひえつ。この、昨日の仏のしたまへるなめり」「あはれにおはしけるかな」と、喜び騒ぐさまの、いとものぐるほしければ、いとをかしくて見居たまへりとや。〔貝〕

どの場面でも、少女たちの発話が直接、連続的に示されている。それぞれを1つの会話文とみなすかどうか、解釈のしかたにもよろうが、このような表示は、会話のやりとりとしてではなく、少女たちがほぼ一斉に言葉を口にするにぎやかさを再現しようとしたものと見られる。

「花桜折る少将」と「はいずみ」

最後に、残った「花桜折る少将」と「はいずみ」の2作品における会話文を見てみる。

堤中納言物語の冒頭に位置するのが「花桜折る少将」であるが、このタイトルにある「少将」と呼ばれる人物は登場せず、相当するのは「中将」で、この物語の中心人物になっている。会話文は計25例と少なめであり、件んの中将の会話文は8例あって、中ではもっとも多いものの、その家司である光季《みつすゑ》にも5例見られる。この2人の会話のやりとりが7例あって、目に付くのは、「われに聞かせよ」、「こまかに語れ」、「たばかれ」のように、光季に対する中将の、簡潔な命令表現である。

会話文に関して「花桜折る少将」が異色なのは、1文と2文から成る会話文数が拮抗する点であった。ただし、どの1文も短かめであって、2文だからといって、とくに長い会話文というわけでもない。その中で、もっとも長い会話文は、中将がさらおうとした姫君の乳母による、次の、2文から成る例である。

〔例30〕「聞きたまひて、おば上のうしろめたがりたまひて、臥したまへるになむ。もとより小さくおはしけるを、老いたまひて、法師にさへなりたまへば、頭寒くて、御衣を引きかづきて臥したまひつるなむ、それとおぼえけるも、ことわりなり」。〔花〕

これは、この物語の後日談が挿入されたもので、乳母の会話文としては、物語のほぼ末尾に唐突に、初めて、1回のみ出て来る。姫君と思ったら、じつはその祖母だったというのである。そのことに、中将が気付いていないのはもとより、読み手にもそれ以前は明かされていない。それが、この後日談的な会話文の後の、「車よするほどに、古びたる声にて、「いなや、こは誰そ」とのたまふ」という1文における、意外にも耳にした「古びたる声」が、その正体を示すことになるのである。

「はいずみ」のほうは、作品全体の分量が「虫めづる姫君」に次いで多いこともあるが、会話文の分量比率は「このついで」「貝合」に次いで高く約36％、会話文数も「このついで」「虫めづる姫君」「はなだの女御」に次いで41例と比較的多く、また、8文から成る会話文があるのも、「虫めづる姫君」における10文に次ぐ。以上からは、この作品の会話文はそれなりに重要な役割を果たしていることが見込まれる。
たとえば、作中最多の8文から成る会話文は、次のようなものである。

〔例31〕「①志ばかりは変らねど、親にも知らせで、かやうにまかりそめてしかば、いとほしさに通ひはべるを。②つらしと思すらむかしと思へば、何とせしわざぞと、今なむ悔しければ。③今もえかき絶ゆまじくなむ。④かしこに、『土犯すべきを、ここに渡せ』となむ言ふを。⑤いかが思す。⑥ほかへや往なむと思す。⑦何かは苦しからむ、かくながら、端つかたにおはせよかし。⑧忍びて、たちまちに、いづちかはおはせむ」〔掃〕

これは、主人公の男が、新しい女を自宅に引き取ることを妻に告げる会話文である。文末を途切れさせながら、長々と言い訳めいたことを連ねることによって、何とか妻の了解をとろうとする男の苦しげなさまがよく描かれていると言えよう。

ところで、〔例31〕の引用中に傍線を付したのは、指示表現である。この中だけでも、「かやうに」「かしこ」「ここ」「かく」の4例も用いられている。じつは、「はいずみ」の会話文において際立っているのは、このような指示表現なのである。全体の3分の2近くを占める地の文における指示表現が25例（「ここかしこ」1例を含む）であるのに対して、会話文には、それよりも多い35例が見られる。

語形の系統別に、会話文と地の文を比較すると、次のとおりである。

会話文：コ系：17例、ソ系：12例、カ系：6例
地の文：コ系：21例、ソ系：2例、カ系：1例

どちらの位相でも、コ系が中心的であるが、地の文はそれが極端である（うち「この」11例は地の文のみ）のに対して、会話文ではソ系やカ系にも、ある程度の用例数があり、使い分けが行われている。

地の文における指示表現のうち、会話文との関わりが認められるのは、「かくなど言ひて」、「かく言ふよ」、「かく言ふは、もと使ふ人なるべし」、「心苦しう思へど、さ言ひつれば」、「と言へば、さもあらむと思ひて」の5例である。最初の4例は「言ふ」という発話動詞を下接して、これらに先行する直前の会話文（の一部）の表現そのものを指示しているが、最後の1例は、「と言へば」で受ける、直前の会話文の内容を指示している。

会話文における指示表現の具体相は、以下のとおりである。

コ系：かく：9例（「かう」1例、「かくて」2例を含む）、ここ：3例（うち「ここもと」2例）、かやうに・かかる：各2例、これ：1例

ソ系：さる：4例、さ：3例、その：2例（「そのほど」2例）、そ・それ・そこ：各1例

カ系：かしこ：4例、かの・かれ：各1例

コ系の「かく」が9例でもっとも多く、それ以外は分散している。どの系統であれ、会話文における指示表現は、発話者同士のいる現場として設定されたところでの直接的な指示の用法が基本であるが、「はいずみ」で注目されるのは、全35例のうち14例（コ系5例、ソ系9例）が同じく会話文（の一部）を指示する、その意味では、一種の文脈指示の用法になっている点である。

会話文のバラエティ

以上、堤中納言物語の全体と各作品における会話文について検討してきた。

冒頭で予想したように、この物語の会話文は、各作品において、極端とも言えるほど、異なった様相を呈している。会話文という点だけからでも、これほどの異なりは、編者があえてそのように作品を選択したのではないかとさえ思わされる。言い方を変えれば、このような各作品の会話文の様相は、その一々の成否のほどはともかくとして、物語における会話表現の新たな可能性を示していると言えるかもしれない。

第8章　平治物語

軍記物語の会話文

古典文学のジャンルの1つに、「軍記物」というのがある。その名のとおり、史実としての戦乱を題材として、鎌倉時代から室町時代にかけて書かれた物語であり、平家物語をその頂点とする。ここで取り上げる平治物語は、平家物語以前の、平治の乱と呼ばれる、平安末期に、平氏が勝利した、源氏との内乱を描いた作品である。

軍記物の多くがそうであるように、このジャンルは文章として読まれるだけでなく、音声として語られるものでもあったことから、異文が多く、作者や成立時期についても、不確定なところがある。件んの平治物語は、テキストによれば、上中下3巻に、38段のエピソードが収められている。それぞれのタイトルに番号を付して、以下に示す（なお、「付けたり」の副題は略す）。

〔上巻〕

「信頼信西不快の事」〔1〕、「信頼信西を亡ぼさるる議の事」〔2〕、「三条殿へ発向」〔3〕、「信西の子息闕官の事」〔4〕、「信西出家の由来」〔5〕、「信西南都落ちの事」〔6〕、

「信西の首実験の事」〔7〕、「六波羅より紀州へ早馬を立てらるる事」〔8〕、「光頼卿参内の事」〔9〕、「信西の子息遠流に宥めらるる事」〔10〕、「院の御所仁和寺に御幸の事」〔11〕、「主上六波羅へ行幸の事」〔12〕、「内裏待ち受けの事」〔13〕、「待賢門の軍の事」〔14〕

〔中巻〕

「義朝六波羅に寄せらるる事」〔15〕、「六波羅合戦の事」〔16〕、「義朝敗北の事」〔17〕、「信頼降参の事」〔18〕、「官軍除目行はるる事」〔19〕、「常葉註進並びに信西子息各遠流に処せらるる事」〔20〕、「金王丸尾張より馳せ上る事」〔21〕、「長田義朝を討ち六波羅に馳せ参る事」〔22〕、「悪源太誅せらるる事」〔23〕、「忠致勧賞の事」〔24〕、「頼朝生捕らるる事」〔25〕、「常葉落ちらるる事」〔26〕

〔下巻〕

「頼朝青墓に下着の事」〔27〕、「頼朝内海下向の事」〔28〕、「金王丸尾張より馳せ上る事」〔29〕、「長田六波羅に馳せ参る事」〔30〕、「悪源太誅せらるる事」〔31〕、「頼朝生捕らるる事」〔32〕、「頼朝遠流に宥めらるる事」〔33〕、「常葉落ちらるる事」〔34〕、「常葉六波羅に参る事」〔35〕、「経宗惟方遠流に処せらるる事」〔36〕、「悪源太雷となる事」〔37〕、「頼朝遠流の事」〔38〕

会話文の認定は他作品と同様であるが、次の例は、扱いが異なる。

【例1】（略）、上皇、大きに驚かせたまひて、「さればとよ。何者が信頼を失ふべかるらん」と仰せも終てぬに、兵ども、御車を差し寄せて、「急ぎ御車に召さるべき」由、荒らかに申して、「早く御所に火を懸けよ」と、声々にぞ申しける。〔3〕

2番めの会話文は「由」という語が受けていて、他の2つが直接に「と」で受けるのとは異なり、間接話法と判定し、対象としない。平治物語には、このような表現が散見される。

また、第21段の「金王丸、語りけるは」で始まる会話文は、テキストで86行にも及ぶためであろう、カギカッコ表示をせず、2字下げで示されているが、対象とする。しかし、その中で二重引用されている22例の会話文は取り上げない。

会話文の分量と分布

テキストの本文総行数は2427行、そのうち会話文の実質行数は994行である。分量比率としては全体の4割を越える多さであり、しかも、会話文がまったく見られない段は存在しない。

段ごとでは、会話文が本文の半分以上を占めるのが10段あり、上巻に2段（8・9）、中巻に3段（21・23・24）、下巻に5段（28・30・31・33・38）あって、次第に増えてゆく。ただし、比率が高いのは中巻の段で、第24段で最高の約86％、第21段で約85％、第23段で約83％にものぼる。それぞれの段の本文行数は、第24段が最低の14行で、そのうちの12行が会話文、続く第21段が第4位の行数である120行で、そのうちの102行が会話文、第三位の第23段は40行中の33行が会話文である。

いっぽう、会話文の割合が2割以下の段も10段あり、上巻に7段（3・4・5・10・11・12・14）、中巻に2段（22・25）、下巻に1段（36）のように、上巻に集中している。ただし、最低は中巻の第25段で、26行中、最低の1行分しか会話文が出て来ない。243行という本文最多行数の第14段には、36行分が会話文で、約15％に当たる。

段の本文行数により、100行以上、50行以上、49行以下に3分してみると、100行以上には7段、50行以上には12段、それ以下には19段が含まれるが、それぞれにおける会話文の比率は、順に、約45％、約41％、約

33%となり、本文行数が多いほど、会話文の比率が高くなる。ちなみに、各巻の平均本文行数は、上巻が約59行、中巻が約68行、下巻が約66行で、それほど違わない。

以上のような結果から、平治物語においては、巻を追って、会話文がしだいに重視されるようになり、中巻では変動の落差が大きいと言えそうである。

次に、会話文の用例数を見ると、総数は410例であり、段平均は約11例となる。分布は次のとおり。

1例：1段、2例：6段、3例：3段、4例：4段、5例：2段、6例：2段、7例：2段、
10例：3段、13例：2段、14例：1段、15例：1段、16例：2段、18例：1段、19例：1段、
20例：2段、21例：1段、23例：1段、24例：1段、32例：1段、42例：1段

1段1例から42例まで、かなりの幅があり、2例から4例までがやや多いものの、全体に分散している。それでも、7例までの1桁台で20段となり、全段の半分以上を占める。

会話文の行数と用例数との兼ね合いを見ると、7例までの20段の平均行数は約15行、10例から19例までの12段は約32行、そして20例以上の6段は約57行のように、両者はほぼ相関している、つまり会話文の用例数が多いほど、行数分量も増えるということである。

引用形式

会話文の上接表現を見ると、そもそも上接表現のない75例を除く335例のうち、引用マーカーが用いられているのが79例、それに準じるのが3例あり、それらを合わせて、全体の2割になる。逆に言えば、8割の会話文の上接表現には、引用マーカーが出て来ない。

引用マーカーのほとんどを占めるのは、「発話動詞＋は」という形で、76例あり、他作品に比べて、かなり目立つ。残り3例は「発話動詞＋やう」である。

「発話動詞＋は」における発話動詞としては、「申す」が40例、「宣ふ」が18例、「言ふ」が11例、他に、「名乗る」2例、「仰す・語る・聞こゆ・口説く・ささやく」が各1例ある。これらのうち、下接表現においても同じ発話動詞が繰り返されるのがほぼ半分の39例あり、下接表現に引用マーカーを欠くのは3例のみである。反復例を以下に挙げる。

【例2】（略）、長田、申しけるは、「三日の御慶び過ぎさせたまひてこそ、御下りも候はめ」と申しければ、（略）。〔28〕

【例3】清盛、出で向ひ、宣ひけるは、「いかに、汝。当家に奉公して世にあるべき者が、返り忠して斬らるることの不便さよ」と宣へば、（略）。〔32〕

【例4】母の尼君、言ひけるは、「幼い人々、尼が命を助けんと思はば、仰せに従ふべし」と、様々に言ふあひだ、（略）。〔35〕

引用マーカーに準じるとしたのは、「大音声を揚げて」〔15〕、「声々に」〔20〕、「耳に御口を当て」〔28〕などのように、発声・発話に関わる様子を示す表現である。

いっぽう、下接表現に引用マーカーが見られないのは21例しかなく、残りの389例には引用マーカーが用いられている。上下ともに、引用マーカーがない例は、たとえば次のようなものである。

【例5】光頼卿、「（略）。主上はいづくにましますぞ」、∅「黒戸の御所に」、∅「上皇は」、∅「一本御書所

に」、「内侍所は」、∅「温明殿」、∅「剣璽は」、∅「夜の御殿に」と、別当、かくぞ答へられける。〔9〕

このような場合は、矢継ぎ早の問答を示すために、つなぎの地の文が省略されたと見られる。

下接表現の引用マーカーとしては、「と」が282例と、圧倒的に多く、「とて」が102例で次ぎ、他に「など」5例（うち「なんど」2例）がある。

「と」282例のうち、それのみで文が終わる3例を除き、「と」を受ける動詞の9割は発話動詞であり、その中でも、「申す」が86例でもっとも多く、以下、「言ふ」55例、「宣ふ」49例と続き、この3語の計190例は、全体の7割近くを占める。その他では、「問ふ」10例と「答ふ」5例、「仰す」5例などや、軍記物らしい語としては、「下知す」6例、「名乗る」4例、また「口説く」6例や「ののしる」3例なども見られる。発話動詞以外では、「嘆く」7例、「泣く」5例が、複数見られる語である。

「下知す」「名乗る」「口説く」「ののしる」のそれぞれの例は、次のとおり。

〔例6〕悪源太が振舞を見て、義朝、心地を直し、使者を立てて、「ようこそ見ゆれ、悪源太。隙なあらせそ。ただ駆けよ」とぞ下知しける。〔14〕

〔例7〕武者一騎、取つて返して名乗りけるは、「さりとも、音には聞きこそしつらめ。信濃国の住人平賀四郎源義信、生年十七歳。我と思はむ者あらば、寄り合へ。一勝負せん」とて、これを見て、「同国の住人片切小八郎大夫景重」と名乗りて、取りて返す。「相模国の住人山内首藤刑部俊通」と名乗りて、返し合はす。「武蔵国の住人長井斎藤別当実盛」と名乗つて返す。〔17〕

〔例8〕式部大夫資能、「さこそは果報尽き果てさせたまはぬ。かかる事やある」と口説きければ、衛門督、

「よしや、さな思ひそ。事の悪しき時は、皆、さのみこそあれ」と慰めけるこそはかなけれ。〔18〕

〔例9〕左馬頭、矢取つて打ち番ひ、「憎い奴ばらかな。一人も余すまじきものを」と、大音声を揚げて罵《ののし》りければ、山僧等、方々へ逃げ散りけり。〔17〕

「とて」の場合は、そこで一旦、会話文に続く表現が切れて、その後の行動や様子を示すものがすべてであるが、「など」には「申す」3例と「言ふ」2例が下接する。

「と」に下接する「申す」「言ふ」「宣ふ」の計190例のうち、それに助動詞が付く場合も含め、已然形で「ば」に接続するのが132例、それ以外が26例、1文が終止するのが32例ある。このうち、その直後に会話文が続くのが、「ば」では92例と、その約7割に及ぶのに対して、それ以外ではわずかに3例、終止の場合も2例しかない。これら以外の発話動詞252例においては、形式の如何を問わず、次に会話文が続くのは20例しか見られない。これはつまり、会話のやりとりとして示す場合には、「と＋発話動詞（句）の已然形＋ば」という表現を用いる傾向が強いということである。その顕著な例を次に挙げる。

〔例10〕経房、①「いかにしてか邪気心地を失ふべし」と言へば、②「摂津国箕面の滝の水に打たれてこそ、邪気心地は失すると承り候へ」と人言ひければ、③「いか程深くあるらん」と言へば、寺僧ども、④「一里ばかり深く候ふとこそ申し伝へて候へ」と言へば、例の邪気心地起こりて、滝壺へ走り入り、行方も知らず、遥々と入りければ、水もなき所へ行きでてたり。美しく飾りたる、御所と思しき所あり。門の口にたたずみければ、内より、⑤「あれは誰そ」と問ふ。⑥「平家の侍、難波三郎経房と申す者にて候ふ」∅⑦「さては、難波といふ者ごさんなれ。疾く疾く帰れ。娑婆にて子細があらんずるぞ。その時参れ」と言ひければ、⑧「これは何処にて候ふやらん」と、⑨「帰りては、何と申すべき

ぞ」と言へば、⑩「これは竜宮なり。参りたるしるしには、これを取らせん」とて、水晶の塔の仏舎利を一粒入れて賜ぶ。〔37〕

地の文3文内に、10例の会話文が認められ、会話のやりとりになっている。そのうち、①と②、②と③、③と④、⑦と⑧、⑨と⑩、全体の半分が下接表現の引用マーカーの「と+言へ（言ひけれ）+ば」によって、会話文同士が結び付けられている。それ以外では、④と⑤では、場面も相手も異なるため文が切れ、⑤と⑥も問答ではあるが、文が切れているのに対し、⑥と⑦は地の文抜きで直接、会話のやりとりが続き、⑧と⑨は、同一話者の一続きの発話を「と」でつなぐ、というように、会話文同士の関係に応じて表現形式上の変化が見られる。

発話主体

会話文を含む1文内に、その発話主体が明示されている文が231例あり、全体の半数を越える。そのうち、上接表現にあるのが214例とほとんどであり、下接表現にあるのが15例、そして上下ともに見られるのが2例ある。上下に発話主体が示されているのは、次のとおり。

〔例11〕見物の上下、これを見て、「あ、切りたり。いしう切りたり」と、誉めぬ者こそなかりけれ。〔14〕

〔例12〕天下の上下は、この由を聞き、「源氏世に出でて後、長田掘首にせらるるか、磔になるか、あはれ、長田が果を見ばや」と、悪まぬ者はなかりけり。〔30〕

どちらの例も、不特定多数の発話主体を、上接表現では「見物の上下」「天下の上下」のように一般的に示し、発話内容をふまえて、下接表現で「誉む」や「悪む」という評価語で言い換えている点が共通する。

上接表現で発話主体を明示している中で、人名や官職名で特定されるのが167例、不特定が47例あって、特定されるほうが3倍以上も多く、しかも3例を除き、すべて個人であるのに対して、不特定のほうは、単独発話が35例、複数による発話が12例ある。

特定された発話主体が複数である3例は、次のとおりである。

〔例13〕三郎先生、十郎蔵人、義朝に申しけるは、「いかにもして東国へ御下向候ひて、八箇国の兵ども皆譜代の御家人にて候へば、彼等を先として、都へ攻め上らせたまはん事、何の子細か候ふべき。我等も、山林に身を隠して待ち奉り、先途の御大事に、などか会はで候ふべき。御名残こそ惜しく候へ」とて、泣く泣く暇を乞ひ、大原山へぞ落ちにける。〔17〕

〔例14〕（略）、大炊も延寿も、「いかにかやうに歎きたまふぞ、御命ながらへてこそ、頭殿の御菩提を弔ひ申させたまはんずれ」なんど申せば、その後、少し慰みたまふ景色なれば、大炊も延寿も打ち解けて、甚う付き添ひ奉らず。〔32〕

〔例15〕（略）、七つ五つになる幼い人々、金王丸が袂に取り付き、「父御前は何処におはすますぞ。我等を具して参れや」とて、泣きたまへば、（略）。〔29〕

どれも、2人が同時に同じ発話をしたとは考えがたく、それぞれが話したことをまとめて1つの会話文として整えたものであろう。

上接表現で特定される個人の発話主体は50名に及ぶが、数多く明示してある人物としては、「義朝」が18回（うち「左馬頭」名義が8回）、「悪源太」が12回、「清盛」が11回、「重盛」が10回、「兵衛佐」（頼朝）が

8回、「常葉」と「金王丸」が各7回、「宗清」「信頼」「鎌田兵衛」各6回、「玄光」「今若」「池殿」が各5回などである。平治物語全体において、あるいは特定場面において、出現度の高い源平双方の主要人物であり、この中で「常葉」が唯一の女性である。もとより、主体が文脈から推定しうる会話文としても、上記の人物によるものが多い。

不特定の47例については、単独であれ複数であれ、会話場面の文脈から特定されうることから省略されたとみなされる場合もあるが、たとえば、第33段にある、会話文に上接する「人、この由を聞きて申しけるは」や「或る人申しけるは」における「人」や「或る人」という表現は、テキストの注にも「語り手の代弁と見るべきところ」とあるように、あえて特定させないという場合もあろう。また、発話主体が複数の場合には、そもそも個人としての発話であることを示す必要がなく、「諸人・人々」や「侍ども・郎従ども・寺僧ども、大衆ども」のように表現されている。

下接表現に発話主体が示されている15例の、上接表現には見られない特徴として、次の3点が挙げられる。

第一に、15例中の11例は、当該文が会話文から始まるという点である。これらは当然、上接表現がないからであるが、その場合のすべての下接表現に発話主体が示されるわけではない。

第二に、〔例5〕に挙げた例以外は、個人の発話主体が特定されず、次のような、一般の人々という点である。

〔例16〕（略）、「さてはあらじものを」など、世の人申しあへり。〔26〕
〔例17〕「ともかくも、事落居して、世間静かなれかし」とぞ、京中の上下歎きけれ。〔10〕

個人ではないものの、やや限定的なのは、次のような例である。

〔例18〕「聞ゆる常葉こそ、召し出されて、参りたれ。誰か預かりて、憂き目を見んずらん。いざや、常葉が姿見ん」とて、平家の一門、侍どもに至るまで、皆、六波羅へこそ参りけれ。〔35〕

〔例19〕「頼朝流さるる、いざや見ん」とて、山法師・寺法師、大津の浦に市をなしてぞ立ちたりける。〔38〕

個人としてではあるが、特定されない発話主体が示されている例には、

〔例20〕「いかなる宿縁にてか、二代の君をば守護し奉るらん」と、心ある人は申しけり。〔3〕

〔例21〕「平治とは、平に治ると書けり。源氏亡びなん」と、才ある人申せしが、（略）。〔22〕

などがある。

第三に、4例しか見られないものの、当該文がその段の末尾文に含まれているという点である。

〔例22〕「頭殿の余波とては、この童ばかりこそあれ」とて、常葉をはじめとして、家中にある程の者ども、一目をも憚らず、声々に泣き悲しみけり。〔21〕

〔例23〕「こはいかなる世の中ぞ」と、嘆かぬ者もなかりけり。〔3〕

〔例24〕「もし、行末に、源氏世に出づる事あらば、忠致・景致、いかなる目をか見んずらん」と、悪まぬ者なし。〔24〕

〔例25〕「異国の安禄山は楊貴妃を失ひ奉る。安禄山は子息安慶緒が手に懸かり、失はる。我が朝の義朝は、

保元の合戦に父の頸を斬り、平治の今は長田が手に懸かりて討たれぬ。忠致相伝の主なれば、行末いかがあらんずらん、恐ろし恐ろし」とぞ人々申しける。〔28〕

全38段のうち、末尾文が会話文を含むのは、ほぼ半分の18段である。その中で、右のように、会話文によって、段の締めくくりに、現状や今後を憂慮する不特定者のコメントが付されている。これらは会話文としての形式はとっているが、書き手によるコメントという性格を考えれば、発話としての実質性は薄い。

会話文の構成

各会話文が何文から成っているかを整理すると、次のとおりである。

1文：206例、2文：90例、3文：53例、4文：23例、5文：11例、6文：14例、7文：5例、
8文：1例、9文：3例、12文：1例、13文：1例、16文：1例、26文：1例

合計で913文あり、平均は会話文1例あたり約2・2文であるが、1文のみで全体の約50％、2文までで約72％に達する。飛び抜けて最多の26文から成る会話文は、第21段の金王丸の語りである。

段ごとに、会話文における文の合計数ごとに分けると、次のとおりである（カッコ内は会話文の用例数）。

1文（1例）：1段、2文（2例）：2段、4文（2例）：2段、5文（3例）：3段、
6文（2例・5例）：2段、9文（4例）：1段、10文（4例）：1段、12文（4例・7例）：2段、
14文（2例）：1段、18文（6例・13例）：2段、20文（10例）：1段、21文（5例）：1段、

22文（7例・16例）：2段、23文（10例）：1段、27文（14例・15例）：2段、
30文（16例・20例）：2段、35文（13例）：1段、38文（6例）：1段、
39文（18例）：1段、45文（23段）：1段、46文（20例）：1段、51文（19例）：1段、
57文（21例）：1段、65文（32例）：1段、75文（24例）：1段、78文（42段）：1段

1文のみから78文まで幅が広く、中央値は22、23文あたりであるが、その辺りの段にとくに集中しているわけでもない。

会話文1例あたりの平均文数で見ると、大方は3文程度までに収まるが、目立って多いのは、14文の段の1例あたり7文、21文の段の約4文、38文の段の約6文などである。

14文は第1段、21文は第23段、38文は第21段にあり、第1段には、12文から成る会話文が1例、第23段には、9文、6文、4文が各1例あり、第21段には、先に示した、金王丸の26文から成る会話文が1例あることによる。

1文1例しかない1段は、第25段で、次の例である。

【例26】（略）、近江国大吉寺といふ山寺の僧、不便がりて、「御堂修造には、人集まりて悪しからん」とて、彼の寺を出でて、（略）〔25〕

1文のみの会話文が全体の半分の206例であるが、その長さを文節単位で見ると、1文節から5文節までの文による会話文が計153例となり、その4分の3を占める。文節数ごとの分布は、1文節が18文、2文節が46文、3文節が30文、4文節が30文、5文節が22文、それ以上36文節までが計7文あり、2文節がもっとも多

いが、極端な偏りはなく、全体的には短かめと言える。
もっとも短いのは、次の、呼びかけ語1語1文節の例。

〔例27〕（略）、何者やらん、後ろに、「や」と言ふを、義朝、見返りたれば、（略）。〔17〕

この場合は、1文節でも喚体句の1文として成り立ちうるが、他はすべて何らかの省略が伴う。たとえば、「さては」〔20・28〕、「さらば」〔31〕、「それなり」〔34〕、「さん候」〔31〕、などの応答詞相当は、直前の相手の発話があってこそ成り立つものであり、また、〔例5〕に挙げたような問答の会話文では、問いの話題1文節に、答の説明1文節が揃って1文相当となる。1文節同士の対応ではないものの、「何者ぞ」〔8〕や「いかにや」〔28〕という問いや、「青墓へ」〔27〕という答え、「承り候ひぬ」〔31〕、「知らず」〔35〕という応答も同様であり、「守護し奉るべし」〔38〕や「延びさせたまへ」〔14〕における、省略された主体も対象も、会話場面に依存している。

2文節以上の会話文には、さまざまな文型があるが、その中で目を引くのは、「疾く疾く」〔38〕、「出し抜かれぬ、出し抜かれぬ」〔13〕、「寒や、冷たや」〔26〕、「はやはや斬れ」〔15〕、「正清は候はぬか、金王丸はなきか」〔27〕のような、反復的な表現である。

1文のみの会話文でも、35、36文節と、きわだって文節数が多く、長いのは、次の2例である。〔例28〕のほうは会話文の二重引用が含まれていることによる。

〔例28〕常葉が宿所に至り、この由を申しければ、（常葉）「都を落ちさせたまふとて、汝を使にて、『打ち寄り見参すべけれども、敵は続く、暇もなくて出でつるなり。東国より人を上せ候はんずるぞ。幼き者ども相具して、その時、下りたまへ』と宣ひしかば、『御志の薄ければこそ、打ち寄る暇もなからむめ。下りたらん時は、先づ、このことをこそ申さんずらめ』と思ひつるに、空しくなりたまひぬる悲しさよ」とて歎きける。〔29〕

〔例29〕忠致申しけるは、「義朝・正清は、昔の将門・純友にも相劣らぬ朝敵を、国の乱れにもなさず、人の煩ひにもなさず、速やかに討つて進らせ候へば、いかにも義朝の所領をば一所も残らず賜はるか、しからずは、住国にて候へば、尾張国をも賜はるべきに、国の果なる壱岐国を賜はり候ひては、今より後、何の勇みか候ふべき」と申しければ、（略）。〔30〕

会話文の意図

会話文における各文に見られるモダリティ表現について見てみる。

まず、1文から成る会話文206例において、疑問表現がもっとも多く57文、命令表現が31文（うち文末「べし」2例）あり、合わせて88文、全体の約43％に、対相手のモダリティ表現が認められる。

疑問表現では、疑問詞によるものが47文あり、そのうちの22文に、「いかがあるべき」〔26〕、「あれに見ゆる森は、いかなる所ぞ」〔38〕、「これならでは、いかでか左馬頭殿の仰せをば蒙るべき」〔28〕などのイカ系、9文に、「帰りては、何と申すべきぞ」〔37〕、「朝餉の方に人音のして、櫛形の穴に人影のしつる、何者ぞ」〔9〕などのナニ系、8文に、「父はいづくにましますぞ」〔20〕、「御辺の髭切は、何処《いづこ》に候ふぞ」〔32〕などのイヅ系、その他に、「誰が馬ぞ」〔7〕、「など物具して、軍陣には打つ立ちたりけるぞ」〔18〕、「そもそも、当日は何条御事を定め申すべきにて候ふぞ」〔9〕などがある。疑問の助詞によるものが10文あり、「や」と「か」が5例ずつである。

命令表現では、「構へてこの事披露したまふな」〔13〕だけが禁止表現であり、残り30文のうち、待遇有りと待遇無しが半々である。

待遇有りのほうには、「さらば、よくは宣はで、御覧ぜよ」〔28〕、「孫と娘を失はせたまはば、尼を先づ失はせたまへ」〔35〕などの尊敬の他、「御行水候へ」〔28〕、「死ぬる前に敵尋ね来たらば、自害をせんずるに、刀を進らせよ」〔6〕、「頼朝を具して参れ」〔38〕や「御所にては、少納言を御免候へかし」〔5〕、「玄象・鈴鹿・大床子・印鎰、時の簡、みなみな渡し奉れ」〔12〕などの謙譲・丁寧も見られる。

待遇無しのほうでは、「ここ打てや」〔13〕、「はやはや斬れ」〔15〕、「足軽ども、寄れぞ」〔17〕などのように、相手に直接行動を求める表現がほとんどであるが、中には、「ともかくも、事落居して、世間静かなれかし」〔10〕のように、願望表現に近い例もある。

対内容の表現としては、詠嘆表現が9文、文末「ばや」による願望表現が3文、そして係り助詞による強調表現が18文（「こそ」14例、「ぞ」4例）に見られる。詠嘆表現には、「悪い法師かな」〔28〕や「寒や、冷たや、母御前」〔34〕、「義朝の子なれば、幼けれども、申しつることの恐ろしさよ」〔35〕、「あれ程の大臆病の者、かかる大事を思ひ立ちける事よ」〔17〕などが見られる。

2文以上から成る会話文204例に関しては、文数にかかわらず、それぞれの冒頭文と末尾文の合計408文のうち、命令（禁止を含む）と疑問の2つのモダリティ表現に限って、それらの出現具合いを、Ⅰ：冒頭文と末尾文の両方、Ⅱ：冒頭文のみ、Ⅲ：末尾文のみ、の3つに分けると、次のような結果となる。

Ⅰ：23例、Ⅱ：31例、Ⅲ：69例、計123例

全体の6割以上になり、そのうちの半分強がⅢの末尾文のみ、両方と冒頭文が2割前後である。文数から見ると、当該表現を有する文は146文で、全体の約36％に及び、そのうち、冒頭文が54文、末尾文が92文で、

末尾文のほうに偏る。
このうち、Ⅰの23例の会話文は、2文が13例、3文が4例、4文が2例、以下、5文、8文、12文、16文が各1例となっていて、文数の少ないほうに集中している。
Ⅰにおいて、冒頭文と末尾文のどちらも命令あるいは疑問になるのが11例あり、命令同士が5ペア、疑問同士が6ペアである。残りの12例が不一致のケースである。それぞれの例を挙げる。

〔例30〕「【冒】敵に馬の脚な立てさせそ（命令）【末】鴾毛なる馬に押し並べよ（命令）」〔14〕
〔例31〕「【冒】何事とはいかに（疑問）【末】入道殿は何方にわたらせたまひ候ふぞ（疑問）」〔6〕
〔例32〕「【冒】いかにや、東国の方へ行きたまふか（疑問）【末】同じくは、我をも連れて出でたまへ（命令）」〔17〕
〔例33〕「【冒】御帷子進らせよ（命令）【末】人は候はぬか（疑問）」〔28〕

一致するケースの中には、次のように、反復する表現も見られる。

〔例34〕「止めよ、者ども。止めよ」〔28〕
〔例35〕「いかに候ふ、毛利殿。いかに、いかに」〔17〕

Ⅱの冒頭文のみの31例のうち、命令11文（うち禁止2文）、疑問が20文で、疑問のほうが倍近くあるのに対して、Ⅲの末尾文のみの69例のうち、命令が46文（うち禁止3文）、疑問が23文で、関係が逆転する。これに、Ⅰの分を加えても、

冒頭文：命令：18文、疑問：40文
末尾文：命令：60文、疑問：36文

となり、形勢は変わらない。つまり、会話文の冒頭では疑問表現、末尾では命令表現を、それぞれ用いる傾向があるということである。

たとえば、〔例32〕は冒頭文と末尾文の2文から成る会話文であるが、冒頭文での疑問の内容を仮定としたうえで、末尾文での命令（依頼）をするという展開になっている。前に挙げた〔例15〕も同様である。その点から言えば、先に見たように、1文から成る会話文では、疑問が57文、命令が31文であったから、1文の場合は、冒頭文的な性格のほうが強い。

ⅡとⅢを比べて、疑問表現については、イカ系を中心とした疑問詞によるものが大勢を占めるという点で変わりなく、命令表現に関しても、冒頭文で待遇無しが8文、有りが3文、末尾文で待遇無しが22文、有りが16文、のように、ほぼ同じ傾向を示している。

そのような中にあって、目立っているのは、疑問表現として、冒頭文では、「いかに」〔28〕、「いかに、おのれは」〔15〕、「いかに、兵庫頭」〔16〕、「いかに、汝」〔31〕、「いかに、いかに」〔17〕、「いかにかくておはするぞ」〔13〕、「いかに候ふ、毛利殿」〔17〕などのように、「いかに」という疑問詞で始まる表現、末尾文では、「各々いかが」「筑後の守、いかが」〔ともに8〕、「いかがせん」〔28〕、「その時、我、いかがせん」〔34〕などのように、「いかが」で終わる表現である。

末尾文の命令表現においては、すでに他の観点で指摘したこととも関わるが、「はやはや斬れ」〔15〕、「疾く疾く斬れ」〔23〕、「疾く疾く延びさせたまへ」〔17〕、「駆けよや、進めや」〔14〕などのような、相手を強く促す反復表現や、「寄り合へや、者ども」〔31〕、「止めよ、者ども」〔28〕、「駆け並べて討ち取れ、者ども」〔14〕などのように、相手に呼びかける表現が伴うのが特徴的である。どちらも合戦の場における指揮官の指示命令である。

1文のみの会話文において、対内容のモダリティ表現として、詠嘆表現が9文、文末「ばや」による願望表現が3文、そして係り助詞による強調表現が18文（「こそ」14例、「ぞ」4例）に見られたが、2文以上の会話文における冒頭文と末尾文においては、詠嘆表現が21文、「ばや」の願望表現がなく、係助詞の強調表現が39文（「こそ」35例、「ぞ」4例）あって、詠嘆と強調の表現が1文のみよりも目立つ。

なお、冒頭文と末尾文では、詠嘆表現が12文と9文、強調表現が19文と20文であり、ほとんど差がない。詠嘆表現の種類としては、「あな、あはれやな」〔38〕、「あらにくや、あらにくや」〔14〕、「あはれ、恋しき昔かな」〔33〕など、感動詞で始まるのが8文、「憎い奴ばらかな」〔17〕、「汝は、主には似ず、物を思え、怪に言ふものかな」〔31〕など、「かな」で終わるのが7例、「都の合戦と申し、道すがらの御苦しさ」〔28〕、「我等に離れじとて、母も死なん事の嬉しさよ」〔26〕など、体言止めが4例、「恐ろし恐ろし」〔33〕という形容詞の反復が3文ある。これらはいずれも、戦時の状況に関わる感情の表出である。

会話文の位置付け

以上の整理をふまえて、平治物語という軍記物語と、その文章における会話文との関係をまとめると、次の5点を指摘することができよう。

第一に、段のすべてに会話文が見られるという点である。これは、各段において、会話文が描写表現として無視しえない重要性があるということであり、それが巻を追って増してゆくのは、平治物語全体のクライマックスに至るまでの展開と関わっている。

第二に、段ごとに見た場合、会話文の出現様相は多様であるが、その中には、会話文がほとんどを占め、戦乱報告の長い語りや、戦乱時の切迫した発話の応酬を中心として展開する段も少なからず認められるという点である。

第三に、地の文と区別する会話文の引用マーカーの役割は、下接表現における「と」+発話動詞がもっぱら担うが、平治物語にあっては、上接表現の、発話動詞+「は」もその役割を担っているのが特徴的な点である。それに加えて、平治物語の主要人物としての個人の発話主体が明示され、かつ、已然形+「ば」を挟んで、会話のやりとりが1文内で示される傾向が強い。

第四に、各会話文は1文のみによって構成されるのを中心として、全体的には短かめの発話描写として表現されるという点である。例外的に、極端に文数の多い会話文は、物語内物語という性格を帯びている。

第五に、会話文には、発話主体の情意が示されることが多いという点である。とくに、命令や疑問という、発話相手に対する意図や、詠嘆や強調という、発話内容に対する感情を示すことが、その冒頭文や末尾文に顕著である。

これらは、戦乱を題材とする軍記物語だからこその、場面描写としての会話文の特徴を端的に示していると言えよう。

第9章　徒然草

随筆というジャンル

徒然草は卜部（吉田）兼好、いわゆる兼好法師によって、鎌倉時代末期以降にまとめられた作品である。序段と、上下2巻に243段の計244段に分けて書かれている。内容はもとより、長さもまちまちで、1文だけの段から39文から成る段まである。

徒然草が枕草子や方丈記と並んで、「三大随筆」と呼ばれるのは、日本文学史の常識と言える。ただし、これらの作品は「随筆」という語が日本の文献に見られる以前に成立したものであるから、そういうジャンルの文章として、書き手も読み手も意識したとは考えがたい。

それでも、徒然草の場合、有名な序段の「心にうつりたるよしなし事を、そこはかとなく書きつくれば」というのが、まさに随筆というジャンルの内容・形式を表わしていると見ることができる。

ただし、「心にうつりたるよしなし事」とは言っても、頭の中だけの空想ではない。というよりむしろ、兼好が直接・間接に見聞きした出来事、具体的には、誰かの言行の記憶を書き留め、時に、それに対する自らの寸評を加えたものである。

「言行」とは、言葉と行動のことであるから、出来事によって、言葉と行動のどちらかに重点を置く場合もあろうし、両方ということもあろう。そのように予想される叙述の中において、会話文はどのように用いられているだろうか。

なお、会話文の認定に関しては、

〔例1〕 五条内裏には、妖物ありけり。藤大納言語られ侍りしは、殿上人ども黒戸にて碁をうちけるに、御簾をかかげて見るものあり。「誰そ」と見向きたれば、狐、人のやうについ居て、さし覗きたるを、「あれ狐よ」ととよまれて、惑ひ逃げにけり。未練の狐、化け損じけるにこそ。〔230〕

の1例は、テキストでは、「誰そ」と「あれ狐よ」の2個所をカギカッコで会話文として表示しているが、第2文冒頭の「藤大納言語られ侍りしは」が会話文の引用マーカーとみなされるので、その2個所は二重引用とみなし、「殿上人ども」から「惑ひ逃げにけり」までを1つの会話文とする。「吉田と申す馬乗りの申し侍るは」で始まる第一八六段や、「横川行宣法印が申し侍りしは」で始まる第一九九段と同じ扱いにするということである。

また、次の例も異色ではあるが、会話文とみなしておく。

〔例2〕 焚かるる豆殻の、はらはらと鳴る音は、「我が心よりすることかは。焼かるるはいかばかり堪へがたけれども、力なき事なり。かくな恨み給ひそ」とぞ聞えける。〔69〕

これは、「焚かるる豆殻」が「はらはら鳴る音」であるから、明らかに人間の発する言語ではないが、その音を耳にした「書写の上人」には、人間の発話として聞こえたということである。その点から、一種の擬人化された発話とする。

会話文の分量と分布

テキストにおける本文の総行数は2582行である。それに対して、会話文の占める実質的な行数は490行であり、全体の2割弱であるから、それほど多いわけではない。

ただし、段数単位で見ると、全244段のうち、会話文を含むのは125段で、5割を越える。その125段の総行数は1649行であり、それらでの分量比率は平均約30％となる。中には、比率として50％を越える段が41段あるいっぽう、10％以下も16段ある。このことは、各段において記す出来事が言葉（文章ではなく、ほとんどは談話における）が中心か否かを示していると言えよう。

各段の行数別では、2行から9行までの全58段における会話文の分量比率が約42％、同様に、10行〜19行が47段で、約32％、20行〜29行が15段で、約28％、そして40行以上が5段で、約12％であり、段が長くなるほど会話文の比率が低くなることが分かる。逆に言えば、1段が短いほど、結果的に会話文に重きが置かれているということになろう。

会話文は全体で298例あり、段ごとの分布は次のようになっている。

1例：51段、2例：28段、3例：25段、4例：11段、5例：4段、6例：3段、9例：2段、17例：1段

1段平均は約2・4例となるが、1例のみの段が4割以上、3例までで全体の8割以上の段に及ぶ。

最多17例は第238段で、全行数も第137段の72行に次いで、第2位の68行である。この段はやや特殊で、「御随身近友が自讃とて、七箇条書きとどめたる事あり。皆、馬芸、させることなき事どもなり。その例を思ひて、自讃の事七つあり」で始まり、その7つのエピソードの中に、書き手である兼好自身の会話文が含まれている。

それがなぜやや特殊かと言えば、他の段の会話文はほとんどが、書き手以外による会話文であり、兼好自身の発話を「自讃」と称して、この段1つにまとめているからである。

いっぽう、最少の1例のみの51段において注目されるのは、その会話文を含む1文のみで成り立っている段が12段あるということである。

1文のみの段は全部で35段あるが、そのうち、会話文がない12段を除く23段において、2例が5段、3例と4例が各2段、5例と9例が各1段あり、1例のみの段がもっとも多い。これらの、会話文を含む1文のみで成り立つ段は、その会話文自体が段の中心内容になっているのは言うまでもない。

1段に1文かつ1例のみの会話文で、会話文内もまた1文の例を以下に挙げる。

〔例3〕なにがしとかや言ひし世捨人の、「この世のほだし持たらぬ身に、ただ空の名残のみぞ惜しき」と言ひしこそ、誠にさも覚えぬべけれ。〔20〕

〔例4〕因幡国に、何の入道とかやいふ者の娘、かたちよしと聞きて、人あまた言ひわたりけれども、この娘、ただ栗をのみ食ひて、更に米のたぐひを食はざりければ、「かかる異様のもの、人に見ゆべきにあらず」とて、親許さざりけり。〔40〕

〔例5〕「車の五緒は、必ず人によらず、ほどにつけて、きはむる官・位にいたりぬれば、乗るものなり」とぞ、ある人仰せられし。〔64〕

〔例6〕久我相国は、殿上にて水を召しけるに、主殿司、土器を奉りければ、「まがりを参らせよ」とて、まがりしてぞ召しける。〔100〕

〔例7〕「囲碁・双六好みて明かし暮らす人は、四重・五逆にもまされる悪事とぞ思ふ」と、あるひじりの申しし事、耳にとどまりて、いみじく覚え侍る。〔111〕

〔例8〕「何事の式といふ事は、後嵯峨の御代までは言はざりけるを、近きほどよりいふ詞なり」と人の申し侍りしに、建礼門院の右京大夫、後鳥羽院の御位の後、又内裏住みしたる事をいふに、「世のしきもかはりたる事はなきにも」と書きたり。〔169〕

これらに関して、特筆すべきことを3点、示す。

第一に、〔例5〕〔例7〕〔例8〕のように、その段が会話文の引用から始まるという点である。

第二に、1文のみであるから当然であるが、会話文を含む文が最後の1文にもなっているという点である。

第三に、〔例3〕〔例5〕〔例7〕の、会話文に対する書き手の評言が段最後に現われているという点である。

特筆すべきとしたのは、このような会話文の位置付けが、会話文を含む段全体のありようを端的に示しているからである。

以上の例を除いた、会話文を含む90段において、その冒頭文内に会話文が引用されているのが41段、末尾文内が26段ある（両方に出て来る8段を含む）。

冒頭と末尾という特別の位置にある文に会話文が引用されている段は、1文のみの段も含めると、計94段になり、これは全体の4分の3を占めるほどである。また、2文以上の段でも、その最後が、「これも又尊し」〔39〕、「有り難き志なりけんかし」〔47〕、「いみじき秀句なりけり」〔86〕などの評言を記した1文になっているのも、直前の1文に引用された会話文に対してである。

このことは、会話文は地の文の補完・補助としてではなく、むしろ会話文自体を示すことがその段のメインになっているということを示していよう。

引用形式

会話文の引用形式として、上接表現にマーカーが認められるのは、全298例のうちの、わずか26例である。その内訳を示すと、次のとおり。

「〜は」：10例（「申し侍りしは」7例、「申されしは」1例、「仰せられけるは」1例、「語られ侍りしは」1例）

「〜く」：8例（「言はく」8例）

「〜に」：3例（「仰せられたりけるに」1例、「昔語りに」1例、「談義せしに」1例）

「〜やう」：1例（「言ふやう」1例）

動詞のみ：4例（「問ふ」3例、「答ふ」1例）

このうち、「言はく」2例と、動詞の「問ふ」「答ふ」の4例の計6例は、第243段に集中している。

これらが上接表現にある場合、1例を除き、会話文の下接表現にも引用マーカーがあり、そのうち、同じ発話動詞になっているのは9文（「申す」7例、「言ふ」2例）、「と」のみで終わるのが4文見られる。

残り268例の上接表現の中には、引用マーカーが用いられず、そもそも上接表現がなく、会話文から始まるのが段冒頭も含めて、80文もある。

下接表現のほうは、下接表現を欠く5例を除いた293例に、引用マーカーがあり、「と」が237例と、全体の8割以上を占める。他に、「とて」が31例、「など」が24例ある。

会話文を「と」で受ける237例のうち、それだけで文が終止する5例を除いた232例の中で、発話動詞が続くのが、そのほとんどの220例である。

主な動詞は、以下のとおりであり、「言ふ」が全体の約45%を占める。


「言ふ」98例、「申す」55例、「仰す」17例、「問ふ」12例、「尋ぬ」8例、「答ふ」8例、「語る」6例、「のたまふ」5例

他に、「説く」「ののしる」各2例、「聞く」「聞こゆ」「叫ぶ」「さきめく」「つぶやく」「そしる」、句の「言葉を掛く」「勅問あり」各1例がある。

発話動詞以外では、「侍り」「感ず」各2例のほか、「争ふ」「怒る」「諫む」「断る」「定む」「解く」「なぞなぞす」「涙ぐむ」「囃す」各1例が続く。

「とて」は31例すべて、以下に続くのは発話動詞以外である。対するに、「など」は25例のうち、発話動詞が続くのが23例あり、「言ふ」が18例を占め、ほぼ集中している。

なお、会話文の上下に地の文がなく、会話文が直接、連続する例は、次の2段に見られる。

〔例9〕 ∅「昨日は西園寺に参りたりし」、∅「今日は院へ参るべし」、∅「ただ今は、そこそこに」など言ひあへり。〔50〕

〔例10〕うれしと思ひて、ここかしこ遊びめぐりて、ありつる苔のむしろに並みゐて、「いたうこそこうじにたれ」、∅「あはれ紅葉をたかん人もがな」、∅「験あらん僧達、祈り試みられよ」など言ひしろひて、（略）。〔54〕

〔例9〕では、都の人々が鬼の出現場所についてあれこれ噂しているさま、〔例10〕は仁和寺に遊びに来た僧達が口々に勝手なことを言うさまを示そうとしたものであろう。

会話文の連続

会話文が2例以上、つながりをもって連続して出て来るのは、同一発話者や、同時発話（例9・例10）による場合も含め、298例のうちの155例、全体の約52％になる。残りの143例は単独の会話文として出現する。会話のやりとり、具体的には問答によって1段がほとんど構成されている、珍しい例は、次の、徒然草最後の第243段である。

〔例11〕八になりし年、父に問ひて言はく、①「仏は如何なるものにか候ふらん」といふ。父が言はく、②「仏には人のなりたるなり」と。又問ふ、③「人は何として仏には成り候ふやらん」と。父又、④「仏の教へによりてなるなり」と答ふ。又問ふ、⑤「教へ候ひける仏をば、なにが教へ候ひける」と。又答ふ、⑥「それも又、さきの仏の教へによりて成り給ふなり」と。又問ふ、⑦「その教へ始め候ひける第一の仏は、如何なる仏にか候ひける」といふ時、父、⑧「空よりやふりけん、土よりやわきけん」といひて、笑ふ。／⑨「問ひつめられて、え答へずなり侍りつ」と、諸人に語りて興じき。〔243〕

①〜⑧の会話文が4つの、書き手と父親の問答ペアになっていて、⑨は、「諸人」に向けての、段の締めくくりの会話文である。

このうち、⑦と⑧は1文内にあるが、その他の会話文はそれぞれ1文ごとに分かれている。このように、1文ごとで応答ペアになるのは、徒然草全体で8ペアしかなく、そのうちの3ペアがこの段に見られる。

この4つのペアそれぞれの関係付けは、①の上接表現の「問ひて言はく」に対する②の上接表現の「言はく」、③の上接表現の「問ふ」に対して④の下接表現の「答ふ」、⑤の上接表現の「問ふ」に対する⑥の上接表現の「答ふ」、⑦の上接表現の「問ふ」と下接表現の「いふ時」に対する⑧の下接表現の「いひ」のように、少しずつ形を変えたマーカー表現によって、示されている。

会話のやりとりが地の文1文内で見られる場合、最初の会話文の下接表現74例がどのように、次の会話文に続いているかを整理すると、次のとおりである。

「〜ば」39例、「〜に」18例、「〜を」12例、「〜て」4例、その他1例

「已然形＋ば」という確定条件節として、次の会話に続く表現が半数以上を占める。これは1文内にあって、前後の会話文の結び付き、応答としての関係の強さを示すものである（その他1例は、〔例11〕の⑦の「いふ時」）。

以下に、これらが連続的に出て来る例を示す。

〔例12〕 これを見る人、嘲りあさみて、「かく危き枝の上にて、安き心ありてねぶるらんよ」と言ふに、我が心にふと思ひしままに、「我等が生死の到来、ただ今にもやあらん。それを忘れて物見て日を暮ら

す、愚かなる事はなほまさりたるものを」と言ひたれば、前なる人ども、「誠にさにこそ候ひけれ。尤も愚かに候」と言ひて、うしろを見かへりて、「ここへ入らせ給へ」とて、所を去りて、呼び入れ侍りにき。〔41〕

〔例13〕人の数多ありける中にて、ある者、「ますほの薄、まそほの薄などいふ事あり。わたのべの聖、この事を伝へ知りたり」と語りけるを、登蓮法師、その座に侍りけるが聞きて、雨の降りけるに、「蓑笠やある、貸し給へ。かの薄の事習ひに、わたのべの聖のがり尋ねまからん」と言ひけるを、「あまりにも物騒がし。雨やみてこそ」と人の言ひければ、「無下の事をも仰せらるるものかな。人の命は、晴れ間をも待つものかは。我も死に、聖も失せなば、尋ね聞きてんや」とて、走り出でて行きつつ、習ひ侍りにけりと申し伝へたるこそ、ゆゆしくありがたう覚ゆれ。〔188〕

発話主体

徒然草における会話文を含む地の文において、顕著に見出されるのは、その発話主体を明示する傾向が強いという点である。

上接表現のみにあるのが117例、下接表現のみが39例、そして上下ともに見られるのが1例あり、合計で157文となる。これは、会話文を含む296文の半分以上に当たる。

それぞれの会話文の主体が明示されなくても、地の文も含めた文脈展開によって、ある程度は了解できるとすれば、半数以上もの文に発話主体が示されているのは、徒然草に特徴的な傾向であると言えよう。

しかも、1文における語順の自然さから言えば、会話文の上接表現に発話主体が示されるのが順当なところであるにもかかわらず、上接表現ではなく、下接表現にのみそれが39例もあるのは、1つの表現パターンとして目に付く。そのうちの11例は先に挙げた、段冒頭の1文に会話文が出て来る場合であるから、なおさらである。

たとえば、1文1段の例として挙げた6例のうち、上接表現に主体表示があるのは、〔例3〕の「世捨人」、〔例6〕の「久我相国」の2例であるのに対して、下接表現には、〔例4〕の「親」、〔例5〕の「ある人」、〔例7〕の「あるひじり」、〔例8〕の「人」の、計4例も見られるのである。

例外的に、上下に見られるのは、次の例である。

〔例14〕 能をつかんとする人、「よくせざらんほどは、なまじひに人に知られじ。うちうちよく習ひ得てさし出でたらんこそ、いと心にくからめ」と常に言ふめれど、かく言ふ人、一芸も習ひ得ることなし。〔150〕

文冒頭に「能をつかんとする人」があるので、下接表現の「かく言ふ人」がなくても、文意は通るのであるが、上接表現に示した人の中でも、下接表現では、とくに当該の発言を好んでするような人という限定を示すためであろう。

上接であれ下接であれ、表示された発話主体には、固有名詞あるいはそれに準じる語で示される場合と、不特定の場合とがある。前者には57例、後者には100例が相当し、後者が前者の倍近くある。

前者と認定した表現には、「聖徳太子」〔6〕・「西行」〔10〕・「貫之」〔14〕・「頓阿」〔82〕・「嵆康」〔21〕・「弘融僧都」〔84〕・「悲田院尭蓮上人」〔141〕・「登蓮法師」〔188〕・「道眼聖」〔238〕・「資朝卿」〔153〕・「堀川内大臣殿」〔107〕・「尹大納言光忠入道」〔102〕・「御随身秦重躬」〔145〕・「医師篤成」〔136〕・「陰陽師有宗入道」〔224〕などあり、段を越えての重複はほとんど見られない。

後者と認定した中で目立つのは、連体詞「ある」を伴う表現で、21例見られる。そのうち、「ある人」が

8例、「ある者」が5例、その他は各1例で、「荒夷・男・大福長者・所の侍ども・聖・物知り・有職の人・やんごとなき人」である。

形容語を伴わない、人物を表わす語としては、「人」が突出して多く、15例あり、しかもそのうち14例は下接表現に見られる。

上接表現の1例は、次のものである。

〔例15〕坊の傍に、大きなる榎の木のありければ、人、「榎木僧正」とぞ言ひける。〔45〕

右の例に明らかなように、この「人」とは、誰と特定されない、世の人々のことであって、「ある人」という場合とは異なる（ちなみに、発話主体として「人々」は用いられていない）。

下接表現に「人」が見られる場合、

〔例16〕「奥山に、猫またといふものありて、人を食ふなる」と、人の言ひけるに、（略）。〔89〕

〔例17〕「二百貫の物を貧しき身にまうけて、かくはから引ける、誠に有難き道心者なり」とぞ、人申しける。〔60〕

などは、人々の意であり、世間の噂としての会話文であろうが、その一方で、

〔例18〕「久しくおとづれぬ比、いかばかりうらむらんと、我が怠り思ひ知られて、言葉なき心地するに、女のかたより、仕丁やある、ひとり、など言ひおこせたるこそ、ありがたくうれしけれ。さる心ざまし

たる人ぞよき」と、人の申し侍りし、さもあるべき事なり。〔36〕

【例19】「うすものの表紙は、とく損ずるがわびしき」と人の言ひしに、頓阿が、「羅は上下はつれ、螺鈿の軸は貝落ちて後こそいみじけれ」と申し侍りしこそ、心まさりて覚えしか。〔82〕

などは、「ある人」と同じく、特定の誰かを指し、その人の発話として示している例と見られる。どちらにせよ、固有名詞などによって発話主体が特定されない会話文は、誰が話したのかよりも、何を話したかのほうに重点があると言えよう。それに対し、発話主体が特定の人物であることが示される会話文は、誰が話したかのほうに重点があることになる。

徒然草の会話文において、不特定の発話主体による会話文のほうが多いということは、あえて朧化したというケースもあるかもしれないが、発話主体よりも発話そのものを取り立てる傾向が強いことを物語っていると考えられる。

会話文の構成

徒然草における会話文298例のそれぞれが何文から成っているかを整理すると、次のとおりである。なお、全体で507文あり、会話文1例あたりの平均は約1・7文である。

1文：187例、2文：66例、3文：29例、4文：3例、5文：1例、6文：2例、7文：3例、
12文：2例、20文：1例

1文のみの会話文が全体の約37％を占め、それ以上に比べ、圧倒的に多い。

対して、最多の20文から成る会話文は第217段にあり、「或大福長者の言はく」で段が始まり、1文ずつは短いものの、テキストで20行に及んで、処世訓が語られる。

1文のみの会話文における文節数の全体分布は、次のとおり。

1文節：10文、2文節：46文、3文節：14文、4文節：31文、5文節：20文、6文節：18文、
7文節：16文、8文節：7文、9文節：5文、10文節：5文、11文節：3文、12文節：3文、
13文節：3文、14文節：1文、16文節：1文、27文節：1文、32文節：1文、72文節：1文

最多が2文節で46文、中央値が4文節にあり、8文節以上の用例は1桁台で、分散している。

2文節の1文の表現としては、「さるから、さぞ」〈12〉、「こは如何に」〈89〉、「いづくへ行きつるぞ」〈90〉、「いかが侍らん」〈135〉、「いかなる相ぞ」〈145〉、「いかがあるべき」〈207〉などの、疑問詞による表現や、「ここへ入らせ給へ」〈41〉、「助けよや、猫また、よやよや」〈89〉、「まがりを参らせよ」〈100〉、「さらばあらがひ給へ」〈135〉、「作りてつけよ」〈232〉などの命令表現が目に付く。

例外的に多い72文節の1文から成る会話文は第215段にあり、次のように、6つの会話のやりとりの二重引用を含んで、長くなっている。

【例20】 平宣時朝臣、老の後、昔語りに、「最明寺入道、ある宵の間に呼ばるる事ありしに、『やがて』と申しながら、直垂のなくてとかくせしほどに、又使来りて、『直垂などのさぶらはぬにや。夜なれば異様なりともとく』とありしかば、萎えたる直垂、うちうちのままにまかりたりしに、銚子に土器とりそへて持て出でて、『この酒をひとりたうべんがさうざうしければ、申しつるなり。肴こそなけれ、人

はしづまりぬらん。さりぬべき物やあると、いづくまでも求め給へ』とありしかば、脂燭さして、くまぐまをもとめし程に、台所の棚に、小土器に味噌の少しつきたるを見出でて、『これぞ求め得て候』と申ししかば、『事足りなん』とて、心よく数献に及びて、興にいられ侍りき。」と申されき。〔215〕

文末の省略表現

会話文そのものにおける各文について、以下、いくつかの点から整理する。

まず、述語文を基本として、文末に省略があると認められるのは、31文である。総数が507文であるから、きわめて少ない（約6・1％）。

ただし、会話文を含む段の地の文は総計で737文あるが、そのうち文末省略が認められるのは37文（約5・0％）であるから、ほぼ違いはない。つまり、会話文だから省略が多いとは言えないということである。

しかも、会話文における文末省略のある31文のうち、「何といふぞ、非修非学の男」〔106〕、「何とも候へ、あれほど唐の狗に似候ひなんうへは」〔125〕、「如何なる人の御馬ぞ、あまりに尊く覚ゆるは」〔144〕、「いざ給へ、出雲拝みに」〔236〕の4文は倒置と見られ、また「糸による物ならなくに」〔14〕、「さそふ水あらば」「分けこし葉山の」〔ともに240〕の3文は引き歌であろうから、通常の省略とはみなしがたい。

さらに、「此の殿の御心、さがかりにこそ」〔10〕・「覚束なくこそ」〔88〕・「法成就の池にこそ」〔180〕・「雨やみてこそ」〔188〕、「鳥のむれゐて池の蛙をとりければ、御覧じ悲しませ給ひてなん」〔10〕、「あなきたな、誰に取れとてか」〔48〕・「如何なることのあるにか」〔234〕、「しかしかの宮のおはします比にて、御仏事など候ふにや」〔44〕・「これこれにや」〔238〕のような、係り結びにおける結びの省略も、慣用化されていたと見られる。地の文における文末省略もほとんどがそれである。

となると、当該の会話文内の文脈やその場面から補われそうな、つまり省略らしい省略として認められるのは、「げに」「さるから、さぞ」〈ともに12〉、「しばし」〈59〉・「いましばし、今日は心閑に」〈170〉、「今更かくは」〈37〉・「いかにかくは」〈209〉、「ただ今は、そこそこに」〈50〉・「御供の人はそこそこに」〈104〉、「これは如何に」〈89〉、「太神宮の御方を御跡にせさせ給ふ事いかが」〈133〉、「雨もぞ降る、御車は下に」〈104〉、「又渡らんまで」〈137〉、「今ひとつ、上少し」〈175〉、「いつも独り住みにて」〈190〉、「ひさくの柄はひもの木とかやいひて、よからぬものに」〈232〉くらいしかない。

会話文の意図

文末省略のない476文において、会話との関わりで押えておきたいのが、対相手のモダリティ表現である。まず、命令表現であるが、34例見られる。ちなみに、会話文を含む段の地の文には命令表現はまったく出て来ない。

命令表現34例のうち、禁止表現は8例あって、5例が「初心の人、二つの矢を持つ事なかれ」〈92〉、「好事を行じて、前程を問ふことなかれ」〈171〉、「次に、恥に臨むといふとも、怒り恨むる事なかれ」〈217〉などのような「〜ことなかれ」という表現であり、残り3例が「かくな恨み給ひそ」〈69〉、「あやまちすな」〈109〉、「あなかしこ、わきさしたち、いづかたをもみつぎ給ふな」〈115〉という表現である。

文字どおりの命令表現26例のうち、15例が敬意を伴い、「ここへ入らせ給へ」〈41〉、「その有様参りて申せ」〈238〉、「とまり候へ」〈87〉、「今参り侍る供御の色々を、文字も功能も尋ね下されて、そらに申し侍らば、本草に御覧じあはせられ侍れかし」〈136〉などのように、実質的には依頼表現と見られる。敬意なしの11例の中で注目されるのは、「助けよや、猫また、よやよや」〈89〉のように、妖怪に呼びかけている1例である。

文末に「べし」あるいは「べからず」が用いられる場合、上接動詞の表わす動作の主体に相手が含まれる場合は、命令・禁止の意図を表わすことになるのは、現代語でも同様である。

徒然草の会話文には合わせて40例ほど見出されるが、相手に対する命令あるいは禁止ととることができる例が認められる。たとえば、命令のほうでは、「されば、人、死を憎まば、生を愛すべし」〔93〕、「乗るべき馬をば、まづよく見て、強き所、弱き所を知るべし」〔186〕、「次に正直にして約を固くすべし」〔217〕など、禁止のほうでは、「万金を得て一銭を失はん人、損ありといふべからず」〔93〕、「ばくちの負きはまりて、残りなく打ち入れんとせんにあひては、打つべからず」〔126〕、「咎むべからず」〔207〕、などが、それに相当しよう。

次に、疑問表現であるが、62文（約13％）に見られる。そのうち、疑問詞を伴うのが39文、疑問詞を伴わないのが23文ある。会話文を含む段の地の文には疑問表現が32文（約5・5％）あるから、会話文のほうが出現率が倍以上高い。

会話文における疑問詞には、「如何にかく言ふぞ」〔109〕、「いかなる相ぞ」〔145〕、「いかがあるべき」〔207〕、「いづくへ行きつるぞ」〔90〕などが22例、「御肴何がな」〔175〕、「何事ぞ」〔128〕、「たとひ耳鼻こそ切れ失すとも、命ばかりはなどか生きざらん」〔53〕、「何条、百日の鯉を切らんぞ」〔231〕などが15例、「かくのたまふは、誰」〔115〕、「この人の後には、誰にか問はん」〔168〕の2例がある。

これらの中で奇妙な表現が1例ある。

〔例21〕 この僧都、ある法師を見て、しろうるりといふ名をつけたり。「とは、何物ぞ」と、人の問ひければ、「さる物を我も知らず。若しあらましかば、この僧の顔に似てん」とぞ言ひける。〔60〕

奇妙なのは、問の会話文が「とは」でいきなり始まる点である。もとより、前文にある「しろうるり」を受けてのことであるが、会話文単独では成り立ちえない。

疑問詞を伴わない23文のうち、係助詞の「や」によるのが10文、終助詞の「や」あるいは「か」によるのが13文ある。前者には、「郭公や聞き給へる」〔107〕、「これや覚え給ふ」〔238〕、「我等が生死の到来、ただ今にもやあらん」〔41〕など、後者には、「かかる所にて御牛をば追ふものか」〔114〕、「そのやすら殿は、男か法師か」〔90〕、「御子はおはすや」〔142〕などの例が見られる。

以上、命令と疑問の表現を合わせると、100例近くに及び、会話文全文の2割程度になる。これらが地の文には出にくいことを考えると、徒然草においても、会話文らしさを示していると言えよう。

命令や疑問に準じて、会話文のほうに出やすいと予想されるのが、詠嘆表現である。それと認められる文が27文あり、2つのタイプに分けられる。

1つめは、「あな」や「あはれ」などの感動詞を用いたもので、「あなみことや」〔144〕、「あなうらやまし」〔153〕、「しかしかのことは、あなかしこ、あとのため忌むなる事ぞ」〔30〕、「あはれ紅葉をたかん人もがな」〔54〕など、10例見られる。

2つめは、文末に詠嘆の終助詞「かな」が来るもので、「世のしれものかな」〔41〕、「こは稀有の狼藉かな」〔106〕、「うれしき結縁をもしつるかな」〔144〕など、11例ある。

そして3つめは、助動詞「けり」が文末に用いられるもので、「かの鬼のそらごとは、このしるしを示すなりけり」〔50〕、「誠に他にことなりけり」〔236〕など、6例ある。

係り結びによる強調表現は、以上とは性質が異なり、地の文・会話文の別を問わないが、会話文にも34例見られる（約6・7％）。そのうち、「こそ」が26例と圧倒的に多く、残り8例が「ぞ」で、「なむ」は見られない。対するに、会話文を含む段の地の文には、「こそ」が63例、「ぞ」が55例、「なむ」が2例の計120例ある（約16・3％）。会話文のほうが地の文よりも使用比率がかなり低く、しかも「こそ」に偏る傾向が認められる。

これらの強調表現が会話文に用いられると、たとえば、「誠にさにこそ候ひけれ」〈41〉、「御坊をば寺法師とこそ申しつれど、寺はなければ、今よりは法師とこそ申さめ」〈86〉、「その世にはかくこそ侍りしか」〈215〉、「よくぞ見せ奉りける」〈238〉などのように、相手や対象に対する、一種の詠嘆性が認められよう。

会話文と地の文

これまで取り上げてきた文末表現以外で、会話文と地の文との違いがとくに大きい点を、3つ指摘する。

第一に、助動詞「けり」が、係り結びの場合を除けば、会話文には6例しか見られないのに対して、地の文には97例も出て来るという点である。会話文内の510文と地の文の737文という差を考慮しても、会話文のほうが圧倒的に少ない。これは「けり」がすでに擬古的あるいは文章語的な性質を帯びるようになっていたことを示していよう。

第二に、形容詞が文末に来るのは、会話文では39例であるのに対して、地の文では倍以上の87例もあるという点である。どちらも「なし」が17例と20例で、最多であることに変わりがないが、会話文では、「なし」以外で複数回出て来る形容詞は2回の「よし」のみであるのに対して、地の文では、「よし」8回、「をかし」7回、「多し」4回、「口惜し・むつかし・わろし」各3回のように、繰り返し用いられる語が多い。

また、会話文のみに出て来る形容詞としては、「あやし・おそし・おもし・かひなし・かるし・こころもとなし・たのし・めづらし・めづらしげなし・ものさわがし」の10語があるが、会話文だからという、共通の位相的な特徴は見出しがたい。

第三に、「侍り」や「候ふ」という、丁寧の補助動詞が下接語を伴わず文末に用いられるのは、会話文で21例、地の文で2例と、大きな差があるという点である。

地の文とは異なり、会話文が直接的な人間関係に基づいて表現されるのであるから、そこに待遇語が見られるのは当然と言えよう。

以上の3点のうち、第一点と第三点は、会話文と地の文の位相差に対応した結果と見ることができる。第二点については、位相差によるものではなく、形容詞による物事の評価が、会話文におけるそれぞれの主体よりも、地の文の書き手のほうに目立つことを示していると見られる。それが徒然草らしさにつながっているのではあるまいか。

随筆と会話文

一般に、随筆というジャンルの文章において、会話文は、物語と比べると、必須というほどのものではない。にもかかわらず、徒然草には、半分以上の段に会話文の引用があり、しかも、それが段の中心になっていることも決して少なくはない。

それは、徒然草が、書き手自身の記憶に強く残っていた「言行」つまり言葉（発話）と行動の双方を、ほぼ同等に取り上げていることを意味する。しかし、発話もまた行動の1つと考えるならば、徒然草においては、発話という行動がいかに重んじられたかということでもある。その重んじ方は、これまで見てきたように、発話主体だったり、発話そのものだったり、会話のやりとりだったり、のように様々ではあるが。

そして、それらが単なる「言行」の単なる記録としてではなく、それぞれに対する書き手の評価を伴っているという点で、徒然草は随筆たりえていると言えよう。

第10章　世間胸算用

人と作品

世間胸算用は、江戸時代初期の、元禄5（1692）年に刊行された、井原西鶴による、「浮世草子」と後に呼ばれるジャンルの、「好色物」と並び称される「町人物」の代表作の1つである。

西鶴は寛永19（1642）年に生まれ、元禄6（1693）年に亡くなったので、この作品は最晩年の創作ということになる。若い頃は談林派の俳諧師として派手に活躍したが、その後、天和2（1682）年に出版した好色一代男が評判となり、作家に転じた。

世間胸算用は、5巻に4編ずつの作品を収めた、計20編から成る、今風に言えば、連作短編小説集である。「大晦日は一日千金」という副題があるように、ほとんどの作品は、1年の総決算日である12月末日の、おもには一般庶民と商人の、借金の取り立てをめぐるドラマが中心的に描き出されている。読者対象としても、当然ながら、一般庶民が想定されたと見られる。

このような作品の文章における会話文であるから、当然、おもな登場人物たる、当時の一般庶民の言葉が色濃く反映していると予想されるが、はたしてどうか。

各巻の目録に記された、全20編の作品名を以下に記しておく（各編は2つのエピソードから成り、それが副題として添えられている。末尾〔 〕内は以降に用いる略号）。

巻一　一　問屋の寛闊女（はやり小袖は千種百品染・大晦日の振手形如件）〔1・1〕
　　　二　長刀はむかしの鞘（牢人細工の鯛つり・大晦日の小質屋は泪）〔1・2〕
　　　三　伊勢海老は春の栬（状の書賃一通一銭・大晦日に隠居の才覚）〔1・3〕
　　　四　芸鼠の文づかひ（居風呂の中の長物語・大晦日に煤はきの宿）〔1・4〕
巻二　一　銀一匁の講中（長町につづく嫁入荷物・大晦日の祝儀、紙子一疋）〔2・1〕
　　　二　訛言も只はきかぬ宿（何の沙汰なき取りあげ祖母・大晦日のなげぶしもうたひ所）〔2・2〕
　　　三　尤も始末の異見（宵寝の久三がはたらき・大晦日の山椒の粉うり）〔2・3〕
　　　四　門柱も皆かりの世（朱雀の鳥おどし・大晦日の喧嘩屋殿）〔2・4〕
巻三　一　都の顔見世芝居（それ〴〵の仕出し羽織・大晦日の編笠はかづき物）〔3・1〕
　　　二　餅ばなは年の内の詠め（掛取上手の五郎左衛門・大晦日に無用の仕形舞）〔3・2〕
　　　三　小判は寝姿の夢（無間の鐘つく〴〵と物案じ・大つごもりの人置の嚊）〔3・3〕
　　　四　神さへお目ちがひ（堺は内証のよい所・大晦日の因果物語）〔3・4〕
巻四　一　闇の夜の悪口（世にある人の衣くばり・地車に引く隠居銀）〔4・1〕
　　　二　奈良の庭竈（万事正月払ひぞよし・山路を越ゆる数の子）〔4・2〕
　　　三　亭主の入替り（下り舟の乗合噺・分別してひとり機嫌）〔4・3〕
　　　四　長崎の柱餅（礼扇子は明くる事なし・小見世物は知れた孔雀）〔4・4〕
巻五　一　つまりての夜市（文反故は恥の中々・いにしへに替る人の風俗）〔5・1〕
　　　二　才覚の軸すだれ（親の目にはかしこし・江戸回しの油樽）〔5・2〕

三　平太郎殿（かしましのお祖母を返せ・一夜にさま〳〵の世の噂）〔5・3〕
四　長久の江戸棚（きれめの時があきなひ・春の色めく家並の松）〔5・4〕

地の文の性格

会話文を取り上げる前に、地の文について触れておく。

会話文は、登場人物がその主体である発話として引用されるのに対して、地の文における主体は、あくまでも書き手であり、3人称視点の物語においては、書き手は物語外に位置し、会話文の主体にはなりえない。しかし、書き手を通例として「語り手」と称するように、書き手自身が読み手を相手にして、地の文をとおして語りかけるということはありうる。「世間胸算用」においては、このような、会話文ではなく地の文において、書き手の読み手に対する、いわば擬似的な発話とみなされる表現が目立って多い。

それは、次のような、序文からすでに現れている。

〔例1〕松の風静かに、初曙の若えびす〳〵、諸商人、買うての幸ひ売つての仕合せ。さて帳綴、棚おろし、納め銀の蔵びらき、春のはじめの天秤、大黒の打出の小槌、何なりともほしき物、それ〳〵の智恵袋より取出す事ぞ。元日より胸算用油断なく、一日千金の大晦日をしるべし。〔序〕

最後の「しるべし」という当為表現に端的に見られるように、この序文は単なる内容説明ではなく、書き手が読み手とくに商人に対して、訓戒を垂れているのであって、以下の各作品においても、それぞれの具体例に即して、その冒頭文あるいは末尾文の多くに示されている。

たとえば、作品冒頭において、次に挙げるような、教訓ではなく、エピソードそのものの状況の説明あるいは描写になっているのは、20編中、次の5編にしか見られない。

〔例2〕年の波、伏見の浜にうちよせて、水の音さへせはしき、十二月二十九日の夜の下り船、旅人つねよりいそぐ心に乗合ひて、「やれ出せ〳〵」と、声々にわめけば、船頭も春しり顔にて、「われも人も、けふとあすとの日なれば、何がさて如在はござらぬ」と、やがて纜ときて、京橋をさげける。〔4・3〕

〔例3〕（略）、この二十四五年も、奈良がよひする肴屋有りけるが、行くたびにただ一色にきはめて、蛸より外に売る事なし。〔4・2〕

〔例4〕元朝に日蝕六十九年前にありて、又元禄五年みづのえ、さる程にこの曙めづらし。〔1・2〕

〔例5〕万人ともに、月額剃つて髪結うて、衣装着替へて出た所は、皆正月の気色ぞかし。〔2・2〕

〔例6〕霜月晦日切りに、唐人船残らず湊を出て行けば、長崎も次第に物さびしくなりぬ。〔4・4〕

右以外は、表現形式としてはともかく、エピソードに先立って、何らかの教訓に通じる1文によって始められている。たとえば、

〔例7〕世の定めとて大晦日は闇なる事、天の岩戸の神代このかたしれたる事なるに、人みな常に渡世を油断して、毎年ひとつの胸算用ちがひ、節季を仕回ひかね迷惑するは、面々覚悟あしき故なり。〔1・1〕

〔例8〕「夢にも身過の事を忘るな」と、これ長者の言葉なり。〔3・3〕

〔例9〕「世帯仏法」と申されし事、今以てその通りなり。〔5・3〕

などのような、古来の諺や格言を持ち出したり、

〔例10〕所務わけの大法は、たとへば千貫目の身代なれば、惣領に四百貫目、居宅に付けて渡し、二男に三百貫目、外に家屋敷を調へゆづり、三男は百貫目、他家へ養子につかはし、もし又娘あれば、三十貫目の敷銀に、二十貫目の諸道具こしらへて、我が相応よりかるき縁組よし。〔2・3〕

〔例11〕宵の年のせつなき事をわすれがたく、来年からは、三ヶ日過ぎたらば、四日より商売に油断せず、万事を当座ばらひにして、銭のないときは肴も買はぬがよし、諸事を五節供切り、と胸算用を極め、借銭乞のこはい心をすぐに、正月になりける。〔5・2〕

〔例12〕天下泰平、国土万人、江戸商ひを心がけ、その道々の棚出して、諸国より荷物、船路・岡付の馬方、毎日数万駄の問屋づき、ここを見れば、世界は金銀たくさんなるものなるに、これをまうくる才覚のならぬは、諸商人に生れて、口をしき事ぞかし。〔5・4〕

などのような、現実的な商訓を示したり、

〔例13〕神の松、山草、むかしより毎年かざり付けたる蓬莱に、伊勢海老なくては、ありつけたるもの一色にて、春の心ならず。〔1・3〕

〔例14〕諸国の神々、毎年十月、出雲の大社に集り給ひて、民安全の相談あそばし、国々への年徳の神極め、春の事ども取りいそぎ給ふに、(略)、餅つきて松たつる門に、春のいたらんといふ事なし。〔3・4〕

〔例15〕万事の商ひなうて、世間がつまつたといふは、毎年の事なり。〔5・1〕

などのような、習慣・風習を紹介したりしている。

これらは、各エピソードの単なる前置きの説明としてではなく、守るべき教え・しきたりとして、書き手が読み手に直接、語りかける役割を担っていると言える。

このような冒頭文に対して、末尾文は、エピソードそのものの結末を示すものが半数以上に及ぶが、

〔例16〕脇から見るさへ悲しきことの数々なる、年のくれにぞありける。〔1・2〕

〔例17〕神にさへ、このごとく貧福のさかひあれば、況や人間の身の上、定めがたきうき世なれば、定まりし家職に油断なく、一年に一度の年神に、不自由を見せぬようにかせぐべし。〔3・4〕

〔例18〕これを思ふに、知れた事がよしとぞ。〔4・4〕

〔例19〕（略）おなじおもひつきにて、油かはらけと油樽と、人の智恵ほどちがうたる物はなかりし。〔5・2〕

〔例20〕うき世に住むから、師走坊主も隙のない事ぞかし。〔5・3〕

などのように、世の中の真理・真相として語って作品を締めくくるものも見られる。

このことは逆に考えれば、このような教訓なり真相なりを具体的に示すために、各エピソードが取り上げられていることを意味する。そのようなエピソードを描く一部としての会話文には、その内容よりも発話そのもののリアル感をいかに出すかに苦心があったと考えられる。

会話文の分量と分布

さて、世間胸算用における会話文のほうであるが、本文全体における分量比率は、本文の総行数1608行に対して、会話文の行数は730行、約45％と、全体の半分近くを占めている。これを、各作品別

に見ると、次のとおりである（会話文行数／総行数（比率））。

1・1：17／67（25・4％）、1・2：12／89（13・5％）
1・3：52／101（51・5％）、1・4：56／81（69・1％）
2・1：71／104（68・3％）、2・2：42／69（60・9％）
2・3：46／84（54・8％）、2・4：43／69（62・3％）
3・1：22／82（26・8％）、3・2：55／82（67・1％）
3・3：45／75（60・0％）、3・4：17／78（21・8％）
4・1：46／82（56・1％）、4・2：7／67（10・4％）
4・3：54／79（68・4％）、4・4：11／78（14・1％）
5・1：19／92（20・7％）、5・2：29／80（36・3％）
5・3：86／104（82・7％）、5・4：0／45（――）

作品によって、会話文の分量比率に大きな落差がある。〔5・4〕のように、会話文がまったく見られない作品がある一方で、〔5・3〕のように、ほとんどが会話文によって占められている作品まである。「胸算用」の最終巻の最後の2作品が両極端ということである。しかも、作品分量としても、〔5・4〕が最少、〔5・3〕が最多（〔2・1〕とともに）、という点でも対照的である。

〔5・4〕の「長久の江戸棚」は、個別のエピソードではなく、江戸の年末の様子を概括的に示すのみである。そのうえで、「何を見ても万代の春めきて、町並の門松、これぞちとせ山の山口、なほ常盤橋の朝日かげ、豊かに、静かに、万民の身に照りそひ、くもらぬ春にあへり」という、巻末にふさわしい、縁起をか

つぐ締めくくり方になっている。

〔5・3〕の「平太郎殿」は、大晦日の門徒寺が舞台で、その寺の坊主の問いに対して、たった3人の参詣者がそれぞれ順に事情を語ることによって展開する作品である。寺が舞台になった作品は他になく、「うき世に住むから、師走坊主も隙のない事ぞかし」という末尾文からは、大晦日のせわしなさが一般庶民に限らないことを示そうとしたものであろう。

この2作品以外は、10％台〜30％台の8作品（1・1、1・2、3・1、3・4、4・2、4・4、5・1、5・2）という、会話文が少なめのグループと、50％台〜60％台の10作品（1・3、1・4、2・1、2・2、2・3、2・4、3・2、3・3、4・1、4・3）という、会話文が多めのグループの2つに分けられる。巻ごとの分布としては、巻一は半々、巻二はすべて多めグループ、巻三と巻四は半々、巻五は少なめグループ優勢となり、巻二以外は、偏りなく現れている。

世間胸算用に引用されている会話文の総数は205例であり、1作品あたりの平均は約10例、また、1会話文あたりの全体平均行数は約3.6行であるが、どちらもばらつきがきわめて大きい。作品ごとに、会話文数・行数ともに示す（会話数／会話行数（1会話文あたりの平均行数））。

1・1：2／17（8.5）、1・2：5／12（2.4）

1・3：11／52（4.7）、1・4：13／56（4.3）

2・1：19／71（3.7）、2・2：14／42（3.0）

2・3：2／46（23.0）、2・4：19／43（2.3）

3・1：6／22（3.7）、3・2：12／55（4.6）

3・3：23／45（2.0）、3・4：9／17（1.9）

4・1：19／46（2・4）、4・2：10／7（0・7）
4・3：11／54（4・9）、4・4：6／11（1・8）
5・1：13／19（1・5）、5・2：2／29（14・5）
5・3：9／86（9・6）、5・4：0／0（──）

会話文の用例実数で見ると（5・4を除く）、〔1・1〕〔2・3〕〔5・2〕の3作品には、会話文が2例しか出て来ないのに対して、〔3・3〕が最高の23例、〔2・1〕〔2・4〕〔4・1〕の3作品にも19例が見られる。

しかし、会話文2例の3作品の平均行数を見ると、〔2・3〕が23・0行で、全体の最高値であり、〔5・2〕が14・5行、そして〔1・1〕が8・5行と、多めである。それに対して、用例数最高値の〔3・3〕の平均行数は2・0行、それに次ぐ〔2・1〕は3・7行、〔2・4〕は2・3行、〔4・1〕は2・4行で、それほどの差はなく、少なめである。なお、平均行数の最低は、〔4・2〕の0・7行である。

1会話文あたりの平均行数が最低である〔4・2〕の「奈良の庭竈」に出て来る会話文は10例あるが、そのうち、「何とやら裾の枯れたる鮹」、「これはどこの海よりあがる鮹ぞ。足六本づつは、神代このかた、何の書にも見えず。ふびんや、今まで奈良中のものが、一盃食うたであろう。魚屋、顔見しつた」、「こなたのやうなる、大晦日に碁をうつてゐる所ではうらぬ」、「足きり八すけ」の4例が1つめのエピソードに、「この節季にはならぬ」、「冨々、冨々」、「俵迎へ〳〵」、「恵美酒むかへ」、「毘沙門むかへ」、「明日の御用には、とても立つまい〳〵」の4例が2つめのエピソードに分かれて見られる。前者の会話文は、魚屋に意見する親父の発話が中心であり、後者の会話文は、物売りたちの掛け声が中心である。1例を除き、会話のやりとりではなく、どれも単発の短い1文から成っている。

平均行数が最高の〔2・3〕の「尤も始末の異見」の会話文はわずか2例であるが、2例とも、前半の「宵寝の久三がはたらき」のエピソードの中にあって、ほとんどが1人の語りで構成されていることによる。その最後は、「京都の物になれたる仲人口にて、節季の果に長物語、耳の役にて聞きてもあしからぬ事なり」のように、まとめられている。

205例の会話文のうち、会話のやりとりになっているのは85例、全体の約41・5%である。多く見られるのは、〔2・1〕が19例中の15例、〔2・4〕が19例中の13例、〔4・4〕が6例中の4例であり、逆に、〔5・3〕は9例、〔3・1〕は6例の会話文があるのに、どれも会話のやりとりにはなっていない。

引用形式

次に、「世間胸算用」における会話文の引用形式についての整理結果を示す。

まず、上接表現において会話文の引用マーカーがあるのは、205例中、わずかに、次の4例である。

〔例21〕 数年巧者のいへり、「(略)」。〔3・2〕

〔例22〕 せちがしこき人のいふは、「(略)」といへば、(略)〔2・1〕

〔例23〕 女房この有様をなほなげき、我が男に教訓して、「(略)」と泪をこぼせば、(略)〔3・1〕

〔例24〕 この男こゐを立て、「(略)」と申す。〔4・2〕

〔例23〕の「教訓す」と〔例24〕の「こゐを立つ」は、厳密には発話動詞と言いがたいが、それに準じると判断した。これら以外の、会話文を含む地の文の上接表現には、遡及的に発話主体と分かる人物や発話状況を示す表現は見られるものの、会話文を予告的に示す表現は見られない。

一方の下接表現であるが、まず押さえておきたいのは、そもそも下接表現を伴わない会話文が30例あるということである。しかも、それが、次のように、連続的に見られる場合がある（Aは年若の借金取り、Bは借金持ちの亭主）。それによって、間の説明を省き、二人の矢継ぎ早の会話のやりとりのみが再現されているのである。

〔例25〕A：「さて、狂言は果てたさうに御座る。わたくしかたの請取つて帰りましよ」と申せば、

B：「男盛りの者どもさへ了簡して帰るに、おのれ一人跡に残り、子細らしく、人のする事を狂言とは」、∅

A：「このいそがしき中に、無用の死にてんがうと存じた」、∅

B：「その僉議いらぬ事」、∅

A：「とかくとらねば帰らぬ」、∅

B：「何を」、∅

A：「銀子を」、∅

B：「何ものがとる」、∅

A：「何もの。取るが我らが得もの。傍輩あまたの中に、人の手にあまつてとりにくい掛ばかりを、二十七軒わたくし請取り、この帳面見給へ、二十六軒取済して、ここばかりとらでは帰らぬ所。この銀済まぬうちは、内普請なされた材木はこちのもの。さらば取つて帰らん」と、門口の柱から大槌にて打ちはづせば、亭主かけ出で、

B：「堪忍ならぬ」といふ。〔2・4〕

残りの175例の会話文には下接する地の文があり、すべてに引用マーカーが見られる。そのうち、「と」が受けるのが170例、「など」が3例で、「など」には「いふ・沙汰す・内談す」が各1例続く。「と」のほうは、それ単独でマーカーになるのが70例もあり、「とて」が7例で、他は発話動詞が続く。その中でももっとも多いのが「いふ」の60例（「いひ捨つ」5例、「いひ振らす」2例、「いひいづ・いひおく・いひがかる・いひなす・いひ教ふ」各1例を含む）、「申す」が12例（「申し伝ふ」1例を含む）、「語る」が6例、「たづぬ」が3例、「物語す」と「わめく」が各2例、「呼ぶ・ささやく・うたふ」、「口をたたく・繰り言をいふ」、「きく」が各1例ある。

全体的に見れば、上接であれ下接であれ、会話文の引用であることを示す度合いは相対的に低いと言える。下接すべてにある「と」というマーカーから、そこまでが会話文と分かるとしても、その始まりは遡及的に推定するしかない。

会話文の構成

世間胸算用における会話文205例が、何文から成っているかを整理すると、次のようになる。

1文：120例、2文：32例、3文：17例、4文：12例、5文：5例、6文：4例、7文：2例、
8文：2例、10文：4例、11文：2例、12文：2例、16文：1例、18文：1例、20文：1例

この結果から、次の3点が指摘できる。
第一に、1文のみから成る会話文が全体の6割近くを占め、圧倒的に多いという点である。
第二に、1文から4文までに2桁の用例があり、それらで全体の9割近くに及ぶという点である。

第三に、10文以上から成る会話文は全体の5％程度に過ぎないという点である。

最多の20文から成る会話文は、先に平均行数最高例として挙げた、〔2・3〕の「尤も始末の異見」の会話文の1つである。第2位の18文の会話文も、先に会話文の用例実数最少例として挙げた、〔5・2〕の「才覚の軸すだれ」の中の1例であり、馬鹿親の話を聞いた寺子屋の師が、次のように、長々と教え諌める発話である。

〔例26〕「①我、この年まで、数百人子供を預かりて、指南いたして見およびしに、その方の一子のごとく、気のはたらき過ぎたる子供の、末に、分限に世をくらしたるためしなし。②又、乞食するほどの身代にもならぬもの、中分より下の渡世するものなり。③かかる事には、さま〴〵の子細ある事なり。④そなたの子ばかりを、かしこきやうにおぼしめすな。⑤それよりは、手まはしのかしこき子供あり。⑥我が当番の日はいふにおよばず、人の番の日も、はうきとり〴〵、座敷はきて、あまたの子供が、毎日つかひ捨てたる反古のまろめたるを、一枚々々皺のばして、日毎に屏風屋へうりて帰るもあり。⑦これは、筆の軸をすだれの思ひつきよりは、当分の用に立つ事ながら、これもよろしからず。⑧又、ある子は、紙の余慶持ち来りて、紙つかひすごして不自由なる子供に、一日一倍ましの利にてこれをかし、年中につもりての徳、何ほどといふ限りもなし。⑨これらは皆、それ〴〵の親のせちがしこき気を見ならひ、自然と出るおのれ〳〵が智恵にはあらず。⑩その中にもひとりの子は、父母の朝夕仰せられしは、『外の事なく、手習を精に入れよ、成人しての、その身のためになる事』との言葉、反古にはなりがたしと、明けくれ読書に油断なく、後には、兄弟子どもすぐれて能書になりぬ。⑪この心からは、行末分限になる所見えたり。⑫その子細は、一筋に家業かせぐ故なり。⑬惣じて親よりしつづきたる家職の外に、商売を替へてしつづきたるは稀なり。⑭手習子どもも、おのれが役目の手を書く事は外になし、若年の時よりすすどく、無用の欲心なり。⑮それゆゑ、第一の、手はかかざることのあさまし。⑯その子なれども、さやうの心入れ、よき事とはいひがたし。⑰とかく少年の時は、花をむしり、紙鳥をのぼし、智恵付時に身をもちかためたるこそ、道の常なれ。⑱七十になるものの申せし事、ゆくすゑを見給へ」といひ置かれし。〔5・2〕

全体の6割近くを占める、1文のみから成る会話文120例には、同じ1文とはいえ、長短がある。文節単位で見ると、1文節から55文節まである。用例数順では、最多が5文節の16文、以下、2文節の15文、4文節の14文、7文節の12文、3文節の10文と続き、9文節までで全体の85％に及ぶ。

これらの中で、とくに会話らしさを感じさせる表現は、談話にはよく見られる、反復表現の言い回しである。1文の会話文だけでも、「冨々、冨々」〔4・2〕や「俵迎へ〳〵」〔4・2〕などの呼びかけや、「やれ出せ〳〵」〔4・3〕、「亭主はまだか〳〵」〔3・4〕などのような催促、また、「さて〳〵お笑止や、その二十貫目が一貫六百目ばかりで戻るで御座ろ」〔2・1〕、「さて〳〵、この不動も、我が身上の富貴は祈られぬ物よ」〔5・1〕、「さても〳〵、見かけによらぬ、悲しき宿の正月をいたした」〔3・4〕、「あはれや〳〵、この笠、幾夏かきるためとて、ふるき小紙にて、紙ぶくろして入れて、さても始末なやつが売物ぞ」〔5・1〕、「こちの人〳〵」〔3・3〕、「これはしたり〳〵、天のあたへ」〔3・3〕、「明日の御用には、とても立つまい〳〵」〔4・2〕のような、驚きや納得などの表明などがある。

同様に、2文以上から成る会話文の冒頭にも、「これ〳〵そなたの虎落、今時は古し」〔2・4〕、「あれ〳〵、あれを見たがよい」〔4・3〕、「それは〳〵、中綿まで添へまして御礼申そう」〔2・1〕、「さても〳〵、身の貧からは、さま〴〵悪心もおこるものぞかし」〔5・3〕、「いかにも〳〵、何もかかずにあれば、三匁が紙なり」〔5・1〕、「世界にない〳〵といへど、あるものは金銀ぢや」〔4・1〕など見出せる。

会話文における502文に関して、質問と命令（禁止を含む）の表現がどのくらいあるかを確認すると、合計で56例、全体の1割程度しか見られない。しかも、そのうちの22例が1文のみの会話文における表現である。56例のうち、命令表現が30例（うち禁止が5例）、質問表現が26例である。

命令表現で目を引くのは、「夕べの鴨の残りを酒煎りにして喰やれ」〔2・2〕、「かたじけない事とおもはしやれ」〔3・3〕などのように、「〜やれ」という、新たな待遇表現や、「さてその時は紬一疋とは申せしが、これにて御堪忍あれ」〔2・1〕、「神の折敷が古くとも、堪忍をなされ」〔3・4〕のように、同じ内容の別表現が見られることである。質問表現のほうには、「伊勢海老はないか〱」〔1・3〕、「何とぞ御分別はないか〱」〔2・1〕、「亭主はまだか〱」〔3・4〕、「これを望はないか〱」〔5・1〕のように、反復形式が目に付く。

文語と口語

日本語史のうえで、江戸時代初期にはすでに、文語と口語の差異が認められている。「文語」と「口語」という用語には二重の意味があって、1つは文章語と談話語、もう1つは、その時代における古く改まった言葉と新しくくだけた言葉である。この両者はほぼ重なっていて、文章には保守的で改まった語が用いられ、談話には新規のくだけた語が用いられる。もとより、文章あるいは談話の種類によって、その傾向には程度差が見られるが。

さらに、文章においては、地の文と会話文という位相の違いによって、文語と口語の使用傾向が異なることが予想される。会話文においては地の文より、口語を反映させる傾向があるとされる。

それを確認するために、世間胸算用における会話文205例における計502文について、その文末表現を取り上げてみる。

まず、文末が述語文として整っているかいないかを見ると、502文のうち、整っていないのが100文、全体の約2割である。談話には一般に不整表現が多いとされるが、それほど目立っているとは言えまい。

これらの不整表現のうち、名詞止めが82例（形容動詞語幹3例を含む）あり、「こと（事）」止めが13例ある。ただし、「あたまの黒いねずみの業、これからは油断のならぬ事」〔1・4〕、「たはけといふは、すこし脈がある人の事」〔2・2〕などのように、談話に見られるような詠嘆性はとくに帯びていない、言い切り的な用法である。

残りの18例のうち、助詞で終わるのが16例（格助詞「を・に・と（は）」各2例・「が・へ」各1例、副助詞「ばかり」3例・「まで（に）」2例・「でも」1例、接続助詞「ば」2例）、副詞「ゆるり」が1例、二重引用の会話文が1例と、分散している。

文末が整っている402文のうち、名詞+終助詞が29例ある。その終助詞は、以下のとおりである（カッコ内は用例数）。

か（4）・かな（3）・かよ（1）・ぞ（9）・ぞかし（4）・や（1）・よ（7）

どの語もそれ自体は、世間胸算用の頃にあって、口語よりもまだ文語としての性格を残していたと見られる。たとえば、最多9例の「ぞ」は文末にあっては断定辞同様の機能を持つ、比較的新しい用法と言われるが、「これはたくさんなる銀子、何のために捨置く事ぞ」〔3・2〕、「さても花の都ながら、この金銀はどこへ行きたる事ぞ」〔4・1〕、「それはいかなる事ぞ」〔5・1〕、「何ぞ」〔3・3〕、「これはどこの海よりあがる鮹ぞ」〔4・2〕のような、疑問表現における用法や、「人の智恵はこんな事ぞ」〔1・3〕、「すこし手前取直したらば、駕籠にのせる時節もまたあるものぞ」〔2・2〕、「あはれや〳〵、この笠、幾夏かきるためとて、ふるき小紙にて、紙ぶくろして入れて、さても始末なやつが売物ぞ」〔5・1〕、「各もみな仏体なれども、是非もなきうき世ぞ」〔5・3〕のような、一種の強調用法は、どちらも江戸時代以前の文献からすでに見られるものである。

文末用言

次に、文末の用言を取り上げる。

用言の場合は、その活用語尾あるいは活用形の違いによって、文語か口語かが分けられる。世間胸算用の会話文においてもっとも少ない用言が形容動詞で4例あるが、「仕舞の見事なるは稀なり」〔2・3〕、「惣じて親よりしつづきたる家職の外に、商売を替へてしつづきたるは稀なり」〔5・2〕、「然ればよしなき願ひする事、愚かなり」〔3・3〕、「とかく少年の時は、花をむしり、紙鳥をのぼし、智恵付時に身をもちかためたるこそ、道の常なれ」〔5・2〕のように、どれも文語「なり」形が用いられ、しかも最後の例は、すでに口語としては廃れたはずの係り結びがきちんと施されている。

次に、形容詞は延べで69例、異なりで23語ある。内訳は次のとおり（文語形で示し、（　）内は総数／口語形数）。

あさまし（3／0）・うらやまし（1／0）・うれし（1／0）・おそろし（1／0）・おほし（1／0）・かたじけなし（1／0）・かなし（1／0）・かはゆし（1／—（語幹用法））・こころもとなし（1／0）・ことなし（2／0）・さむし（1／0）・すくなし（1／0）・たかし（1／0）・なし（34／5）・ふるし（2／1）・ほし（2／0）・むつかし（1／0）・やかまし（1／0）・よし（6／2）・よろし（1／0）・わるし（2／2）・をかし（3／2）・をし（1／0）

文語形のみの形容詞が23語中の17語であるのに対して、口語形のみが「わるし」の1語、両形があるのが、「なし」「ふるし」「よし」「をかし」の4語である。口語形は全部で12例あり、全体の約17％である。

口語形の巻ごとの分布を見ると、巻一に1例、巻二に5例、巻三に2例、巻四に2例、巻五に1例あり、巻二に集中し、作品ごとでは1例ずつの中、〔2・2〕だけは、「何の事はない」、「われらが身代しらぬ人は、もしは借銭こはれて出違ふかとおもふもあれば、気味がわるい」、「とかく節季に出ありくがわるい」の3例が見られる。

最多用例の「なし」に注目すると、「ない」という口語形が出て来るのは、〔1・3〕の「伊勢海老はないか〳〵」、〔2・1〕の「何とぞ御分別はないか〳〵」、〔2・2〕の「何の事はない」、〔4・4〕の「何と異国にかはりたるものはないか」、〔5・1〕の「これを望はないか〳〵」においてであり、〔2・2〕の用例を除けば、終助詞「か」が下接し、〔4・4〕以外は反復表現になっている点が共通する。文語形「なし」29例において、このような表現条件に当てはまるのが見当たらないところからは、「ないか」が口語における連語的な表現となっていたことが想定される。

最後に、動詞であるが、延べで76例（終助詞下接例21例を含む）あり、四段活用と一段活用以外の動詞において、活用形が文語か口語かに分けられる語に限って挙げると、文語形が17例あるのに対して、口語形は7例しかない。その7例のうち6例は、「定まつて畑牛房五把、ふとければ三把くるる人がある」〔1・3〕・「物には堪忍といふ事がある」〔2・2〕・「ことに、この中おはてなされた奥様に似た所がある」〔3・3〕、「本の正月をする」〔1・4〕、「両方の外聞、見せかけばかりに内談と存ずる」〔2・1〕、「これが顔の見をさめ、十四五匁の事に身をなげる」〔2・2〕という終止形、あと1例が「これで餅かうてこい」〔1・4〕の命令形である。

ただし、これらは口語の終止形とみなしたものの、連体形のままの終止という可能性もなくはない。たとえば、文語終止形「あり」は8例見られるが、「かかる事には古代にもためしあり」〔1・4〕や「最前の銀はそのままあり」〔3・3〕などのように、どれも格助詞「が」を伴っていないからである。

以上の結果を見る限りでは、会話文における用言の口語形は、ある一定の言い回しとして以外は、散発的にしか見られないと言えそうである。少なくとも、発話主体や発話内容による、文語形との使い分けは認めがたい。

なお、他の自立語において、江戸時代になって、おもに女性の別れの挨拶語として用いられるようになったという「さらば」が、「御影でとしを鶏がなく、おいとま申してさらば」〔3・2〕、「おまん、さらばよ」〔3・3〕、「御亭さま、さらば」〔3・3〕の3例ある点、注目される。

文末助詞・助動詞

次に、付属語の助詞・助動詞を見てみる。

まず、名詞以外に下接する終助詞であるが、とりたてて口語とみなされるものはほとんど見出しがたい。その中にあって、〔4・1〕の「闇の夜の悪口」に、祇園社の神事としての悪口の言い合いの中に出て来る、「おのれはな、火の車でつれにきてな、鬼の香の物になりをるわい」・「おのれが伯母は子おろし屋をしをるわい」・「おのれはな、三ケ日の内に餅が喉につまつて、鳥部野へ葬礼するわいやい」・「おどれは又、人売の請でな、同罪に粟田口へ馬にのつて行くわいやい」・「おのれが姉は、襠せずに味噌買ひに行くとて、道でころびをるわいやい」のような、「わい」や「わいやい」という語は口語的と言えよう。

文末に来る助動詞は計215例あり、そのうち文語が118例、口語が97例と、ほぼ拮抗している。これは用言などには見られなかった傾向であり、口語の割合が高い。ただし、文語と口語はあくまでも相対的にどちらが古くから用いられてきたかにすぎない。たとえば、「けり」は文語に含めたが、19例すべてが連体形で文末に位置しているのであって、語彙的には文語的であっても用法的には口語的と言えよう。

以下では、文語と口語で、同一語あるいは同一の意味を表わす語のペアが認められる例を取り上げる。

用例数の少ないペアから挙げると、「む」と「う」が1例と2例、「たし」と「たい」が各2例、「まじ」と「まい」が5例と2例あるが、とくに使い分けは認められない。たとえば、「さらば取つて帰らん」〔2・4〕と「それは〳〵、中綿まで添へまして御礼申そう」〔2・1〕、「とての事に、その内証が聞きたし」〔2・1〕と「母親には二升入りの碓をふませ、弟にはそら豆売りにあるかせ、白柄の脇指がおいてもらひたい」〔3・1〕、「伊勢海老がなうて、年のとられぬといふ事有るまじ」〔1・3〕と「せんさくいたしまして出ませずば、銀子たてまして、御損はかけますまい」〔5・3〕という具合であり、文語形を用いたほうがやや改まった物言いのように受け取れなくもない。

打消しの助動詞「ず」が文末に来る場合、終止形「ず」が16例、連体形「ぬ」が22例あり、前者が文語的、後者が口語的とすれば、両者ほぼ同程度と言える。ただ、何らかの使い分けがあるかと言えば、「人にいひかけられて、合力せねばならず」〔2・2〕と「けふの事なれば、またといふ事はならぬ」〔3・3〕、「何としても、一升入る柄杓へは、一升よりはいらず」〔5・2〕と「ここのさかなかけの鰤がちひさくて、われら気にいらぬ」〔2・2〕のように、同一動詞に下接する例を比較する限りは、何とも言えない。ただ、少なくとも指摘できるのは、「ござる」や「ます」が上接する場合には「ぬ」しか出て来ないのに対して、形容詞が上接する場合には「ず」しか出て来ないという違いはある。ちなみに、助動詞としての打消しの「ない」は「世間胸算用」にはまだ現れていない（「今までこの手は出しませなんだ」〔2・4〕のような例は見られるが）。

過去の助動詞と言われる文語の「けり」に対応する口語は「た」であるが、前者が19例に対して、後者は

30例もあって、「た」のほうがかなり優勢である。

両者の違いは明らかで、「ます」が上接する場合は「た」しか用いられず、それが30例中18例にも及ぶ。また、1例のみではあるものの、「何と各、われらが沙汰する所が違うたか」〔2・1〕という、動詞音便形にも「た」が用いられている。「けり」のほうのみの用例としては、たまたまの可能性もあるが、「人の大事の道具を、何とてなげてそこなひけるぞ」〔1・2〕、「これはいかなる事にて、かくはなりけるぞ」〔4・4〕のように、終助詞「ぞ」を下接する文末の場合である。なお、他に、「き」が3例、「たり」が1例、見られる。

文語の断定の助動詞「なり」は36例ある。これに対応する口語を「ぢゃ」とすれば、15例あって、文語「なり」のほうが倍以上の優勢である。「ぢゃ」は「である」の転とされるが、世間胸算用の「である」は、「ふびんや、今まで奈良中のものが、一盃食うたであろう」〔4・2〕の1例しかない。「なり」も「ぢゃ」も体言に下接するが、「ぢゃ」になくて「なり」にのみ見られるのは、「さればその聟どのかたも、よく〳〵せはしければこそ、芝居並の利銀にて、何程でも借らるるなり」〔2・1〕、「これは商ひにならぬはずなり」〔5・1〕、「皆、世渡りの事どもにからまされ、参詣もなき所に、各々きどく千万、ここを以て信心、如来も、いそがしき中に足をはこび給ふを、損にはせさせ給はぬなり」〔5・3〕などのように、動詞句連体形に下接する例である。また、「然らば、只今までより念比に仕かけ、天満の舟祭が見ゆるこそ幸ひなれ」〔2・1〕、「大福ばかり祝うてなりとも、あら玉の春にふたりあふこそ楽しみなれ」〔3・3〕のように、係り結びにする場合も、「なり」のみである。

最後に、口語のみが現われる助動詞を取り上げる。

用例の少ない語としては、「当流が合点まゐらぬさうな」〔2・4〕、「皆々は、大晦日に、我人のためになり、内にゐる仕出しを、いまだ御存じなささうな」〔4・3〕の「さうな」がある。

用例の多いほうでは、断定の中でも丁寧の助動詞がある。文語では「はべり」や「さぶらふ」などの補助動詞がそれに相当するとされるが、世間胸算用の会話文にはまったく出て来ない（地の文にも、「船町の魚市、毎朝の売帳、四方の海ながら、浦々に鱗のたねも有る事よと沙汰し侍る」〔5・4〕の1例のみ）。対して、口語の「ござる」9例と「ます」11例（うち「ございます」が3例）は見られる。どちらも、終止形以外に、「さて〳〵お笑止や、その二十貫目が一貫六百目ばかりで戻るで御座ろ」〔2・1〕・「年々節分の鬼が取つて帰るもので御座ろ」〔4・1〕、「わたくしかたの請取つて帰りましよ」〔2・4〕のように、未然形でも用いられている。

「ござる」と「ます」合わせて20例、会話文における502文からすれば、きわめてわずかに過ぎない。このことは、世間胸算用における会話のやりとりのほとんどには、待遇差がない、対等の関係によって成り立っていることを意味する。また、その数少なく見られる丁寧の断定辞に口語しか用いられていないことは、会話文における口語性を演出するためとみなすことができよう。

ちなみに、地の文の文末は助動詞に限らず、すべて文語である。ただし、文末語として多用される「けり」のほとんどは連体形の「ける」になっている。また、〔5・3〕にだけは、「ける」以外に、文末に「来る」「来たる」という連体形も見られる。

とはいえ、会話文の文末語全体から見れば、文語と口語が混淆しているというのが実態であって、世間胸算用当時の口語をそのまま再現しているわけではなく、文語体の地の文との調整が図られていると言える。

会話表現の特徴

以上、世間胸算用における会話文の表現について見てきたが、その特徴をまとめるならば、次の3点になろう。

第一に、文章全体としては、書き手の訓戒的な語りが地の文において示され、それぞれの具体例としてエピソードが紹介され、その描写の1つとして会話文が位置付けられるという点である。

第二に、各作品におけるばらつきはあるものの、エピソードの描写において会話文の比重が大きい作品が大勢を占め、重要視されていたという点である。

第三に、会話文における口語と文語の関係では、一部に口語性の顕著な例は認められるものの、全体としては両者が混淆的に使用されているという点である。それでも、ほぼ文語と言える地の文と比べれば、口語的な傾向が強いのは、言うまでもない。

会話の面白さ

先に、「会話文には、その内容よりも発話そのもののリアル感をいかに出すかに苦心があったと考えられる」と述べたが、これは発話内容がつまらないということを意味するわけではない。たぶんに説教臭が強いものもなくはないものの、分量的にも多い会話文には、作中人物の1人の長広舌が目立ち、その内容も状況も様々であり、面白いものもある。以下には、補足的に、各巻から1つずつ、顕著な例を紹介しておきたい。

まずは、〔1・2〕の「長刀はむかしの鞘」の最初のエピソード「牢人細工の鯛つり」に出て来る会話文であり、貧乏浪人の妻が質屋に、かつての家柄を笠に着て逆ギレしてみせるところである。

【例27】（略）牢人の女房、そのまま気色を替へ、「人の大事の道具を、何とてなげてそこなひけるぞ。質にいやならば、いやですむ事なり。その上何の役にたたぬとは、ここが聞所ぢや。それはわれらが親、石田治部少輔乱に、ならびなき手がらあそばしたる長刀なれども、男子なき故にわたくしに譲り給はり、世に有る時の嫁入に、対の挟箱のさきへもたせたるに、役にたたぬものとは先祖の恥。女にこそ生れたれ、命はをしまぬ。相手は亭主」と、取付きて泣出せば、そのうちに近所の者集まりて、「あのつれあひ牢人はねだり者なれば、聞きつけ来ぬうちにこれをあつかへ」と、いづれも亭主にささやき、銭三百と黒米三升にてやう〳〵にすましける。〔1・2〕

〔2・3〕の「尤も始末の異見」の1つめ「宵寝の久三がはたらき」に仲人役の長談義が出て来るのは、前にも指摘したが、その冒頭には、不細工な娘を嫁に出すことのメリットを語る、まさに仲人口の典型が示されている。

〔例28〕すこし娘子はらふそくの火にては見せにくい顔にても、三十貫目〔の持参金〕が花に咲きて、花よめさまともてはやし、「何が手前者〔＝金持ち〕の子にて、ちひさい時からうまいものばかりでそだてられ、頬さきの握り出したる丸顔も見よし。又額のひよつと出たも、かづきの着ぶりがよいものなり。鼻の穴のひろきは、息づかひのせはしき事なし。髪のすくなきは夏涼しく、腰のふときは、うちかけ小袖を不断めせば、これもよし。爪はづれのたくましきは、とりあげばばが首すぢへ取りつくためによし」と、十難をひとつ〳〵よしなにいひなし、（略）〔2・3〕

〔3・2〕の「餅ばなは年の内の詠め」の最初の「掛取上手の五郎左衛門」では、その副題の人物が、返済を渋る相手に対して、「掛取上手」の本領を発揮した、聞き手に口を挟ませない、立て板に水の長広舌を振るっている。その長広舌自体が読みどころであり、音読するにふさわしい。

【例29】数年巧者のいへり、「惣じて、掛は取りよい所より集めて、埒明かず屋としれたる家へ仕回《しまひ》にねだり込み、言葉質とられて迷惑せぬやうに、先より腹の立つやうに持つてくる時、なほ静かに、義理づめに、外のはなしをせず、居間あがり口に、ゆるりと腰かけて、袋持に挑灯《てうちん》けさせて、『何の因果に掛商人に生れ来ました。月額剃つて正月した事なく、女房どもは銀親の人質になして、手代に機嫌をとらせ、身過は外にもあるべき事』と、科もなき氏神をうらむ。（略）義理外聞を思はぬからは、埒のあかぬ事見定め、古掛は捨てて当分のさし引き。それをたがひに了簡して、腹たてずにしまふ事、人みなかしこき世とぞなりける」〔3・2〕

〔4・1〕の「闇の夜の悪口」では、京の祇園社の年末神事として、そのタイトルに示すような、参詣者による悪口の言い合いの行事が行われる。先にも、口語終助詞の例として挙げたが、これは他の例とは異なり、1人の発話者ではなく、それぞれが相手を決めずに、勝手に言い合うものであって、誰の、どんなことを悪口とするかが笑いの焦点になっている。

【例30】「おのれはな、三ケ日の内に餅が喉につまつて、鳥部野へ葬礼するわいやい」、「おどれは又、人売の請でな、同罪に粟田口へ馬にのつて行くわいやい」、「おのれが女房はな、元日に気がちがうて、子を井戸へはめをるぞ」、「おのれはな、火の車でつれにきてな、鬼の香の物になりをるわい」、「おのれが父は町の番太をしたやつぢや」、「おのれが嚊は寺の大黒のはてぢや」、「おのれが弟はな、衒云《かたりいひ》の挟箱もちぢや」、「おのれが伯母は子おろし屋をしをるわい」、「おのれが姉は、襠《きやう》せずに味噌買ひに行くとて、道でころびをるわいやい」。いづれ口がましう、何やかや取りまぜていふ事つきず。〔4・1〕

最終巻冒頭〔5・1〕の「つまりての夜市」の1つめ「文反古は恥の中々」には、年末の夜市で、古紙を高く売ろうとする目論見の主に対して、1人の客がケチをつける発話がある。そのケチが物の価値の逆転をついているところに、面白味がある。

【例31】その後、十枚つぎの蠟地の紙に、御免筆の名印までしるしたるを売りけるに、一分から、やう〳〵五分まで、ねだん付けければ、「それは、いづれもあまりなる事、紙ばかりが三匁が物が御座る」といへば、「いかにも〳〵、何もかかずにあれば、三匁が紙なり。無用の手本書きて、五分にも高し。たとへ、いかなる人の筆にもせよ、これをふんどしといふ手ぢや」といふ。「それはいかなる事ぞ」といへば、「今の世に、男と生れ、これ程かかぬものはないによつて、これをふんどし手」とぞ笑ひける。〔5・1〕

第11章 おくのほそ道

俳諧と会話文

おくのほそ道は元禄15（1702）年に刊行された、俳人・芭蕉の紀行文学作品である。この作品は、元禄2（1689）年から、弟子の曾良とともに、江戸を出て東北・北陸を巡った旅行をもとにまとめられた。その文章は、俳諧を中心として、「俳文」と呼ばれる和漢混淆文体で書かれている。俳諧の引用を要とする作品の文章であるとすれば、歌物語の伊勢物語と同様、会話文の引用は少ないことが予想される。とすれば、問題はその引用の質になろう。

テキストでは、旅程の記述にそって、〔一〕～〔四九〕の節に文章が小分けされている。引用個所の表示はそれに従う。

会話文の認定に関しては、いくつか例外的な処理をした。たとえば、

【例1】あるじの云、是より出羽の国に、大山を隔てゝ、道さだかならざれバ、道しるべの人を頼ミて越べきよしを申す。〔二九〕

は、「あるじの云」という引用マーカーの表現はあるものの、カギカッコがなく、会話文末を「よし」（由）でまとめている点から間接話法と見て、会話文に含めなかった。それに対し、

〔例2〕 いかに老いさらぼひて有にや、将死けるにやと、人に尋侍れば、（略）〔四六〕

については、カギカッコはないが、「と」で受けて「たづぬ」という発話動詞に続くことから、「いかに」以下を会話文として認定した。

逆に、カギカッコ表示されていても、会話文とは認めないケースもある。

〔例3〕「けふこそ必ずあやうきめにもあふべき日なれ」と、辛きおもひをなして、後について行。〔二九〕

〔例4〕「扨は此うちにこそ」と門を扣けば、（略）〔四六〕

〔例3〕は、「と」の後に、「辛きおもひをなして」と続くところから、実際に発話したのではなく、心話文とみなし、〔例4〕も、「と」に続く「角を扣く」からは、その行為に至る内心の決断を示すのであって、実際の発話とはみなさなかった。

会話文の分量と分布

テキスト本文の総行数596行に対して、会話文は60行、全体の約1割にすぎない。会話文数は30例であり、1例あたり平均2行と短かめである。

テキストによる節ごとの会話文の用例数は、次のとおり。

〔四〕1例、〔五〕1例、〔八〕1例、〔九〕1例、〔一〇〕1例、〔一一〕2例、〔一三〕2例、〔一四〕1例、〔一五〕1例、〔一六〕2例、〔一八〕2例、〔二〇〕2例、〔二九〕2例、〔三二〕1例、〔三九〕3例、〔四〇〕1例、〔四六〕3例、〔四七〕3例

全49節のうち会話文が引用されているのが18節、全体の3分の1強である。分布としては、冒頭の〔一〕～〔三〕には会話文がなく、それ以降はほぼ続けて出て来るが、〔二〇〕以降は飛び飛びになる。会話文が1例のみは9節で、全体の半分、2例が7節、3例が3節に見られる。

1例のみの節では、当然ながら、会話のやりとりはありえない。残りの21例中、やりとりとして示されているのは、残り21例中の9例である。

会話文の引用形式としては、上接表現に引用マーカーがあるのは5例しかない。うち、「いはく」が1例、「いふやう」が2例（うち「いひけるやう」1例）、「たづぬ」と「をしゆ」が各1例である。

下接表現については、それを欠く1例以外では、27例が「と」で受け、2例が「など」で受けている。このうち、「と」単独でマーカーになっているのが8例（「とて」「とぞ」各1例を含む）、「いふ」が続くのが7例、「きく」が3例、「かたる」「とふ」「をしゆ」「たづぬ」が各2例、見られる。さらに、「と」には「きこえ給ふ」、「など」には「の給ひきこえ給ふ」という敬語表現が各1例ある。

上下ともに引用マーカーがあるのは、「云ひけるやう～と云」という、〔五〕の1例のみである。

1つの会話文に含まれる文の数とそれぞれの用例数は、次のとおり。

1文：20例、2文：5例、3文：4例、5文：1例

全部で47文しかなく、1文のみの会話文が全体の3分の2も占め、最多でも5文までしかない。5文から成る、長い1例は、おくのほそ道において最初に出て来る会話文であり、曾良の単独発話として、次のように記されている。

〔例5〕 同行曾良が曰、「①此神ハ木の花さくや姫の神と申て、富士一躰也。②無戸室に入テ焼たまふかひのみ中に、火火出見のみことうまれ給ひしより、室の八幡と申。③又煙を読習し侍るもこの謂也。④将このしろと云魚ヲ禁ズ。⑤縁起の旨、世に伝ふことも侍し」。〔四〕

全47文を、構成する文節数を見ると、1文節から24文節まで幅広くあるが、最多は4文節の10例、次いで、3文節の8例で、5、6文節が各5例で、他はすべて2例以下である。最多例は、1文から成る会話文で、次に示す、当の会話文を含む1文と、冒頭の「もがみ川乗らんと、大石田と云ふところに日和を待」と、末尾の「このたびの風流爰にいたれり」の3文のみで構成されている1節である。

〔例6〕「爰に古き俳諧のたね落こぼれて、わすれぬ花のむかしをしたひ、芦角一声の心をやハらげ、此道にさぐりあして、新古ふた道にふミまよふといへども、道しるべする人しなければ」と、わりなき一巻を残しぬ。〔三二〕

質問あるいは命令の表現は、全47文のうち11文に見られ、質問表現が6例、命令表現が5例ある。質問表

現では、「いかゞすべきや」〔八〕や「いづれの草を花かつみとは云ぞ」〔一四〕など、疑問詞を伴うのが5例を占め、命令表現では、「衣の上の御情に、大慈のめぐみをたれて、結縁せさせ給へ」〔三九〕、「もし用あらば尋給へ」〔四六〕など、「給ふ」を伴うのが4例、見られる。

以上の、量的なデータを見る限りでは、おくのほそ道における会話文は、その文章においてとくに重きを置かれず、目立った点はないと言えよう。以下では、節を追って、なぜその節で当該の会話文が引用されたのか、その意味を探ってゆく。

〔四〕～〔一〇〕の会話文

おくのほそ道で最初に引用された会話文は、〔例5〕に示した〔四〕の例である。その前は、〔一〕に1句、〔二〕に1句、俳諧が引かれている。〔三〕には、江戸を出て「早加と云宿にたどり着」いたことのみが記されていて、〔四〕になって初めて、旅の目的である歌枕ゆかりの地である「室の八嶋に詣ス」ことになったのである。この節は、曾良が芭蕉に、その八島明神の縁起を説明する発話のみで終わっている。つまり、件んの会話文がこの節の中心を成しているということである。

〔五〕の会話文は、その冒頭の「卅日、日光山の麓に泊まる」という1文に続く、宿の主人の発話である。

〔例7〕「我名を仏五左衛門と云。万正直を旨とする故に、人かくハ申侍るまゝ、一夜の草の枕も打とけて休み給へ」〔五〕

いきなりこのように自己紹介する主人に対して、芭蕉は「かゝる桑門の乞食順礼ごときの人をたすけ給ふにや」といぶかしく思うが、対応がその言葉どおりであることを、ひたすらありがたく思う。旅先での思い掛けない親切に心を打たれるというのがこの節ではあるが、それにちなむ句は示されていない。

〔八〕の会話文1例も、〔五〕と同様に、旅先での親切な言動を記録したものである。野道に行き暮れている途中で出逢った農夫に、事情を訴えたところ、「野夫といへどもさすがに情しらぬにはあらず」と前置きして、次のような、野夫の返答が引かれる。

〔例8〕「いかゞすべきや。され共此野ハ東西縦横にわかれて、うゐ〳〵敷旅人の道ふみたがへむ、あやしう侍れバ、この馬とゞまる所にて馬を返し給へ」と、かし侍りぬ。〔八〕

節末尾には、曾良の俳諧1句が添えられるが、馬に同行した、野夫の2人の子供の1人の娘の名が「かさね」というのにちなんだものであって、野夫の発話自体には関わらない。

〔九〕の会話文1例は、那須黒羽の知人宅で歓待され、観光案内されて訪れた八幡宮での、案内人による、次のような説明である。

〔例9〕「与市宗高扇の的を射し時、別てハ我国氏神正八まんとちかひしも、此神社にて侍る」と聞バ、感応殊にしきりに覚らる。〔九〕

〔四〕と同じく、その八幡宮の由緒を語るもので、芭蕉がそれにいたく感激したことが記されている。節末尾の俳諧は、次に尋ねた光明寺という寺の行者堂を拝してのもので、当該会話文とのつながりはない。

〔一〇〕には、「当国雲岸寺のおくに仏頂和尚山居の跡有」の1文に続け、次の、和歌を含んだ引用がある。

〔例10〕「竪横の五尺にたらぬ草の庵／むすぶもくやし雨なかりせば／と、松の炭して岩に書付侍り」と、いつぞやきこえ給ふ。〔一〇〕

会話文の下接表現から明らかなように、「おくのほそ道」の旅中時点での発話ではなく、芭蕉がかつて仏頂和尚から聞いた話である。それをきっかけとして「其跡みむ」と思い立ったということである。そして、ようやく「石上の小庵」を見つけ当て、芭蕉自ら「木啄も庵はやぶらず夏木立」の1句をものする。その「とりあへぬ一句柱に残侍し」で、節が締めくくられるが、「柱に残」したのは、冒頭の和尚の和歌を「岩に書付」けたことに倣ったものであろう。その意味では、節冒頭の会話文は伏線的な働きをしていると言える。

〔一一〕〜〔一六〕の会話文

〔一一〕には、「おくのほそ道」で初めて会話文が2例出て来る。1例めは、殺生石まで馬に乗って行ったときに、その手綱を引く男が芭蕉に、次のような頼み事をする発話である。

〔例11〕此口付のおのこ、「短尺得させよ」と乞。〔一一〕

この後に、テキストでは「「やさしき事を望侍るものかな」と、／野をよこに馬牽むけよ郭公」のように、「やさしき事を望侍るものかな」をカギカッコに入れて表示している。その男に向けた発話ととれなくもないが、心話文つまり芭蕉が心の中で感心したともとれる。どちらにせよ、この句は、その男の依頼発話があってこそ成り立ったものである。

2例めは、「遊行柳」で知られた名所の柳に関して、

【例12】此所の郡守戸部某の、「此柳見せばや」など、折〳〵にの給ひきこえ給ふを、「いづくのほどにや」と思ひしを、けふこの柳のかげにこそ立寄侍つれ。／田一枚植て立去ル柳かな〔一一〕

この例も、「此柳見せばや」という発話に対する直接の応答はないが、その発話にそそられて、ぜひそれを見たいという願望が強まり、それがついに実現したことによって、1句が生まれたという展開になっている。

〔一三〕にも会話文が2例出て来るが、〔一一〕がそれぞれ単発の発話だったのに対して、応答ペアになっているという点で、初の登場である。

【例13】須か川の駅に等窮といふものをたづねて、四五日とゞめらる。先「白河の関いかにこえつるにや」と問。「長途のくるしみ、身心つかれ、且は風景に魂うバゝれ、懐旧に腸を断て、はか〴〵しうおもひめぐらさず。／風流の初やおくの田植うた／無下にこえむもさすがに」と語れバ、脇・第三とつゞけて三巻となしぬ。〔一三〕

等窮という弟子の「白河の関いかにこえつるにや」という問いの「いかに」は、それに答える芭蕉の発話からは、どのような作句をしながらかを問うものであったと見られる。その答えに引かれた句は、【例11】とは異なり、問われて作ったものではない。ただし、弟子の問いの発話が自句を披露し、さらには、それに

続ける連句を行うきっかけになったとは言える。
次の例は、「安積山」という歌枕と「花かつみ」という花の名前にこだわった内容である。

〔例14〕かつみ刈比もやゝちかうなれバ、「いづれの草を花かつみとは云ぞ」と、人々に尋侍れども、更知人なし。沼を尋人にとひ、かつみ〳〵と尋ありきて、日は山の端にかゝりぬ。〔一四〕

〔例14〕の会話文に後続する地の文の「かつみ〳〵と尋ありきて」からは、芭蕉がいかに「花かつみ」の正体を知りたがったかが知れる。結局、知ることなく1日が終わり、作句もされずじまいとなった。

続く〔一五〕では、今度は「しのぶもぢ摺の石」が芭蕉の目当てである。それは発見できたのであるが、「石半土に埋てあり」という状態にあった。その事情を、「里の童部の来りてをしへける」ことには、

〔例15〕「むかしはこの山の上に侍しを、往来の人の麦艸をあらして、この石を試侍るをにくみて、この谷につき落せば、石のおもて下ざまにふしたり」と云。〔一五〕

この説明に対して、芭蕉は「さもあるべき事にや」という疑問を抱く。子供の説明だから信用できないというわけではないだろうけれど、それを真実とみなしていたら、地の文で示してもよかったはずである。そうしなかったのは、その地の子供たちとのやりとりの事実を記録して示そうとしたからであろう。ただし、この節の「早苗とる手もとやむかししのぶ摺」という1句は、「しのぶ摺」のつながりはあるものの、その石の様子を説明する発話とは直接的には関係していない。

〔一六〕にも会話文が2例見られるが、どちらも道案内をする、地元の人々の発話である。

〔例16〕「佐藤庄司が旧跡ハ、ひだりの山際一里半計に有。飯塚の里鯖野」と聞て、尋〳〵行に、丸山と云に尋あたる。「是庄司が旧館也。麓に大手の跡」など、人のをしゆるにまかせて泪を落し、（略）〔一六〕

芭蕉が「泪を落し」たのは、かつての源義経軍の敗残を思いやったからであり、2つの発話はそれを促したと見ることができる。ただ、節末尾の句は、その後のエピソードにちなんだものであり、これらの発話に導かれたものではない。

〔一八〕～〔三九〕の会話文

〔一八〕に出て来る2例の会話文は、〔一三〕と同じく、次のように、問答の一対になっている。

〔例17〕あぶみ摺・白石の城を過、笠じまの郡に入れば、「藤中中将実方の塚はいづくの程ならん」と人にとへバ、「是ゟ遥右に見ゆる山際の里をミのわ・笠嶋と云、道祖神の社・かたみの薄今にあり」と、をしゆ。〔一八〕

その塚はどこにあるかという芭蕉の問いに対する地元民の答えは、場所をストレートに示すものにはなっていない。箕輪・笠島という里にあるらしいと推測されるだけである。結局、雨と疲れのために、訪れるのを断念したこともあり、「笠嶋はいづこさ月のぬかり道」という1句は、やはりその場所が分からないことを示しているという点で、応答の発話のありようと結び付いている。

〔二〇〕に見える2つの会話文は、ともに仙台で知り合いになった画工の加右衛門の発話である。

〔例18〕このもの、「年比さだかならぬ名どころを考置侍れば」とて、一日案内ス。〔二〇〕

芭蕉は、古歌に詠まれた仙台の名所各地を案内される。宮城野、玉田、横野、榴が岡などの後、「日かげももらぬ松の林に入」った所に着いて、「爰を木の下と云」という、加右衛門の説明発話がある。あえてこの場所にだけ会話文として引用されたのは、「むかしもかく露ふかけれバこそ、「ミさぶらひミかさ」とはよみたれ」という、芭蕉が古歌を想起する記述を導くためであろう。その古歌は古今集東歌にある「御さぶらひ御笠と申せ宮木野の木の下露は雨にまされり」（20・1091）である。

〔二九〕の会話文2例のうちの最初の1例は、〔例1〕に示したアドバイスに応じたものである。「「さらば」と云て、人を頼侍れば」とあるが、この「さらば」は別れの言葉ではなく、相手の発話を受けての応答詞である。

もう1例は無事に山越えをした後に、案内人の発話として、次のように出て来る。

〔例19〕彼案内せしおのこの云やう、「この道必不用の事有。つゝがなう送りまいらせて、仕合したり」と、よろこびてわかれぬ。〔二九〕

この会話文に続けて、「跡に聞てさへ、胸とゞろくのミ也」の1文があり、この節が終わる。芭蕉の「胸とゞろく」ほどの恐怖と安堵が、最後の案内人の発話からリアルにうかがえる。

〔三二〕は6行から成るが、会話文はそのうちの4行にも渡る。地の文は冒頭の「もがみ川乗らんと、大石田と云ところに日和を待」の1文と、末尾の「このたびの風流爰にいたれり」の1文のみである。

〔例20〕「爰に古き誹諧のたね落こぼれて、わすれぬ花のむかしをしたひ、芦角一声の心をやハらげ、此道にさぐりあしして、新古ふた道にふミまよふといへども、道しるべする人しなければ」と、わりなき一巻を残しぬ。〔三二〕

全体に省略が多く、文脈が捉えがたいところがあるが、大石田で船出日和を待つ間に、地元の風流人に請われて、俳諧指南をしたということである。田舎人の発話としては、さすがに風流人だけあって、古めかしく長々しい、美文調の物言いが、芭蕉の印象に強く残って、書き留めておいたのであろう。

〔三九〕には3つの会話文が見られる、最初の節である。節自体も19行と長めである。どの会話文にも、同宿した、新潟の遊女が関わる。1つめの会話文は、遊女がそこまで同行した男が帰るのに合わせて、その男に持たせる、おそらくは親あての手紙の文章を口伝えしているものである。

〔例21〕「白波のよする汀に身をはふらかし、あまのこの世をあさましう下りて、定めなき契り、日々の業因、いかにつたなし」と物云を聞〳〵寐入て、（略）〔三九〕

襖1枚隔ててのことであるから、話は筒抜けであり、身元が遊女と分かって、芭蕉も興味が引かれたのであろう。しかも、その物言いには、引き歌も含め、古典の教養さえ感じられたので、記憶に残ったと見られる。その点は、〔例20〕に挙げた、田舎の風流人の発話と共通するところがある。

これにすぐ続くのが、次の、遊女と芭蕉のやりとりである。

〔例22〕（略）、あした旅立つに、我〳〵にむかひて、「行衛しらぬ旅路のうさ、あまり覚束なう悲しく侍れば、見えがくれにも御跡をしたひ侍らん。衣の上の御情に、大慈のめぐみをたれて、結縁せさせ給へ」と、なミだを落す。不便の事にハおもひ侍れども、「我〳〵ハ、所〳〵にてとゞまる方おほし。唯人の行にまかせて行べし。神明の加護、必つゝがなかるべし」と云捨て出つゝ、あはれさしばらくやまざりけらし。〔三九〕

同行を断ったものの、遊女の切実な言葉に哀れを催し、それがさらに、節最後に示される「一家に遊女も寐たり萩と月」という、奇縁を詠む有名な句にもつながることになった。

〔四〇〕～〔四七〕の会話文

〔四〇〕は1句も含めて、3文のみから成る節である。その2文めの地の文に、次の会話文が引用されている。

〔例23〕担籠の藤波は春ならず共、初秋の哀とふべきものをと、人に尋れバ、「是ら五里礒づたひして、むかふの山陰に入、蜑の苫ぶきかすかなれバ、芦の一夜の宿かすものあるまじ」と、云イをどされて、かゞの国に入る。〔四〇〕

芭蕉が那古の浦という所から担籠という所へ行く道を尋ねたことを示す地の文に対して、地元民の回答だけは会話文で表現している。遠いだけでなく泊まる宿もないという回答を聞いて、行くのをやむなく断念する。その断念を残念に思う芭蕉の気持の現われとして、その理由が地元民の脅かすような答え方そのものにあったことを示すように、会話文として引用したと見られる。

〔四六〕には3つの会話文が見られる。最初の2つは応答ペアになっている。福井に住む古馴染みの等栽という人についての、〔例2〕に示した、芭蕉の問いに対して、地元民が「「いまだ存命して、そこ〳〵」と、をしゆ」ことになる。ここで注意したいのは、「そこそこ」という語である。これが文字通りの発話だとしたら、聞き手側の場所を示すことになるが、それはありえない。また、「そこ」の反復により不特定な場所を示すとしても、意味をなさない。これはあくまでも文章化する際の、具体性を示すには及ばない婉曲表現として、会話文の中に取り入れられたものである。

もう1つは、その家を訪ねた際の、妻の発話である。

〔例24〕〔略〕、侘しげなる女の出て、「いづくよりわたり給ふ道心の御坊にや。あるじハ、このあたり何某と云もの丶方に行ぬ。もし用あらば尋給へ」と云。〔四六〕

この〔例24〕の会話文における「何某」も、「そこ〳〵」と同じく、文章化のための婉曲表現としての用法である。

おくのほそ道で、会話文が最後に出て来るのが〔四七〕であり、〔四六〕に続いて、3つの会話文が見られる。敦賀の宿に泊まった夜、「其夜、月殊晴たり」という状況で、芭蕉と宿のあるじとの、次のやりとりがある。

〔例25〕「あすの夜もかくあるべきにや」といへば、「越路のならひ、猶明夜の陰晴はかり難し」と、あるじに酒すゝめられて、けいの明神に夜参ス。〔四七〕

あるじの言葉を受けて、明日ではなく、その夜のうちに、気比神宮を尋ねることになるが、そこであるじが由来の説明をする。

〔例26〕「往昔《そのかみ》、遊行二世の上人、大願発起の事ありて、みづから葦を刈、土石を担ヒ、泥濘をかハかせて、参詣往来の煩なし。古例今にたえず、神前に真砂を荷ひ給ふ。これを遊行の砂持と申侍る」と、亭主のかたりける。〔四七〕

この説明発話に触発されて、「月清し遊行のもてる砂の上」という句、さらに、翌日の「十五日、亭主の詞にたがはず、雨降」とあって、「明月や北国日和定なき」という、〔例24〕のあるじの発話をなぞったような句を作るのである。

記憶の会話

以上、見て来た会話文のうち、芭蕉が発話主体になっているのは7例あり、それ以外では曾良の1例を除くと、旅先で出会った人々が発話主体で、圧倒的に多い。このうち、芭蕉とのやりとりになっているのは、〔一二〕〔一八〕〔三九〕〔四七〕の4節に見られる。

作句とのつながりが認められる会話文は、〔一〇〕〔一一〕〔一二〕〔一八〕〔三九〕〔四七〕の6節にあり、これらにおける会話文は、俳諧を中心に据えるおくのほそ道の文章において、とくに重要な役割を果たしていると言える。

残りの12節における会話文は、各エピソードの中心、具体的には名所・歌枕の由来の説明や旅先での芭蕉の感慨表明などとして見られる。また、〔三二〕や〔三九〕のように、当該の人々の発話そのものが強く心に残って記録したとみなされる会話文もある。

冒頭に、量的な少なさから、おくのほそ道における会話文の重要度の低さを予想したが、これまでの検討からは、会話文が引用されている節においては、単なる会話事実の記録としてではなく、それらの中から選び出されるだけの、それなりの意味・役割を有していることが明らかになった。その意味・役割としては、作句が導かれるきっかけとしてよりは、紀行文として、各地ならではのエピソードの、印象的な記憶を、文学的に加工して示すという意味合いのほうが大きいとみなされる。

第12章　雨月物語

読本における会話文

雨月物語が上田秋成の作であることは、没後に明らかになったことで、板行の際は、その序に「剪枝畸人」というペンネームが記されるのみで、本人同定ができないままであった。また、序には「明和戊子」つまり明和5（1768）年とあるにもかかわらず、実際に世に出たのは安永5（1776）年で、その8年ものタイム・ラグの由縁が今も問題にされているようである。

雨月物語は、江戸時代後期に生れた「読本（よみほん）」というジャンルの作品のさきがけと歴史的には位置付けられている。当時の絵が主体の草双紙や日常会話がメインの滑稽本に比べて、文章つまり地の文が主体の読み物であるということから、そのように呼ばれた。日本の古典文学や中国の白話小説をふまえた、伝奇的な内容を特色とする。

地の文を主体とする文章であれば、会話文はそれに沿って補充的な役割を担うことになるはずであるが、その補充はけっして一律なものではなく、会話文がどのように、どの程度行われるかによって、話ごとに文章としての趣も変わることが想定される。

雨月物語は全5巻から成り、巻一には「白峯」〔白〕と「菊花の約」〔菊〕の2編、巻二には「浅茅が宿」〔浅〕と「夢応の鯉魚」〔夢〕の2編、巻三には「仏法僧」〔仏〕と「吉備津の釜」〔吉〕の2編、巻四には「蛇性の婬」〔蛇〕の1編、巻五には「青頭巾」〔青〕と「貧福論」〔貧〕の2編、計9編の短・中編で構成されている（〔 〕内は以後に用いる略称）。

なお、会話文の認定に関しては、

〔例1〕御廟のうしろの林にと覚えて、「仏法、仏法」となく鳥の音、山彦にこたへてちかく聞ゆ。〔仏〕

〔例2〕（略）、証道の歌の二句を授給ふ。／江月照松風吹　永夜清宵何所為〔青〕

において、〔例1〕はカギカッコが付されてはいるが、あくまでも鳥の鳴き声のそのままの聞き成しであるという点で、〔例2〕はカギカッコがなくても口誦されたとみなされるが、訓読しない、漢詩句の引用とみなし、ともに対象としない。

会話文の分量と分布

テキストにおける本文の総行数が2076行であるのに対して、会話文の占める実質的な行数は1078行であり、全体の5割を越える。

作品ごとの会話文の分量比率は以下のとおりである。

白峯：56・7％（122／215行）、菊花の約：59・6％（136／228行）、浅茅が宿：32・8％（79／241行）、

夢応の鯉魚：52・9％（63／119行）、仏法僧：51・9％（95／183行）、吉備津の釜：33・8％（76／225行）、

蛇性の婬：51・3％（246／480行）、青頭巾：55・7％（102／183行）、貧福論：78・7％（159／202行）

最後に位置する「貧福論」が8割近くで、他作品に別して比率が高い。これは登場する2人の語りがほとんどを占めているからである。

50％台が6作品であり、雨月物語においては、それが平均的な分量比率になっている。ただし、会話文の出現の仕方は異なり、1人の長い語りの場合もあるし、会話のやりとりが頻繁に出て来る場合もある。残りの「浅茅が宿」と「吉備津の釜」の2作品が30％台で、雨月物語の中では比率が低いものの、けっして少ないというほどではない。

全体的には、雨月物語は読本として、文章つまりは地の文が中心とみなされてはいるが、会話文も重要な役割を果たしていることが推測される。

雨月物語における会話文の総数は300例であり、作品別に、多い順に挙げると、最多が「蛇性の婬」で、全体の3分の1以上の109例と突出している。ただし、本文量も平均値の約120行の倍以上なので、均せば、他作品とそれほどの差ではない。

以下はすべて50例未満で、「菊花の約」が46例、「仏法僧」が37例、「吉備津の釜」が31例、「青頭巾」が24例、「浅茅が宿」が18例、「白峯」が17例、そして「夢応の鯉魚」と「貧福論」がともに9例で最低であり、用例数としてはかなりの開きがある。

1例あたり平均何行から成るかを示すと、全体平均が3・6行であるが、やはり「貧福論」が17・7行と、飛び抜けて多く、以下、「白峯」の7・2行、「夢応の鯉魚」の7・0行、「浅茅が宿」の4・4行、「青頭巾」の4・1行、「菊花の約」の3・0行、「仏法僧」の2・6行、「吉備津の釜」の2・5行、そして最低が「蛇性の婬」の2・2行である。

以上の結果をふまえると、会話文の分量という観点から見れば、作品を3つのグループに分けられよう。第一グループは、「貧福論」と「白峯」と「菊花の約」の3作品で、分量比率も平均行数も多いのに対して、会話文の用例数が少ない。これは、特定の登場人物の長い語りが中心ということである。第二グループとしては、「蛇性の婬」「吉備津の釜」「仏法僧」の3作品が相当し、第一グループとは反対に、分量比率も平均行数も相対的に少ないが、用例数が多い。これは、登場人物同士の短い会話のやりとりが随所に見られるということである。

そして、第三グループは、「青頭巾」「浅茅が宿」「夢応の鯉魚」の3作品で、これといって、とくに目立った点がない。

上接表現

雨月物語における会話文300例の上接表現の特徴としては、次の3点が指摘できる。

1つめは、会話文から始まる、つまり会話文を含む地の文の1文内で、会話文の上接表現がない場合が87例、全体の3割近くもあるという点である。

2つめは、その87例のうちの64例までが、直前の地の文の文末に、引用マーカーとなる発話動詞が見られるという点である。

もっとも多いのは「菊花の約」で全46例中の半分以上の24例がこのパターンであり、「青頭巾」の10例、「吉備津の釜」の8例、「浅茅が宿」の6例と続き、9作品中の8作品に認められる。それに対して、109例も会話文の出て来る「蛇性の婬」には1例も見られない。

当該の64例の発話動詞は、次の「こたふ」1例を除き、他はすべて「いふ」である。

〔例3〕（略）、壁を隔て人の痛楚声いともあはれに聞えければ、主に尋ぬるに、あるじ答ふ。「これより西の国の人と見ゆるが、伴なひに後れしよしにて一宿を求めらるるに士家の風ありて卑しからぬと見しままに、逗まゐらせしに、其の夜邪熱劇しく、起伏も自らはまかせられぬを、いとほしさに三日四日は過しぬれど、何地の人ともさだかならぬに、主も思ひがけぬ過し出でて、ここち惑ひ侍りぬ」といふ。〔菊〕

最多の「菊花の約」における、会話文直前の文の文末の「いふ」は、次のように、会話のやりとりを示すところに、あたかも脚本のように、同じく「発話主体＋いふ」という1文の形をとって、連続的に出て来る。

〔例4〕左門いふ。「さあらば兄長いつの時にか帰り給ふべき」。赤穴いふ。「月日は逝やすし。おそくとも此の秋は過さじ」。左門云ふ。「秋はいつの日を定めて待つべきや。ねがふは約し給へ」。赤穴云ふ。「重陽の佳節をもて帰り来る日とすべし」。左門いふ。「兄長必ず此の日をあやまり給ふな。一枝の菊花に薄酒を備へて待ちたてまつらん」と、互に情をつくして赤穴は西に帰りけり。〔菊〕

なお、テキストでは、次の1例のみ、会話文直前の「いふ」に、句点ではなく読点を付すケースがある。

〔例5〕化鳥こたへていふ、「上皇の幸福いまだ尽ず。重盛が忠信ちかづきがたし。今より干支一周を待ば、重盛が命数、既に尽なん。他死せば、一族の幸福此時に亡べし」。〔白〕

「いふ」という活用形は終止形でも連体形でもあるから、終止形として1文が終るととることも、連体形として以下に続くととることも可能であり、これは、当該会話文の下接表現の有無や、その如何とは関わりがない。

3つめは、上接表現のある213例のうち、当該の会話文と結び付く発話動詞がわずか14例しかないという点である。14例のうち表現形式としてもっとも多いのが発話動詞＋「は」で6例あり、うち3例が「蛇性の婬」に見られる。発話動詞としては、「いふ」が4例、「かたりゆく」〔菊〕と「いひ出づ」〔蛇〕が各1例である。「いふ」の1例を挙げる。

〔例6〕 豊雄いふは、「世の諺にも聞ゆることあり。（略）然我をいづくにも連ゆけ」といへば、いと喜しげに点頭をる。〔蛇〕

それ以外では、ク語法が次の1例のみ、

〔例7〕 貴人又曰《のたま》はく、「絶て紹巴が説話を聞かず。召せ」との給ふに、（略）。〔仏〕

発話動詞＋「て」が5例（「諌めて」2例〔吉〕〔菊〕、「答へて」1例〔仏〕、「かたり出でて」1例〔蛇〕）、発話動詞連用形が2例（「叫び」1例〔青〕、「別れをかたり」1例〔青〕）見られる。

下接表現

会話文の下接表現については、それがない、つまり会話文で1文が終るのが43例あり、そのうちの3分の

1以上の、15例が〔例4〕にも挙げたように、「菊花の約」に集中して見られる。

全体の約86％を占める、残りの257例にはすべて引用マーカーがあり、そのうち、「と」で受けるのが194例、「とて」が62例、「など」が次の1例のみ見られる。

【例8】二日の夜、よきほどの酔ごこちにて、（豊雄）「年来の大内住に、辺鄙の人ははたうるさくまさん。かの御わたりにては、何の中将、宰相の君などいふに添ぶし給ふらん。今更にくくこそおぼゆれ」など戯るるに、（略）。〔蛇〕

「と」で受ける194例のうちの8割、全体の半分以上の156例に、「と」の後に発話動詞あるいは発話に関わる表現が続く。発話動詞としては、「いふ」が圧倒的に多く、95例と約6割を占める（活用形を問わず、複合語も含む）。以下は、「かたる」が7例、「きこゆ・おほす・おしふ」が各5例、「さう（奏）す・さけぶ」が4例、「こたふ・のたまふ・よぶ」が各3例、「とふ・つぶやく」各2例などのように、ばらついている。

発話動詞ではなく、「発話に関わる表現」としたものは5例あり、「とくりごとはてしぞなき」〔浅〕や「と、たのみある詞に」〔吉〕の他、「と、御声、谷峰に響て」〔白〕、「と、又声を放て」〔菊〕、「と声あらかなるを」〔蛇〕のような、発声の仕方を示す表現である。

「とて」が下接する場合にはすべて、そこで会話文に関わる表現は一旦完結して、その後に発話動詞が来ることはなく、次の行動なり状態なりを表わす表現が続いている。

以上から、雨月物語における会話文は、もっぱら下接表現における引用マーカーによって、地の文と差別化されていると言える。ただし、会話文の末尾はともかく、その冒頭がどこからかは全体の3分の2近くは明示されていないということになる。

引用マーカー

会話文の上接表現と下接表現における引用マーカーの有無の関係を、

Ⅰ：上接と下接のどちらにもある

Ⅱ：上接にのみある

Ⅲ：下接にのみある

Ⅳ：上接と下接のどちらにもない

の4つに分けると、次のような分布になる。なお、ⅠとⅡには、直前の文の文末の発話動詞も含む。

Ⅰ：52例（17・3％）、Ⅱ：26例（8・6％）、Ⅲ：206例（68・8％）、Ⅳ：16例（5・3％）

Ⅲの下接表現のみの引用マーカーがもっとも多く、全体の7割近くを占めるのに対して、Ⅳの上下とも引用マーカーのない会話文は16例にすぎず、そのうち6例までが、次のように、「蛇性の婬」に見られる。

【例9】助いよいよ怒りて、「我が下司に県の姓を名のる者ある事なし。かく偽るは刑ますます大なり」。豊雄、「かく捕はれていつまで偽るべき。あはれかの女召して問はせ給へ」。〔蛇〕

これが会話のやりとりであることは、明示された発話主体（四角で囲んだ語）の切り替えによって知れる。このように、Ⅳのケースであっても、会話文に先立ち、発話主体が明示されているのが、16例中14例もある。

最多のⅢの場合も、上接表現に、引用マーカーほどではないにせよ、次のように、会話文に関わる表現が見られることもある。たとえば、

【例10】外の方に麗しき声して、「此の軒しばし恵まで給へ」といひつつ入り来るを、（略）。〔蛇〕
【例11】其の夜三更の比おそろしきこゑして、「あなにくや。ここにたふとき符文を設けつるよ」とつぶやきて復び声なし。〔吉〕

などのように、上接表現に、発話主体が不明ながらも、その声音の形容があったり、

【例12】赤穴、母子にむかひて、「吾近江を遁来りしも、雲州の動静を見んためなれば、一たび下向てやがて帰来り、菽水の奴に御恩をかへしたてまつるべし。今のわかれを給へ」といふ。〔菊〕
【例13】法師夢然にむかひ、「前によみつる詞を公に申し上げよ」といふ。〔仏〕

などのように、上接表現に、発話の主体と相手がともに示されたりする場合もある。

Ⅰの52例のうち、直前の文の文末に発話動詞が見られるのが39例ある。その中で、

【例14】かの人いふ。「前によみつること葉のかへりこと聞えんとて見えるつなり」とて、（略）。〔白〕

のように、下接表現が「とて」になるのが12例、「と」のみが引用マーカー相当になるのが7例、「と」に発話動詞も続くのが17例あるが、

〔例15〕女いふ。「かく詣つかうまつるは、憑みつる君の御跡にて、いついつの日ここに葬り奉る。家に残ります女君のあまりに歎かせ給ひて、此の頃はむつかしき病にそませ給ふなれば、かくかはりまゐらせて、香花をはこび侍るなり」といふ。〔吉〕

〔例16〕女いふ。「憑みつる君は、此の国にては由縁ある御方なりしが、人の讒にあひて領所をも失ひ、今は此の野の隈に侘しくて住はせ給ふ。女君は国のとなりまでも聞え給ふ美人なるが、此の君によりてぞ家・所領をも亡し給ひぬれ」とかたる。〔吉〕

のように、「いふ」という動詞が下接表現で反復されたり、「かたる」という別の動詞に変えられたりする例も見られる。

Ⅱのケースの26例はすべて、直前の文末が「いふ」で、当該文が会話文のみで成り立つものである。

会話文の連続

会話文はその1例が1つの地の文の中に含まれるのが一般的であり、雨月物語においても、全体の約4分の3はそのように表現されている。

しかし、残りの約4分の1、76例は1つの地の文内に複数、引用され、そのうち2例引用が26文、3例引用が8文に見られる。作品別では、9編中5編にそれがあり、「蛇性の婬」に21文、「仏法僧」に5文、「浅茅が宿」と「吉備津の釜」に各3文、「菊花の約」に2文となっていて、「蛇性の婬」での出現がとくに目立ち、3例引用はすべてこの作品にのみ認められる。

1文内に複数の会話文が引用されている場合は、別々の文に引用される場合に比べ、その会話文同士の関

係が緊密であることが想定されるが、実際には、

〔例17〕左門聞きて、①「かなしき物がたりにこそ。あるじの心安からぬもさる事しあれど、病苦の人はしるべなき旅の空に此の疾を憂ひ給ふは、わきて胸窮しくおはすべし。其のやうをも看ばや」といふを、あるじとどめて、②「瘟病は人を過つ物と聞ゆるから家童らもあへてかしこに行かしめず。立ちよりて身を害し給ふなかれ」〔菊〕

〔例18〕かの貴人人々に向ひて、①「誰々はなど来らざる」と課《おほ》せらるるに、②「やがてぞ参りつらめ」と奏す。〔仏〕

などのように、当事者同士の①と②が会話の応答になっていることもあるものの、

〔例19〕①「それ召せ」と課せらるるに、若いさむらひ夢然が方へむかひ、②「召給ふぞ。ちかうまゐれ」と云ふ。〔仏〕

〔例20〕太郎夜の明くるを待ちて、大宮司の館に来り、しかじかのよしを申し出でて、此の太刀を見せ奉るに、大宮司驚きて、①「是なん大臣殿の献り物なり」といふに、助聞き給ひて、②「猶失し物問ひあからめん。召捕れ」とて、武士ら十人ばかり、太郎を前にたててゆく。〔蛇〕

などのように、話し手と聞き手の関係が変わったり、

〔例21〕丫鬟《わらは》打ちゑみて、①「よくも来ませり。こなたに歩み給へ」とて、前に立ちて行くゆく、幾ほどもな

く、②「ここぞ」と聞ゆる所を見るに、門高く造りなし、家も大きなり。〔蛇〕

〔例22〕 刀自打ち笑て、①「男子のひとり寝し給ふが、兼ねていとほしかりつるに、いとよき事ぞ。愚也ともよくいひとり侍らん」とて、其の夜太郎に、②「かうかうの事なるは幸におぼさずや。父君の前をもよきにいひなし給へ」といふ。〔蛇〕

などのように、同一の話し手の発話が連続的に示されたり、

〔例23〕 (略)、老いたるは山に逃竄れ、弱きは軍民にもよほされ、①「けふは此所を焼はらふ」、②「明は敵のよせ来るぞ」と、女わらべ等は東西に逃げまどひて泣きかなしむ。〔浅〕

のように、不特定の話し手による複数の発話が示されたりすることもあって、それぞれに関連はするものの、その関係自体は一様ではない。

1文に3例の会話文が引用される場合も同様であり、

〔例24〕 武士他らにむかひて、①「此の家何者が住みしぞ。県の何某が女のここにあるはまことか」といふに、鍛冶の翁はひ出でて、②「さる人の名はかけてもうけ給はらず。此の家三とせばかり前までは、村主の何某といふ人の、賑はしく住み侍るが、筑紫に商物積てくだりし、其の船行方なくなりて後は、家に残る人も散々になりぬるより、絶て人の住むことなきを、此の男のきのふここに入りて、漸して帰りしを奇しとて、此の漆師の老がまうされし」といふに、③「さもあれ、よく見極て殿に申さん」とて、門押しひらきて入る。〔蛇〕

のように、会話の応答が連続することもあれば、

〔例25〕金忠夫婦、①「こは何ぞ」といへば、②「かの鬼ここに逐来る。あれに近寄給ふな」と隠れ惑ふを、人々、③「そはいづくに」と立ち騒ぐ。〔蛇〕

のように、3つめの会話文がやりとりとは関わりのないこともある。

会話のやりとり

1文の内外を問わず、また地の文の表現を挟みつつも、会話文が連続的に出現する場合、それが応答ペアになっているものと、そうでないものとがある。対面場面で、応答が想定されるにもかかわらず、一方の発話しか示されない場合には、4つのパターンがある。

1つめは、次のように、誰かの発話に対して、言葉ではなく行動で対応するパターン。

〔例26〕武士はやく見つけて、「何者なるぞ。殿下のわたらせ給ふ。疾下りよ」といふに、あわただしく簀子をくだり、土に俯して跪まる。〔仏〕

2つめは、誰かの発話に対して、応答しないことが記されているパターン。

〔例27〕踊りあがるここちして、〔左門〕「小弟蚤くより待ちて今にいたりぬる。盟たがはで来り給ふことのう

れしさよ。いざ入らせ給へ」といふめれど、〔赤穴〕只点頭て物をもいはである。〔菊〕

3つめは、一方の発話が地の文で説明されているパターン。

〔例28〕 そこを行く人に所の掟をきけば、「寺院僧坊に便りなき人は、麓にくだりて明かすべし。此の山すべて旅人に一夜をかす事なし」とかたる。〔仏〕

4つめは、双方の発話が示されているにもかかわらず、その内容（意図）が対応していないパターン。

〔例29〕（略）あやなき闇にうらぶれて、眠るともなきに、まさしく①「円位、円位」とよぶ声す。眼をひらきてすかし見れば、其の形異なる人の、背高く痩おとろへたるが、顔のかたち、着たる衣の色紋も見えで、こなたにむかひて立てるを、西行もとより道心の法師なれば、恐ろしともなくて、②「ここに来たるは誰ぞ」と答ふ。かの人いふ。③「前によみつること葉のかへりこと聞えんとて見えつるなり」とて、（略）。〔白〕

①の「よぶ声」に対して、②は「答ふ」とあるが、いわゆる問答というよりは声に対する反応であって、実質的には、相手に対する質問になっている。③も、「誰そ」という②の質問に対して、自分が姿を現した理由を述べているのであって、応答にはなっていない。

以上のような例や単独発話の例をのぞき、雨月物語における全300例の会話文のうち、応答内容の質・程度はともかくとして、やりとりとして双方の会話文が示されているのが196例、全体の約65％にあたる。

比率順に作品を挙げると、次のとおりである。

夢応の鯉魚：88・9％（8／9）、菊花の約：76・1％（35／46）、青頭巾：70・8％（17／24）、浅茅が宿：66・7％（12／18）、貧福論：66・7％（6／9）、仏法僧：64・9％（24／37）、白峯：64・7％（11／17）、蛇性の婬：60・6％（66／109）、吉備津の釜：54・8％（17／31）

最高が「夢応の鯉魚」で9割近くあるのに対して、最低は「吉備津の釜」であるが、それでも半分は越えている。

発話主体

以下には、作品ごとに、誰と誰の会話が中心になっているかを示す。

まず、「夢応の鯉魚」であるが、やりとりになっていないのは、次に示す、冒頭の、単独に示された会話文1例のみである。

【例30】（略）、人毎に戯れていふ。〔興義〕「生を殺し鮮を喰ふ凡俗の人に、法師の養ふ魚必ずしも与へず」となん。〔夢〕

残りの、やりとり8例のうち、興義と弟子が3例、興義と助が3例、興義と人々が2例であり、中心人物である興義がすべてに関わっている。ただし、最後の興義と人々とのやりとりは、51行にも及ぶ、興義の体験談を聞いて、「人々大いに感異しみ、「師が物がたりにつきて思ふに、其の度ごとに魚の口の動くを見れど、更に声を出す事なし。かかる事まのあたりに見しこそ不思議なれ」とて」のような感想が述べられているのであるが、直接、興義に応答する発話ではない。

第二位の「菊花の約」で、会話のやりとりとして表現されている35例のうち、菊花の約を交わした左門と赤穴のやりとりが18例ともっとも多く、次いで、左門と老母が9例、左門と訪問先の主が4例、左門と赤穴の従弟が2例、その他が2例であり、35例中33例において、主人公である左門が関わっている。

第三位の「青頭巾」における会話のやりとり17例のうち、快庵と院主が10例、快庵と荘主が7例の2組に限られ、どちらにも快庵が関わっている。前者には、7つの会話文の連続があり、後者には、1つの会話文がそれぞれ28行（荘主）と36行（快庵）という、長い語りのやりとりが見られる。

第四位の「浅茅が宿」における会話のやりとり12例のうち、勝四郎と妻が7例、勝四郎と翁が5例と、すべてに主人公の勝四郎が関わっている。

同四位の「貧福論」については、構成が極端なので、その展開に即して、全9例の会話文を示すと、次のとおりである。

①左内→下男：（略）ちかく召していふ。「（略）」〔7行〕とて、十両の金を給ひ、刀をも赦して召つかひけり。
②人々　：人これを伝へ聞きて、「（略）」〔2行〕とぞいひはやしける。
③左内→翁　：左内枕をあげて、「ここに来るは誰そ。（下略）」〔4行〕とて、すこしも騒ぎたる容色なし。
④翁→左内　：翁いふ。「かく参りたるは魑魅にあらず人にあらず、君がかしづき給ふ黄金の精霊なり。年来篤くもてなし給ふうれしさに、夜話せんとて推てまゐりたるなり。（中略）今

夜此の憤りを吐て年来のこころやりをなし侍る事の喜しさよ」〔36行〕といふ。

⑤左内→翁：左内興じて席をすすみ、「さてしもかたらせ給ふに、富貴のたかき事、己がつねにおもふ所露たがはずぞ侍る。富貴の道のたかき事、己がつねにおもふ所たばはずぞ侍る。この愚なる問事の侍るが、ねがふは詳にしめさせ給へ。（中略）されば富貴のみちは仏家にのみその理をつくして、儒門の教へは荒唐なりとやせん。霊も仏の教にこそ憑せ給ふらめ。否ならば詳にのべさせ給へ」〔30行〕。

⑥翁→左内：翁いふ。「君が問ひ給ふは往古より論じ尽くさざることわりなり。（中略）我は仏家の前業もしらず。儒門の天命にも抱はらず、異なる境にあそぶなり」〔54行〕。

⑦左内→翁：左内いよいよ興に乗じて、「霊の議論きはめて妙なり。（中略）又誰にか合し給はんや」〔8行〕。

⑧翁→左内：翁云ふ。「これ又人道なれば我がしるべき所にあらず。（中略）君が望にまかすべし」〔21行〕とて八字の句を諷ふ。

⑨翁→左内：「夜既に曙ぬ。別れを給ふべし。こよひの長談まことに君が眠りをさまたぐ」〔2行〕と、起てゆくようなりしが、かき消て見えずなりにけり。

これらで、作品本文行数の8割近くを占める。そのうち、応答と認められるのは、③〜⑧の左内と架空の翁とのやりとりであるが、③の4行はまだしも、④の36行、⑤の30行、⑥の54行、⑦の8行、⑧の21行、のように、どの会話文も長大である。

内容的には、③と④、⑤と⑥、⑦と⑧が、それぞれ左内の問いと翁の答えという形にはなっているが、その長大さゆえに、問答というよりは、それをふまえての、1つずつが「長談」つまり語りになっていると見ることができる。

第五位の「仏法僧」で会話文のやりとりとなっているのは、24例である。最多は秀次と家臣の8例、次いで、秀次と法師（紹巴）、法師と夢然の各5例、他に、夢然と作之治、家臣と法師、家臣同士の各2例である。関わりとしては、秀次の13例、法師の12例が際立つ。物語は夢然という隠居が末子の作之治を連れて旅に出るところから始まるが、後半は高野山で出会った秀次一行が中心となり、会話のやりとりが頻繁に見られるようになる。

第六位「白峯」も、生きている西行とすでに亡き崇徳新院との会話のやりとりが全17例中の11例で、それが物語の中心になっている。

〔例29〕の後、会話文の第4文から第11文までがこの2人のやりとり、第12文から16文までが崇徳新院と「相模」と呼ばれる「化鳥」とのやりとりになっていて、最後は「「刹利も須陀もかはらぬものを」と、心あまりて高らかに吟ける」という西行の発話である。

第七位「蛇性の婬」では、66例がやりとりとして表現されているが、そのうちの48例に主人公である豊雄が関わっている。中でももっとも多いのが、蛇の変身である真女子を相手にするもので、17例ある（妻・富子に乗り移った2例を含む）。

その他の相手としては、豊雄の家族が11例（兄4例、父3例、母と兄嫁各2例）、豊雄の婿入り先の庄司家関係が6例、寄宿した金忠家関係が5例、窃盗の容疑で逮捕に来た役人が4例、出会った翁が3例、海部の翁が2例となっている。

最下位の「吉備津の釜」における会話文31例のうち、やりとりになっているのは17例ある。そのうち、正太郎と野塚を詣でた女との間でのやりとりが8例で、もっとも多く、しかも次のように、連続的に出て来ている。

〔例31〕ここに詣づる女の、世にも悲しげなる形して、花をたむけ水を灌ぎたるを見て、〔正太郎〕①「あな哀れ。わかき御許のかく気疎きあら野にさまよひ給ふよ」といふに、女かへり見て、②「（略）さりがたき御方に別れ給ふにてやまさん。（略）」と潸然となく。正太郎いふ。③「さる事に侍り。十日ばかりさきにかなしき婦を亡ひたるが、（中略）御許にもさこそましますなるべし」。女いふ。④「かく詣つかうまつるは、憑みつる君の御跡にて、いついつの日ここに葬り奉る。（略）」正太郎云ふ。⑤「刀自の君の病み給ふもいとことわりなるものを。そも古人は何人にて、家は何地に住むませ給ふや」。女いふ。⑥「（略）、今は此の野の隈に侘しくて住ませ給ふ。（略）」。此の物がたりに心のうつるとはなくて、⑦「さてしもその君のはかなくて住ませ給ふはここちかきにや。訪らひまゐらせて、同じ悲しみをもかたり和さまん。倶し給へ」といふ。〔女〕⑧「家は殿の来らせ給ふ道のすこし引き入りたる方なり。便りなくませば時々訪せ給へ。待ち侘給はんものを」と前に立ちてあゆむ。〔吉〕

ここは、怨霊となった、亡き妻・磯良に正太郎が対面するまでの導入であり、会話のやりとりを通して、徐々にその場面が近づいて来ることを示している。

その他は、正太郎と妻の4回（生前と死後、各2回）、仲人と庄太郎の父の3回、正太郎と彦六の2回がある。

会話文の構成

各作品の会話文自体が何文から成るかを示すと、次のとおりである。

	用例	1文	2文	3文	4文	5文	6文	7文	8文	9文	10文以上
白	17	10	0	2	1	0	1	0	0	0	3（12文・18文・25文）
菊	46	8	22	8	3	2	0	0	2	1	0
浅	18	9	1	4	0	0	2	0	1	0	1（11文）
夢	9	1	6	0	0	1	0	0	0	0	1（32文）
仏	37	16	10	5	1	2	0	1	0	1	1（11文）
吉	31	6	12	7	1	3	1	0	1	0	0
蛇	109	30	39	16	13	4	4	2	1	0	0
青	24	8	6	4	3	1	0	0	0	0	2（15文・19文）
貧	9	0	1	1	0	1	0	0	2	0	4（13文・19文・23文・39文）
計	300	88	97	47	22	14	8	3	7	2	12

この表から、次の3点が指摘できる。

第一に、1文と2文に集中し、合わせて全体の6割以上を占める。とくにその集中度が高いのは、「夢応の鯉魚」で、8割近くに及ぶ。逆に、もっとも低いのは「貧福論」でわずか1例しか該当しない。

第二に、その中で、1文のみの会話文が中心的なのが「白峯」と「浅茅が宿」、2文の会話文のほうが目立つのが「菊花の約」「夢応の鯉魚」「吉備津の釜」である。

第三に、文数の幅が広いのは、「貧福論」と「夢応の鯉魚」で、それぞれ39文、32文という、極端に文数の多い会話文が含まれていることによる。対して、幅が狭いのは、「吉備津の釜」と「蛇性の婬」で、7文しか差がない。

1文のみの会話文88例における文節数を整理すると、次のような分布になる。

1文節：11例、2文節：18例、3文節：18文節、4文節：11例、5文節：10例、6文節：6例、7文節：3例、8文節：2例、9文節：1例、10文節～35文節：8例

中央値が3文節で、1文節から5文節までで全体の8割近くを占める。例外的に、30以上もの文節から成る、もっとも長い会話文は次の例で、左門と赤穴の出会いのきっかけを作ることになった宿主の発話である。

【例32】（略）主に尋ぬるに、あるじ答ふ。「これより西の国の人と見ゆるが、伴なひに後れしよしにて一宿を求めらるるに士家の風ありて卑しからぬと見しままに、逗まゐらせしに、其の夜邪熱劇しく、起伏も自らはまかせられぬを、いとほしさに三日四日は過しぬれど、何地の人ともさだかならぬに、主も思ひがけぬ過し出でて、ここち惑ひ侍りぬ」といふ。〔菊〕

1文節あるいは2文節から成る短い会話文は、それ以上の長さの会話文にはない、述語文として整っていないものがある。たとえば、「あ」〔白〕や「あなや」〔吉〕2例〔蛇〕、「あな恐ろし」〔蛇〕などのような喚体句や、「円位、円位」や「相模、相模」ともに〔白〕などのような、反復的な呼びかけ、「いかに」〔吉〕〔菊〕や「そはいづくに」〔蛇〕などのような、省略を伴った疑問表現である。

会話文の意図

会話文の文末における、対相手の意図を疑問、命令（禁止を含む）に限って、その表現の出現状況を確認する。

まずは1文のみの会話文88例において、疑問表現が23例、命令表現が20例（うち禁止1例）で、全体のほぼ半分である。

疑問表現のほうは、「誰ぞ」〔浅〕、「誰々はなど来らざる」〔仏〕、「さあらば兄長いつの時にか帰り給ふべき」〔菊〕などのような、文末に限らず疑問詞によるのが19例とほとんどを占め、終助詞による疑問は、「召給ふか」〔蛇〕、「師は夜もすがらそこに居させたまふや」〔青〕など4例である。

命令表現では20例中14例に、「それ召せ」、「前によみつる詞を公に申し上げよ」〔ともに仏〕、「湯ひとつ恵み給へ」〔菊〕、「ここに待たせ給へ」〔吉〕などのように、待遇表現が伴っていて、「此の秋を待て」〔浅〕、「汝聞くとならばここに来れ」〔青〕など、動詞のみは少数しか見られない。唯一の禁止表現は、「まろや努出し奉るな」〔蛇〕という謙譲表現である。

2文以上から成る会話文については、3文以上の会話文では冒頭文と末尾文に限定すると、計424文が対象となる。冒頭文と末尾文合わせて、当該表現が用いられているのは163文で、全体の4割に届かない。内訳は、冒頭文が57文、末尾文が106文であり、末尾文は半分程度であるが、冒頭文は3割にも及んでいない。

そのうち、疑問表現が61文に、命令表現が102文に見られ、命令表現のほうが優勢であるが、冒頭文と末尾文では、次のように現われ具合が異なる。

冒頭文：疑問表現：40例、命令表現：17例

末尾文：疑問表現：21例、命令表現：85例

冒頭文では疑問表現のほうが多いのに対して、末尾文では命令表現のほうに大きく偏っているのである。疑問表現のうち、疑問詞によるものが38例（冒：27例、末：11例）、終助詞によるものが23例（冒：13例、末：10例）ある。

冒頭文における例を挙げると、疑問詞には、「ここに来るは誰そ」〔貧〕、「禿驢いづくに隠れけん」〔青〕、「秋はいつの日を定めて待つべきや」〔菊〕、「こはいかにすべき」〔蛇〕、「なでふ狐に欺かれしなるべし」〔吉〕など、終助詞には、「秘密の山とは申さざるや」〔仏〕、「人の心の秋にはあらずとも、菊の色こきはけふのみかは」〔菊〕などがある。

命令表現の中には、「見よみよ、やがて天が下に大乱を生ぜしめん」〔白〕のように、文中に命令表現があるものが3例含まれる。命令表現として、待遇が伴うものが77例（冒：14例、末：63例）あり、全体の4分の3ほどを占める。

末尾文の短かめの例を挙げると、待遇有りの「いざ給へ」〔蛇〕、「やすくおぼせ」〔蛇〕、「明らかにまうせ」〔蛇〕、「急ぎまゐれ」〔蛇〕、「倶し給へ」〔吉〕、「しらせ給はば教へ給へかし」〔浅〕などと、待遇無しの「疾下りよ」〔仏〕、「しばしここ放せよかし」〔蛇〕などがある。

禁止表現は16例（冒：5例、末：11例）あり、「あれに近寄給ふな」〔蛇〕、「なあわただしくせそ」〔蛇〕のような、「―な」や「な―そ」というタイプが計7例ある他は、「いやしみ給ふことなかれ」〔菊〕、「立ちよりて身を害し給ふなかれ」〔菊〕などのように、「（こと）なかれ」という訓読的な表現になっている。

1文のみの会話文、および2文以上の会話文の冒頭文あるいは末尾文に、当該の表現が認められるのは、300例中の166例と半数を越える。

これを比率の高い順に、作品を並べると、次のようになる。

蛇性の婬：63・3％（69／109例）、仏法僧：62・2％（23／37例）、青頭巾：58・3％（14／24例）、浅茅が宿：55・6％（10／18例）、菊花の約：47・8％（22／48例）、吉備津の釜：45・2％（14／31例）、夢応の鯉魚・貧福論：44・4％（4／9例）、白峯：35・3％（6／17例）

「蛇性の婬」が最多であり、かつ2文以上の会話文において、冒頭文と末尾文ともに当該表現が出てくるのが19例もあって（他の作品では、1例から3例程度しか見られない）、話し相手に対する働きかけが強い。相手はそれぞれ異なるが、2文から成る、そのような会話文が連続する例を挙げる。

〔例33〕豊雄、「かく捕はれていつまで偽るべき〔疑〕。あはれかの女召して問はせ給へ〔命〕」。助、武士らに向ひて、「県の真女子が家はいづくなるぞ〔疑〕。渠を押して捕へ来れ〔命〕」といふ。（略）武士他らにむかひて、「此の家何者が住みしぞ〔疑〕。県の何某が女のここにあるはまことか〔疑〕」といふに、鍛冶の翁はひ出でて、「（略）」といふに、（略）。〔蛇〕

対するに、「白峯」や「夢応の鯉魚」「貧福論」などの比率が低いのは、相手への働きかけよりも、1人が語って聞かせるのが中心になっていることによると考えられる。

会話文の多様性

雨月物語における会話文全体の特徴を、項目別にあらためて示せば、次のようになろう。

(1)分量としては、会話文は5割を越える。これは地の文をしのいで、文章の主流をなしているということに他ならない。
(2)表現形式としては、会話文の下接表現に引用表示が偏り、発話動詞も「いふ」にほぼ固定している。これは、会話文の引用が形式的にパターン化していることを示している。
(3)会話文はやりとりとして、ともに表現されることが多く、しかも1文内に示されたり、発話主体が示されたりするのが目立つ。しかも、その発話主体の大方は、各作品の主要人物が担っている。
(4)会話文自体は1文や2文という短かめのものが中心であるいっぽう、極端に長いものも散見される。
(5)会話文には疑問や命令などの、相手に働きかける表現が目立つ。
作品別に関しては、先に、会話文の出現状況から、

第一グループ：「貧福論」「白峯」「菊花の約」
第二グループ：「蛇性の婬」「吉備津の釜」「仏法僧」
第三グループ：「青頭巾」「浅茅が宿」「夢応の鯉魚」

という3つのグループに分けたが、その後の検討をふまえると、第一は語りの目立つグループ、第二は会話のやりとりの目立つグループ、そして第三はその両方が混じって中和化されたグループと言えよう。
第一グループの典型が「貧福論」であり、2人の問答の形をとりながらも、実質的にはそれぞれの長い語りによってほとんどが構成されている。第二グループの典型は「蛇性の婬」であり、短かめの会話の、相手に対する働きかけのやりとりが顕著に現れている。第三のグループは、3作品とも会話文の用例数自体が少なく、「夢応の鯉魚」のように、長い語りも含まれるいっぽう、会話のやりとりも多いということで、特徴

が中和化されている。同じく会話文とはいえ、語り中心とやりとり中心とでは、そのあり方において、片や一方的、片や双方的という点で、対極に位置する。

物語そのものが語りであるとすれば、引用される会話文が語り中心であるということは、入れ子構造ながら、両者がほぼ重なっているということでもある。にもかかわらず、文章中に会話文として引用されるのは、その語りの主体、相手、場、動機付けなどの場面設定を地の文で示す必要があるからである。

やりとり中心に引用される会話文は、その会話による主要人物相互の働きかけが、語り中心の場合とは異なり、描かれる出来事の展開を主導的に促す働きをするのみならず、各人物のキャラクターや人物同士の関係性を際立たせる役割も担っている。その意味で、そのような会話文は物語には欠かせないものである。

以上から見れば、雨月物語は、会話文のありようとしてのバラエティの、この時点における1つの極限を示した作品であると言えるかもしれない。

終章

会話文の分量

以上、検討してきた12作品における会話文全体について、(a)～(e)の観点別の整理結果の要点をまとめ、そこから、会話文の位置付けとして指摘しうることを述べてゆく。

まず、(a)の観点について、行数による会話文の分量比率としては、次の3点が挙げられる。

第一に、程度差はあれ、すべての作品に会話文が引用されている。

第二に、歴史的に、会話文の比率に一定の変化があるとは言えない。

第三に、会話文の比率には、文章ごとの重点の置き方による影響が大きい。

第一点は、ある程度は予測されたことではあるものの、決してそれを見込んで作品を選択をしたわけではない。当然ながら、取り上げなかった作品の中には、会話文がまったく出て来ないものもありえよう。

しかし、注目したいのは、文章の性格上、会話文の引用が想定されにくい、たとえば、土左日記や和泉式部日記、徒然草、おくのほそ道などの、作品においても、分量割合は2割以下と、少ないながらも、会話文が引用されているという事実である。

その一方で、たとえば、竹取物語や平治物語、世間胸算用、雨月物語など、4割以上もの比率になる作品においては、引用とはいえ、地の文とほぼ拮抗するほどの重きが会話文が置かれている。

第二点に言う「一定の変化」とは、時代を追うにつれ、会話文比率がしだいに増加あるいは減少してゆくという傾向のことであり、当該12作品を成立順に並べてみた場合、そのどちらにもあてはまらない。訓読文から和文さらに和漢混淆文という文体的な推移に照らしても、同様である。

物語というジャンルを狭く捉え、たとえば、竹取物語と雨月物語を比較しても、会話文重用という点で共通していて、分量比率として大きな違いはない。

第三点は2つのことを意味している。1つは、作品自体のジャンルの違いである。ジャンルとは類型のことであって、その類型は目的、形態、内容などによって分けられるが、それらは相互に関連し合って、表現上の重点の置き方の違い、会話文の出現差となって現われる。

たとえば、古事記や日本霊異記は訓読体による作品、伊勢物語やおくのほそ道は和歌や俳諧をメインとする作品、土左日記や和泉式部日記は日記としての作品、徒然草は随筆作品のように、ジャンルとして類型化される。これらの7作品において会話文の分量比が2割台までしかないのは、いわゆる物語とは異なる、そのジャンル的な性格ゆえに、相対的に会話文の占める位置は低いと考えられる。

もう1つは、同一の作品においても、それに収められた話や物語の展開場面によって、会話文の出現具合に大きな差があるということである。

たとえば、古事記においては会話文がまったく出て来ない段もあれば、逆に会話文のみの段もあり、竹取物語でも冒頭部分と結末部分とでは会話文の現れ方に大きな落差があって、決して均等ではない。これはつまり、1つの作品の中でも、表現上、会話文が必要と認められるところに、有標的に引用されるということである。

会話文の用例数としては、2桁台が、土左日記、伊勢物語、和泉式部日記、おくのほそ道の4作品、100例台が、竹取物語の1作品、200例台が、堤中納言物語、徒然草、世間胸算用の3作品、300例台が、古事記、雨月物語の2作品、そして、400例台が、日本霊異記と平治物語の2作品である。

各作品の本文全体の分量差も勘案すれば、単純に歴史的な増減の有無は認めがたい。

1会話文あたりの平均行数を見ても、1行台は、土左日記、伊勢物語、和泉式部日記、堤中納言物語、徒然草の5作品、2行台は、古事記、日本霊異記、竹取物語、平治物語、おくのほそ道の4作品、3行台が、世間胸算用、雨月物語の2作品となっていて、時代とともに、とくに江戸時代になって、会話文が少し長くなる傾向が読み取れなくもないという程度である。

引用形式

次に、(b)の「会話文がどのような形で引用されているか」についてであるが、これには明確な変化が認められる。それは時代とも関わるが、文体差としてである。

すなわち、古事記や日本霊異記という訓読文においては、上接表現に「いはく」という、発話動詞のク語法による引用マーカーが来る会話文が圧倒的に多かったのが、和文になると、下接表現に「といふ」を典型とした引用マーカーが来る会話文がほとんどになるという変化である。

このうち、上接表現にもある程度、引用マーカーが認められた作品、土左日記、竹取物語、平治物語などは、訓読文の影響を受けていると見られる。

このような変化は、会話文の引用が、予告型から後付け型になったということを意味している。これは1文において述語動詞が後置される日本語の自然な語順に従ったものかもしれないが、その分だけ、一読の段階では、会話文引用の開始部が分かりにくくなった、つまり地の文と引用文との区別が付けにくくなったということでもある。その代りのように、上接表現に発話主体を明示するような方法も採られるようになったと言えなくもない。

引用マーカーが上接から下接にシフトしたというだけではなく、表現のバラエティも増えていった。上接表現ではク語法一辺倒でなく、たとえば、「いふやう」あるいは「いふは」という表現が用いられるようになったり、下接表現では、会話文を「と」だけではなく、「とて」や「など」が受けるようになったりした。さらには、上接あるいは下接の表現を省き、引用マーカー抜きの、会話文だけで1文になるような例も見られたりするようにもなった。

このような表現のバラエティは、単に地の文と会話文を区別するためではなく、会話文を引用する際の、個々の表現意図の違いによるものと考えられる。それだけ、一律の表現形式では済まされない、会話文の取り入れ方、換言すれば、地の文との兼ね合いに関する意識が高まっていったということでもあろう。

会話文の構成

(c)の「1つの会話文がどのように構成されているか」については、2つのレベルで検討した。1つはいくつの文から成るか、もう1つは1文がいくつの文節から成るか、である。

まず、文の数のほうでは、幅の広狭はあるものの、どの作品においても、2文前後が大半を占め、その限りでは、時代や作品による大きな差は認めがたい。ただ、それはあくまでも平均として見た場合であって、文数の開きとしては大きく異なる。

1文のみから1桁台までの文数までの差しかないのは、伊勢物語（2文差）、土左日記（3文差）、おくのほそ道（4文差）、古事記（7文差）、堤中納言物語（9文差）の5作品、10文台の差があるのは、和泉式部日記（11文差）、徒然草（19文差）、世間胸算用（19文差）の3作品、20文以上の差があるのは、平治物語

（25文差）、竹取物語（27文差）、雨月物語（38文差）、日本霊異記（42文差）の4作品である。

また、1文のみによる会話文をサンプルとして、その文節数を見ると、どの作品においても、4文節前後という、少ない範囲にほぼ集中する。ただ、外れ値として極端に文節数の多い1文の会話文が見られるのが、堤中納言物語（80文節）、徒然草（72文節）、以下、平治物語（36文節）、雨月物語（35文節）、古事記（34文節）、竹取物語（31文節）などである。

この中で、文数であれ文節数であれ、落差の大きい作品は、1人の登場人物による長い語り、いわば物語内物語が含まれることが多く、その分だけ、会話文の分量比率も高くなる。

ただし、そのような会話文はむしろ地の文に近い性格を帯びることになり、両者の差が際立ちにくくもなる。それに対して、落差の小さい作品は、そもそも会話文にあまり重きを置いていない文章である。

会話のやりとり

(d)の「会話のやりとりはどのくらいあるか」は、それによって引用の仕方自体に、会話文らしさがどのくらい出ているかを探る観点である。そのらしさとは、書き手（語り手）による一方的な表現によって成り立つ地の文には認められにくい性質ということであって、登場人物同士の会話のやりとりとして示される会話文は、単独で出て来る会話文に比べて、その性質が顕著に現れるということである。

会話文の用例数割合から見ると、3つのグループに分けられる。

1つめは、やりとりとして示される会話文が5割を越える作品で、古事記、竹取物語、堤中納言物語、徒然草、雨月物語の5作品が相当し、このうち、竹取物語は9割にも及んでいる。

2つめは、4割程度の作品で、日本霊異記、平治物語、世間胸算用の3作品である。

3つめは、3割以下の作品で、土左日記、伊勢物語、和泉式部日記、おくのほそ道の4作品で、伊勢物語には2例1組しか出て来ない。

この結果も、時代差ではなく、ジャンルによる違いのほうが大きく作用したものと見られる。割合の高いグループは、徒然草を例外として、物語性の強い作品群であるのに対して、割合の低いグループは、日記作品や和歌・俳諧を中心とする作品である。中間のグループは、長い1人語りとの兼ね合いによるものであろう。徒然草における会話のやりとり比率の高さは、随筆ジャンル作品ではありながらも、物語性を色濃く帯びていることを示していよう。

会話文の意図

最後に、(e)の「会話文はどのような意図を表わすものになっているか」を取り上げる。

(d)の会話のやりとりが、会話文自体の示し方において会話らしさを表わしているとすれば、この(e)の観点は、会話文内の表現の仕方における会話らしさを表わすものと考えられる。

地の文と会話文を比べた場合、地の文は出来事をできるだけそれに即し中立的に説明表現することが意図されるのに対して、会話文は、登場人物同士の関係や個々の場面の如何をできるだけリアルに描写表現することが意図される。その結果として、会話文には、相手に対する意図が明示されやすい。具体的かつ典型的には、質問や命令などである。

1文のみの会話文や2文以上の会話文の冒頭文と末尾文に限っての調査ではあるが、そのような質問や命令という意図を表わす文がどのくらい出て来るかを、それらの総文数に対する割合で見ると、やはり3つのグループに分けられる。1つめは、それが4割以上になる、古事記、日本霊異記、堤中納言物語、平治物語、雨月物語の5作品、2つめは、2~3割の、竹取物語、伊勢物語、和泉式部日記、徒然草の4作品、3つめは、2割以下の、土左日記、世間胸算用、おくのほそ道の3作品である。

この3つのグループそれぞれに属する作品群に、時代的あるいはジャンル的な共通性があるとは認めがたい。共通性があるとすれば、会話の当事者同士の関係性の如何であろう。たとえば、割合の高いグループの作品では、生身の人間か否かを含めての、身分や立場の違いが歴然としていて、それが質問や命令という相手の行動を促す表現となって現われていると見ることができる。それに対して、割合の低いグループの作品における会話文にはそのような違いがない、あるいは表立っていないということである。

全体傾向

以上の5つの観点項目ごとに、作品別に、顕著性がある場合は○、ない場合は×、どちらとも言えない場合は△で表示して、全体の傾向を一覧表にすると、次のようになる。

	(a)	(b)	(c)	(d)	(e)	○数	×数
古事	△	上○	×	○	○	3	1
日本	△	上○	○	△	○	3	0
土左	×	△	×	×	×	0	4
竹取	○	△	○	○	△	3	0
伊勢	×	下○	×	×	△	1	3
和泉	×	下○	△	×	△	1	2
堤中	△	下○	×	○	○	3	1
平治	○	△	○	△	○	3	0
徒然	×	下○	△	○	△	2	1
世間	○	下○	△	△	×	2	1
おく	×	下○	×	×	×	1	4
雨月	○	下○	○	○	○	5	0

この表から、次の3点が指摘できる。

第一に、5項目すべてにおいて顕著性が認められるのが雨月物語の1作品、逆にまったく認められないのが土左日記の1作品という点である。

第二に、4項目該当の作品はなく、3項目該当が古事記、日本霊異記、竹取物語、堤中納言物語、平治物語の5作品でもっとも多く、以下、2項目該当が徒然草と世間胸算用の2作品、1項目該当が伊勢物語と和泉式部日記の2作品という点である。

第三に、「×」で表示した、顕著性のない項目が見られない作品は、雨月物語を別にすれば、日本霊異記、竹取物語、平治物語の3作品あるのに対して、全項目ではないものの、4項目も見られるのが、土左日記とおくのほそ道の2作品であるという点である。

明らかなのは、少なくともこれらの項目に関しては、繰り返しになるが、どの項目をとっても、時代的な増減の推移は認められず、ジャンル的な違いによるところが大きいということである。すなわち、いわゆる物語のジャンルに括られる作品は会話文の顕著性が相対的に高いのに対して、それ以外の要素を含む作品は低いということである。これは、それぞれのジャンルの文章における会話文の必要度あるいは馴染み具合が違うことを示している。

あらためて考えてみれば、このような結果は、作品選択にも関わるが、かりに会話文の取り入れ方に時代的推移があったと仮定しても、それを量的な増減という観点から捉えることの不適切さを物語っていると言えよう。あくまでも会話を中心とするならば、そもそも演劇台本のようなジャンルが存在するのであって、物語における会話文の必要性が時代によって増減するということは考えにくい。

取り上げた12作品の中から「物語」という名の付いた作品だけを抜き出して比べてみても、同様であって、時代的にはもっとも最後に位置付けられる雨月物語が会話文としてもっとも顕著性が高い作品となったことは、偶然の結果にすぎないかもしれない。

ただし、時代によって好んで読まれるジャンル自体の変化というのはありえよう。そこには、書き手のみならず、読み手の主流層の如何も関与していると考えられ、それに応じて、会話文にも時代的な推移が認められるということは想定しうる。

問題は、単に成立順に文学作品を並べるのではなく、そのような推移を辿るための一貫したテキスト条件を設定できるかどうか、である。そういう意味では、小著が選んだ12作品については、時代性を含みつつも、それよりも、ジャンルによる振れ幅のほうが明らかになったと言える。

個別傾向

各作品を取り上げるにあたっては、共通の観点による整理とともに、それに準じて、いくつかの作品で取り上げた観点もある。

たとえば、発話主体を中心とした、会話の当事者についてである。

どの作品でも、主要な登場人物に集中していると予想されるが、作品全体が1つの物語になっている場合と、複数の物語の寄せ集めの場合とでは、その様相も異なる。

前者に相当する、土左日記、竹取物語、和泉式部日記、平治物語、おくのほそ道のうち、土左日記だけは、主要人物とは言いがたい「楫取」が発話主体として抜きん出て多く表現されている。伊勢物語は後者に属するが、各段において「男」「女」と称される人物が会話文の中心になっている点では、前者寄りである。

後者については、それぞれに収められた物語ごとの主要人物が発話主体の中心になっているが、平治物語や徒然草では、その明示度が目立っている。

さらに、作品ごとでも、その作品ならではとみなされる点に注目した整理結果も示してみたが、それらの要点を1つずつ挙げるならば、次のようになろう。

古事記：漢文からの会話文の導入、日本霊異記：夢語りの活用、
土左日記：和文における地の文との差別化、竹取物語：会話のやりとり中心の展開、
伊勢物語：作歌を誘導する役割、和泉式部日記：本音を伝え合う手段、
堤中納言物語：表現形式の多様化、平治物語：場面の描写性の重視、
徒然草：中心が会話主体か会話内容かという差異、世間胸算用：口語性の混入、
おくのほそ道：体験の焦点化、雨月物語：会話表現の可能性の拡大

このような、各作品に見られる会話文の特徴は、作品のジャンル性や時代性によるというよりも、それぞれ内容に見合った、書き手個々の会話文引用の意図によるところが大きいと考えられる。文章において、会話文は所与のものでも必須のものでもないとすれば、会話文を引用するか否か、引用する場合、どのようにどの程度、会話文を取り入れるかは、書き手に委ねられているのである。

概観的には、和文散文の歴史において、しだいに会話文の引用および会話文自体の表現が定着し、多様化していったように見ることもできそうであるが、各作品の個別差の際立ちを越えた、相互の有機的な関連性を裏付けるには、到底至っていない。「古典文学にとって会話文とは何か」という問いに対する答えも含めて、すべて今後の課題である。

付章　古今集

和歌と会話文

会話文に関して、和歌を取り上げるのは、あるいは奇異に感じられるかもしれない。和歌と発話は対極的な位相にあると見られているからである。しかし、そもそも和歌は音声言語なのであって、談話の１つとして位置づけられるべきものである。通常の発話と和歌が異なるのは、それに音数律が伴うか否かである。談話としての和歌は、発話同様、相手とのコミュニケーション場面の共有を条件とする。対詠歌や饗宴歌などはその典型である。やがて和歌が文字によって表現され、独詠化するようになっても、その現場性は虚構的に維持される。和歌が発話同様、文章における地の文に引用されるのも、そのような特徴を描写に生かすために他ならない。

しかし、ここで問題にしようとするのは、そのことについてではなく、和歌に会話文が引用されるかという点であり、引用されているとすれば、それはどういうものであり、どういう形をとるかという点である。

和歌集にはまた、和歌だけでなく、題詞や詞書、左注などの文章も含まれている。その中に会話文が引用される可能性は十分にある。とはいえ、当然ながら、和歌集はあくまでも和歌を中心とするものであり、それらは補足の位置にあるので、地の文を主体とする物語などとは異なり、会話文の引用はそもそも少ないことが予想される。付章とするゆえんであるが、それでも、和歌あるいは和歌集ならではの会話文の引用の仕方があるのではないかとも見込まれる。

サンプルとして、最初の勅撰和歌集である古今集を取り上げる。テキストとしては、新編日本古典文学全集本を用いる。なお、古今集には仮名序が添えられているが、その中には、和歌の引用はあっても、会話文の引用は見出せない。

和歌以外の会話文

行論の都合上、和歌以外から取り上げる。

和歌集において、個々の和歌に先立って表示されるのが題詞あるいは詞書であり、和歌の後に表示されるのが左注である。題詞は当該歌のテーマを示す言葉であり、それが不明あるいは不問などの場合は「題しらず」とされる。これに対して、詞書は当該歌成立の経緯を示す。左注はおもに当該歌または詠み手に関する異説がある場合の注である。

古今集には１１００首の和歌（短歌のみならず、長歌や旋頭歌も含む）が収められているが、そのうち、以上の表現がどのくらい見られるかを示すと、次頁の表のとおりである（「題しらず」は除き、左注は（　）内に内数として示す）。

合計479例あり、和歌全体の４割以上に付されている。このうち、左注は32例しか見られない。

部立ごとに見ると、羇旅歌（14／16）、物名歌（44／47）、哀傷歌（30／34）あたりはほとんどに添えられているのに対して、恋歌は総じて少ない。

これらの中に、会話文がどのくらい引用されているかを見ると、45例であり、479例の１割にも満たない。

その中で、左注が23例と、全体数から見ると、目立つ。残りの22例はすべて詞書であって、題詞には出て来ない。なお、会話文は、その引用マーカーの有無によって、形式的に、有る場合をそれと認めたものであり、発話としての実質性の度合いは問うていない。

部立ごとの詞書などの総数に対する割合として、会話文の引用が相対的に高いのは、羇旅歌（5／14）、恋歌四（4／14）、恋歌三（3／13）などであり、0例あるいは1例が10巻もある。

巻数	部立	歌数	詞書数	会話
巻1	春上	68	40（1）	6（1）
巻2	春下	66	43（0）	1（0）
巻3	夏	34	14（0）	1（0）
巻4	秋上	80	32（2）	3（2）
巻5	秋下	65	48（3）	4（2）
巻6	冬	29	17（0）	1（0）
巻7	賀	22	14（1）	1（1）
巻8	離別	41	33（1）	2（1）
巻9	羇旅	16	14（2）	5（3）
巻10	物名	47	44（0）	1（0）

巻数	部立	歌数	詞書数	会話
巻11	恋一	83	4（0）	0
巻12	恋二	64	6（0）	0
巻13	恋三	61	13（3）	3（3）
巻14	恋四	70	14（4）	4（3）
巻15	恋五	82	11（1）	0
巻16	哀傷	34	30（0）	1（0）
巻17	雑上	70	40（5）	7（4）
巻18	雑下	68	33（3）	5（3）
巻19	雑体	68	10（0）	0
巻20	東歌等	32	19（6）	0
計		1100	479（32）	45（23）

左注の会話文

左注における会話文の引用は、2種類に分けられる。1つは、和歌の詠み手（ほとんどが「詠み人しらず」と表示されている和歌）に関しての16例と、もう1つは、詞書と同様、詠歌の成立事情に関しての7例である。

詠み手に関する左注における会話文の引用には3つのパターンがある。第一に、「ある人の曰く、「この歌は、平城帝の御歌也」と」（4・222）のように、「ある人の曰く」という、引用マーカー「曰く」を含む表現に始まるもの（他に、1・7、17・866、18・959）、第二に、「この歌は、ある人の曰く、「柿本人麿が也」と」（4・211）のように、「この歌は」で始まり、「ある人の曰く」が続くもの（他に、9・409、13・621、13・899、14・720、17・899、17・907）、第三に、「この歌は、ある人、「在原時春が」とも言ふ」（7・355）、「この歌は、ある人、「平城帝の御歌也」となむ申す」（5・283）、「この歌、ある人、「近江采女の」となむ申す」（13・664）、「この歌は、ある人、「天帝の、近江采女の賜ひける」となむ申す」（14・702）のように、引用マーカーが会話文の後に来るものである。「この三つの歌は、「昔ありける三人の翁のよめる」となむ」（17・895）もこれに準じよう（なお、会話文にカギカッコ表示したが、テキストにその表示はない。以下も同様）。

これらには、「いふ」や「申す」という発話動詞が用いられているものの、引用された会話文が発話そのものとは限らず、文献記録による場合もありえよう。あえて伝聞の形をとっているのは、不確実な情報であることを示すためとも、何らかの配慮によるためとも考えられる。

左注における詠歌の成立事情を示す7例の冒頭表現としては、「この歌は」4例（5・269、8・375、9・406、14・703）、「この歌は、ある人」2例（9・412、18・973）、「ある人」1例（18・994）があり、末尾表現としては、「となむ言ふ」(9・412)、「となむ言へる」(18・973)、「となむ言ひ伝へたる」(18・994)、「となむ語り伝ふる」(9・406)の各1例の他に、「となむ」(5・269、14・703)、後続表現無し(8・375)がある。

これらに挟まれた部分が引用される会話文となるが、「返しによみて奉りける」(14・703)、「まだ殿上許されざりける時に、召し上げられて、仕う奉れる」(5・269)、「男女もろともに人の国へまかりけり。男、まかり至りてすなはち身まかりければ、女、ひとり京へ帰りける道に、帰る雁の鳴きけるを聞きて、よめる」(9・412)、「官を賜りて、新しき妻に付きて、年経て住みける人を捨てて、たゞ「明日なむ立つ」と許言へりける時に、ともかうも言はで、よみて、遣はしける」(8・375)などの短いものから、次に示すように、伊勢物語第23段の後半とほぼ同じ内容を示す、極端に長いものまである。

〔例1〕ある人、この歌は、「昔、大和国なりける人の女に、ある人、住みわたりけり。この女、親もなくなりて、家も悪くなり行間に、この男、河内国に、人をあひ知りて通ひつゝ、離れやうにのみ成り行きけり。さりけれども、つらげなる気色も見えで、河内へ行くごとに、男の心のごとくにしつゝ、出しやりければ、怪しと思て、もしなき間に異心もやあると疑ひて、月の面白かりける夜、河内へ行く真似にて、前栽の中に隠れて見ければ、夜更くるまで、琴を掻き鳴らしつゝうち嘆きて、この歌をよみて寝にければ、これを聞きて、それより、又他へもまからず成りにけり」となむ言ひ伝へたる(18・994)

これらを、和歌と文章という一まとまりのテクストとして考えれば、地の文に和歌とともに会話文が引用されたものと見ることもできよう。まさに歌物語の文章と同じということである。

詞書の会話文

詞書における会話文の引用は、その内容から3種類に分けられる。

第一に、「「歌たてまつれ」、と仰せられし時、よみて、奉れる」（1・22）のように、天皇から詠歌を命じられた場合である。

単に「歌」とのみ命じられる場合が、他にも4例（1・25、1・59、4・177、6・342）、より具体的に、「古き歌」（5・310）、「郭公待つ歌」（3・161）、「菊の花召しける時に、「歌添へて奉れ」」（5・279）、「狩して、天の河原に至ると言ふ心をよみて、さか月は注せ」（9・418）、「御屏風の絵御覧じけるに、「滝落ちたりける所面白し、これを題にて歌よめ」」（17・929）などの例もある。

第二に、「月夜に、「梅花を折りて」と、人の言ひければ、折るとて、よめる」（1・40）のように、誰かが言った言葉に対して、歌で応える場合である。

以下に示すように、その場面はさまざまである。

【例2】初瀬に詣づるごとに宿りける人の家に、久しく宿らで、程経て後に至りければ、かの家の主、「かく定かになむ宿りはある」と、言ひ出だして侍ければ、そこに立てりける梅の花を折りて、よめる（1・42）

【例3】「桜のごと、疾く散る物はなし」と、人の言ひければ、よめる（2・83）

【例4】「今はこれより帰りね」と、実が言ひける折に、よみける（8・389）

【例5】武蔵国と下総国との中にある隅田河のほとりに至りて、宮このいと恋しう覚えければ、しばし河のほとりに下り居て、思遣れば、限りなく遠くも来にける哉と思侘びて、眺め居るほどに、渡守、「はや舟に乗れ、日暮れぬ」と言ひければ、舟に乗りて渡らむとするに、皆人もの侘しくて、京に思ふ人なくしもあらず、さる折に、白き鳥の、嘴と脚と赤き、河のほとりに遊びけり。京には見えぬ鳥なりければ、皆人知らず、渡守に、「これは何鳥ぞ」と問ひければ、「これなむ宮こ鳥」と言ひけるを聞きて、よめる（9・411）

〔例6〕「はを初め、るを果にて、眺めを掛けて、時の歌よめ」と、人の言ひければ、よみける（10・468）

〔例7〕親の守りける人の女に、いと忍びに逢ひて、ものら言ひける間に、「親の呼ぶ」と言ひければ、急ぎ帰るとて、裳をなむ脱ぎ置きて入りにける。その後、裳を返すとて、よめる（14・745）

〔例8〕寛平御時に、殿上の侍に侍ける男ども、瓶を持たせて、后宮の御方に、大御酒の下しと聞こえに奉りたりけるを、蔵人ども笑ひて、瓶を御前に持て出でて、ともかくも言はずなりにければ、使の帰りきて、「さなむありつる」と言ひければ、蔵人の中に贈りける（17・874）

〔例9〕宗岳大頼が、越よりまうで来たりける時に、雪の降りけるを見て、「己が思ひは、この雪のごとくなむ積れる」と言ひける折に、よめる（18・978）

〔例10〕貞観御時、「万葉集はいつ許作れるぞ」と、問はせ給ひければ、よみて、奉りける（18・997）

これらのうち、〔例5〕は伊勢物語第9段の後半とほぼ同じ内容であり、〔例6〕は「沓冠」という言葉遊びのお題である。〔例8〕の「さなむありつる」は、発話どおりではなく、先行する地の文の内容をふまえて簡略化した表現であり、地の文と融合的であり、間接話法的である。〔例10〕は、第一の場合とは異なり、天皇の質問に対して、和歌で答えたものである。

第三は、以上のどちらにも当てはまらない、次の2例である。

〔例11〕甲斐国に、あひ知りて侍ける人弔問はむとてまかりけるを、道中にて、俄に病をして、いま〳〵と成りにければ、よみて、「京にまかりて、母に見せよ」と言ひて、人に付け侍けるうた（16・862）

〔例12〕田村帝御時に、斎院に侍ける慧子皇女を、「母過ちあり」と言ひて、斎院を替へられむとしけるを、そのこと止みにければ、よめる（17・885）

〔例11〕は、自らの事情を伝えるための依頼を示す、詠み手の会話文であり、〔例12〕における会話文は、詠み手以外の、不特定者によるものである。

以上のように、詞書に引用された会話文は、3つの、どの場合も、それが実際の発話を写したものとして表現されているということに、疑問を感じる必要性はあるまい。どの例も、それぞれの場面における発話を会話文として引用することにより、その和歌が詠まれるに至った経緯なり契機なりがより具体的に示されていると言える。

これらもまた、先の左注と同様に、地の文に和歌とともに会話文が引用された文章と見ることができる。

人間への働きかけ表現

さて、和歌そのものにおける会話文の引用であるが、その前に、和歌と発話の異同について、あらためて確認しておきたいことがある。

先に、和歌と発話は、談話として共通し、ただ音数律の有無によって区別されると記した。これは逆に言えば、普通の発話であっても、音数律に従って音声化されれば、和歌とみなしうるということでもある。

たとえば、土左日記には、次のような個所がある。

〔例13〕楫取、船子どもにいはく、「御船より、仰せ給ぶなり。朝北の、出で来ぬ先に、綱手はや引け」といふ。このことばの歌のやうなるは、楫取のおのづからのことばなり。楫取は、うつたへに、われ、歌のやうなる言、いふとにもあらず。聞く人の、「あやしく。歌めきてもいひつるかな」とて、書き出だせれば、げに、三十文字あまりなりけり。（2月5日）

これは、梶取の何気ない、一まとまりの発話が、たまたま5・7・5・7・7という短歌形式になっていることに気付いて驚く場面である。

しかし、もとよりそれだけで和歌が成り立つわけではない。「ただ言」ではない、内容としては、どういう心を、表現としては、どのように表わしているかが問われるはずである。その点で、この「御船より仰せ給ぶなり朝北の出で来ぬ先に綱手はや引け」という、船子どもに対して命令を発する梶取の発話は、実質的な用件を伝えるものであるから、和歌とみなすことはできないであろう。

ただし、巧拙はともかくとして、表現としては、発話に近い和歌あるいは発話としての和歌もありえるのではないか。たとえば、次のような、相手に働きかける表現はどうであろうか。

〔例14〕わが齢君が八千世にとりそへて留めをきては思いでにせよ（7・346）
〔例15〕かず〳〵に我を忘れぬものならば山の霞をあはれとは見よ（16・857）
〔例16〕巻向のあなしの山の山人と人も見るがに山かづらせよ（20・1076）
〔例17〕白雲の八重にかさなる遠方にてもおもはむ人に心隔つな（8・380）

歌末表現から、一首全体として、〔例14〕～〔例16〕が命令表現、〔例17〕が禁止表現になっていることが明らかである。これらを発話と見るのは、その場での、特定の相手に対する、直接的な呼び掛けになっていて、コミュニケーションの現場性が顕著であるという点からである。その点では、引用マーカーは用いられていないものの、広い意味で、枠組みとしての和歌に引用された会話文と見ることができよう。

以下の例は、同様の、対相手の意図を示す表現が1首の一部に認められる例である。

〔例18〕「春日野の飛火の野守いでて見よ」今幾日ありてわかなつみてん（1・19）
〔例19〕はぎのつゆ珠にぬかむと取れば消ぬ「よし見む人は枝ながらみよ」（4・222）
〔例20〕えぞ知らぬ「今心みよ命あらば我やわするゝ人や訪はぬと」（8・377）
〔例21〕「御さぶらひ御傘と申せ」宮木野の木の下露は雨にまされり（20・1091）
〔例22〕わが庵は三輪の山もと「恋しくは訪ひきませ」杉たてるかど（18・982）
〔例23〕百草の花のひもとく秋の野に思たはれむ「人なとがめそ」（4・246）
〔例24〕あぢきなし「嘆きな詰めそ」憂き事にあひくる身をば捨てぬものから（10・455）
〔例25〕「いで我を人なとがめそ」大舟のゆたのたゆたに物思ころぞ（11・508）
〔例26〕「いざけふは春の山辺にまじりなむ」暮れなばなげの花の影かは（2・95）
〔例27〕「駒なめていざ見にゆかむ」古里は雪とのみこそ花は散るらめ（2・111）

〔例18〕～〔例22〕が命令表現、〔例23〕～〔例25〕が禁止表現、〔例26〕〔例27〕が勧誘表現である。さらに、〔例18〕には「春日野の飛火の野守」、〔例19〕〔例23〕〔例25〕には「人」、〔例21〕には「御さぶらひ」という、働きかけの対象が示され、〔例25〕には「いで」、〔例26〕〔例27〕には「いざ」という感動詞も添えられている。

これらは、引用マーカーが用いられていないとはいえ、和歌に引用された会話文とみなしうる。ただし、1首における、それ以外の表現との関係からは、対話というより独話としての発話に相当しよう。

人間以外への働きかけ表現

以上に挙げた例は、人間を相手にしたものであるから、発話の現実性も認められやすいが、次に示すように、人間以外の場合もあり、しかも人間相手よりも多く見られる（対象語に波線を付す）。

〔例28〕 いまさらに山へ帰るなほとゝぎすこゑのかぎりはわが宿になけ（3・151）
〔例29〕 深草の野辺の桜し心あらばことし許はすみぞめに咲け（16・832）
〔例30〕 花の色は霞にこめて見せずとも香をだにぬすめ春の山風（2・91）
〔例31〕 さ夜ふけて半ばたけ行久方の月ふきかへせ秋の山かぜ（10・452）
〔例32〕 なき人の宿に通はば郭公かけてねにのみなくと告げなむ（16・855）
〔例33〕 相坂の関し正しき物ならば飽かずわかるゝきみをとゞめよ（8・374）
〔例34〕 夏山に鳴郭公心あらば物思我にこゑな聞かせそ（3・145）
〔例35〕 たらちねの親のおもりとあひ添ふる心許はせきなとどめそ（8・368）

〔例28〕が禁止と命令の表現、〔例29〕〜〔例31〕が命令表現、〔例32〕が依頼表現、〔例33〕〜〔例35〕が禁止表現であり、どれも文脈的に1首全体が、それぞれの対象に対する呼び掛けとともに、その相手への意図を示す表現となっている。

次の2例も同様であるが、やや特殊である。

〔例36〕やよや待て山郭公事つてむわれ世の中に住みわびぬとよ（3・152）

〔例37〕名にし負はばいざ言とはむ宮こどりわが思ふ人は有やなしやと（9・411）

特殊というのは、引用マーカーとなる発話動詞が用いられているという点である。〔例36〕は全体が、「山郭公」に対する発話とすれば、「やよや待て」という命令に続き、「事つてむ」という発話動詞が用いられ、その言伝ての内容が「われ世の中に住みわびぬと」のように、二重引用の形で表現されている。同じく、〔例39〕も全体が、「宮こどり」に対する発話であるとして、「言とはむ」という発話動詞とともに、その内容が「宮こどりわが思ふ人は有やなしやと」のように、二重引用の形で表現されている。

これらはいずれも、人間以外の、言葉が通じない相手に対するものであるから、和歌としては、対象を擬人化することにより、それぞれに対する心情を表わすものと言える。しかし、表現そのものとして見る限り、独話としての発話とみなしえなくはない。ただ、人間相手の場合と同様、そのほとんどは引用マーカーが用いられていないので、和歌に会話文を引用するという意識は読み取りがたい。

人間以外の相手で、同様の意図を示す表現が部分的に含まれる和歌は22首あるものの、それらにも引用マーカーは見られない。意図の種類としては、「「さくら花ちりかひ曇れ」老いらくの来むといふなる道まがふがに」（7・349）のような命令表現が13例、「恋しくは見てもしのばむ「もみぢばを吹なちらしそ」山おろしの風」（5・285）のような禁止表現が8例、「「いざさくら我も散りなん」一盛り有なば人に憂きめみえなん」（2・77）のような勧誘表現が1例である。

これらの中で、表現の擬人性が高く、その分だけ、発話性も高いと見られるのは、次のような例である。

〔例38〕「山高み人もすさめぬさくら花いたくなわびそ」我見はやさむ（1・50）
〔例39〕「吹風をなきてうら見よ」うぐひすは我やは花に手だにふれたる（2・106）

〔例38〕の「わぶ（侘）」、〔例39〕の「うらむ（恨）」は、人間固有の心情を表わす動詞であり、桜に対する「散る」や、風に対する「散らす」など、それらの文字どおりの現象を表わす動詞に比べ、擬人性が高い分だけ、人間同様の語りかけのように表現されているということである。

和歌内の会話文

古今集1100首の中で、引用マーカー付きの、つまり会話文であることを明示する和歌は、67首しかなく、全体の約6％にすぎない（例36と例37も含む）。

部立別の実数としては、最多は雑体の12例、以下、雑歌上の9例、恋歌三の7例、恋歌四、恋歌五および雑歌下の6例、恋歌二の4例と続く。逆に、用例がまったく見られないのは、秋歌下、賀歌、離別歌、1例のみが、夏歌、冬歌、物名歌、そして巻20である。

各総歌数に対する比率が10％を越えるのは、雑体（17・6％、12／68）、雑歌上（12・9％、9／70）、羇旅歌（12・5％、2／16）、恋歌三（11・5％、7／61）である。雑歌の合計（上・下、雑体）が13・1％（27／206）、恋歌（一〜五）が6・9％（25／360）と、平均を上回るのに対して、季節歌（春上・下、夏、秋上・下、冬）は2・0％（7／342）しかない。

雑歌や恋歌に、用例数が目立つのには、それぞれの理由が考えられる。雑歌のほうは、他の部立歌の定番的な表現とは異なり、その雑多性の1つとして、会話文も引用されるのではないかということ、恋歌のほうは、恋愛感情が相手の発話の如何に左右されることが多いからではないかということである。

引用マーカーと認められた用例数は、次に示すように、2例ある和歌が7首あるので、計74例となる（該当表現に太線を付す）。

〔例40〕年の内に春はきにけりひとゝせを「去年」とやいはむ「今年」とやいはん（1・1）
〔例41〕世中にいづらわが身の有てなし「あはれ」とや言はむ「あな憂」とやいはむ（18・943）
〔例42〕君が名もわが名も立てじ難波なる「見つ」ともいふな「あひき」ともいはじ（13・649）
〔例43〕宮こ人「いかに」と問はば「山たかみはれぬ雲居に侘ぶ」とこたへよ（18・937）
〔例44〕「昨日」といひ「今日」とくらしてあすか河流てはやき月日なりけり（6・341）
〔例45〕「住吉」と海人は告ぐともながゐすな「人忘草おふ」といふなり（17・917）
〔例46〕「月夜よし夜よし」と人に告げやらば「来」てふにたり待たずしもあらず（14・692）

それぞれ、2例相互の関係は異なる。〔例40〕と〔例41〕は、ともに2択の表現であり、〔例42〕は、「見つ」は相手に対して、「あひき」は詠み手自身に対しての表現であり、〔例43〕は、「問ふ」と「答ふ」という問答関係、〔例44〕は、会話文の並列であるが、2つめが「と」のみで受けている。〔例45〕は、「告ぐ」と「いふ」の主体が異なり、「いふ」のほうは「いふなり」であるから、伝聞性が強い。〔例46〕は、「告げやる」と「てふ」はその内容が言い換えの関係にある。

引用マーカーはすべて、会話文の後の表現に見られ、倒置以外では、会話文の前接部分には見られない。そのうち、会話文を「と」が受けるのが68例、受けないのが、次の6例である（該当の発話動詞に波線を付す）。

〔例47〕「主やたれ」問へどしらたまいはなくにさらばなべてやあはれと思はむ（17・873）
〔例48〕山吹の花色衣「ぬしやたれ」問へど答へずくちなしにして（19・1012）
〔例49〕うちわたす遠方人にもの申す我「そのそこに白く咲けるはなにの花ぞも」（19・1007）
〔例50〕……年ごとに　時につけつゝ　あはれてふ　ことを言ひつゝ……（19・1002）
〔例51〕しのぶればくるしき物を「人しれず思てふこと」誰にかたらむ（11・519）
〔例52〕知りにけむ聞きても厭へ「世中は浪のさはぎに風ぞしくめる」（18・946）

〔例47〕〔例48〕は「問ふ」が会話文と直接つながるならば「と」が入るところであるが、音数律との関わりもあり、会話文で一旦切れている。〔例49〕は旋頭歌であり、「もの申す」の「もの」が会話文の「そのそこに白く咲けるはなにの花ぞも」に形を代えて反復されている。〔例50〕は長歌の1節であるが、「あはれてふこと」を「を」が受け「言ふ」に結び付いていて、間接話法的な例である。〔例51〕も同様で、「人しれず思てふこと」のように「こと」で結ばれる句が、格助詞抜きで「かたる」とつながっている。〔例50〕は、「聞き」と「世中は浪のさはぎに風ぞしくめる」が倒置の関係にあり、両者をつなぐ格助詞が省かれている。「と」が受ける中で、以下に発話動詞が伴わないのが、〔例44〕の1例と、次の3例である。

〔例53〕今ははや恋ひ死なましを「あひ見む」と頼めし事ぞいのちなりける（12・613）
〔例54〕秋の野に妻なき鹿の年をへてなぞわが恋の「かひよ」とぞなく（19・1034）
〔例55〕「今は」とてきみがかれなばわが宿の花をばひとり見てやしのばむ（15・800）

〔例53〕は「頼む」、〔例54〕は「なく」という、直接は発話を表わさない動詞が続くので、引用マーカーは「と」のみとなるが、〔例54〕は、鹿の鳴き声の聞き成しのため、さらに発話性には乏しい。〔例55〕は「とて」の形をとり、「と言って」とほぼ同様の意味を表わす。

「と」に続く発話動詞としては、「いふ」が圧倒的に多く、68例のうちの46例、全体の7割近くを占める（うち「てふ」3例）。他は、「きく」が6例、「とふ」が4例（うち「こととふ」1例）、「こたふ」と「つぐ（告）」が各3例、「かたる」と「ことづつ（言伝）」が各2例、「とぶらふ」が1例である。

引用マーカーの表現形式

会話文の引用マーカーの表現形式として、発話動詞およびそれに続く表現がどうなっているかを見ると、注目すべき点がある。以下の4例を見てみよう。

〔例56〕今ははや恋ひ死なましを「あひ見む」と頼めし‖事ぞいのちなりける（12・613）

〔例57〕「今こむ」と言ひし‖許に長月のありあけの月を待ちいでつる哉（14・691）

〔例58〕「今来む」と言ひてわかれし‖朝より思ひくらしの音をのみぞなく（15・771）

〔例59〕「つゐにゆく道」とはかねて聞きし‖かど昨日今日とは思はざりしを（16・861）

二重傍線を付したのは、過去の助動詞「き」である。これらは「き」によって、それぞれの会話文が過去に実際に発話されたものとして表現されていることになる。

これらに、さらに次の1例も、同様の表現として加えられよう。

〔例60〕留めあへずむべも「とし」とは言はれけり‖しかもつれなく過ぐる齢か（17・898）

物語における会話文については、基本的に実際に発話されたものとして示されている表現を対象とし、ほとんどはそれに該当するのであり、古今集においても、詞書や左注に引用された会話文も、同じである。それに対して、和歌において、それと認められるのは、以上の5例のみであり、それ以外の、用例のほとんどは、想定上の発話か、あるいはその点に関与しない表現になっているということである。

たとえば、複数例として挙げたものを改めて示す。

〔例61〕年の内に春はきにけりひとゝせを「去年」とやいはむ「今年」とやいはん（1・1）
〔例62〕君が名もわが名も立てじ難波なる「見つ」ともいふな「あひき」ともいはじ（13・649）
〔例63〕宮こ人「いかに」と問はば「山たかみはれぬ雲居に侘ぶ」とこたへよ（18・937）
〔例64〕「昨日」といひ「今日」とくらしてあすか河流てはやき月日なりけり（6・341）
〔例65〕「住吉」と海人は告ぐともながゐすな「人忘草おふ」といふなり（17・917）

〔例61〕の「いはむ」という推量、〔例62〕の「いふな」という禁止と「いはじ」という打消しの意志、〔例63〕の「問はば」という順接仮定と「こたへよ」という命令、〔例65〕の「告ぐとも」という逆接仮定は、いずれもその発話が未実現であることを示している。また、〔例64〕の「といひ」と「と」という連用接続、〔例65〕の「いふなり」という終止は、発話の実現の有無に関して非関与的な表現である。

単独例としては、次のようなものがある。

〔例66〕名にめでておれる許ぞ「をみなへし我おちにき」と人にかたるな（4・236）

〔例67〕恋しとは誰が名づけけむ事ならん「死ぬ」とぞたゞに言ふべかりける（14・698）

〔例68〕水のうへに浮べる舟の君ならば「こゝぞ泊り」と言はましものを（17・920）

〔例69〕海人のすむ里のしるべにあらなくに「うら見む」とのみ人のいふらん（14・727）

〔例66〕の「かたるな」は禁止、〔例67〕の「言ふべかりける」、〔例68〕の〔言はましもを〕、〔例69〕の「いふらん」は推量の表現であり、どれもその発話が実現していない、あるいは未確認であることを示している。

〔例70〕「老いぬればさらぬ別れもあり」と言へばいよ／＼見まくほしききみ哉（17・900）

〔例71〕「はるきぬ」と人はいへどもうぐひすのなかぬかぎりはあらじとぞ思（1・11）

〔例72〕「思ふ」てふ人の心のくまごとに立かくれつゝ見るよしも哉（19・1038）

〔例73〕老いらくの来むと知りせば門さして「なし」と答へて逢はざらましを（17・895）

〔例74〕ことならば「思はず」とやは言ひはてぬなぞ世中の玉襷なる（19・1037）

〔例70〕の「言へば」は順接確定条件、〔例71〕は逆接確定条件を表わすが、「確定」とはいえ、それぞれの帰結句に対する条件としての「確定」であって、その発話が実際に行われたか否かについては関与しない。同様に、〔例72〕の「てふ」という「人」の連体修飾も、〔例73〕の「答へて」という連用接続も、〔例74〕の「言ひはてぬ」という完了も、実現の有無には非関与的である。

以上のような結果、つまりその会話が想定上のものとして表現されることが物語るのは何か。

それは、少なくとも古今集の和歌にあっては、詠歌の現時点での、詠み手自身の心情を表現するための発話が想定され、会話文として引用されているということである。過去において、詠み手あるいは誰かの発話が実際にあったとしても、それを過去の事実として引用・表現されるのが稀れであるのも、まさに現時点のものとして把え直されているからであろう。

会話文の先行表現

もう1つ、検討すべきこととして、会話文に先行する表現との関係がある。

たとえば、〔例40〕は「年の内に春はきにけりひとゝせを「去年」とやいはむ「今年」とやいはん」(1・1)のように表示したが、1首全体の表現構造として考えれば、「AヲBトいふ」という文法的な関係を元にしていることから、上三句も、「去年」という会話文に入るのではないかという問題がある。第四句と結句が並列表現になっているので、「去年」と「今年」のみを会話文の引用とみなしたものの、意味的な関係としてはどちらも上三句と一つながりになっているのであって、「去年」と「今年」が会話文として別文脈を構成しているわけではない。

会話文の引用がある67首のうち、会話文が初句から始まる23首23例については、こういう問題は生じないが、残りの44首51例については、会話文としての引用範囲が確定できるかが問われよう。

確認すると、この51例のうちの40例までは文法的関係によって、範囲確定に問題はなさそうである。とくにそのうちの14例は、次に示すように、1文として切れているので、会話文の開始部分が明確である(切れ目を／で、会話文の範囲を〔 〕で示す)。それ以外も修飾関係などから、範囲をほぼ確定しうる。

〔例75〕 あきの野に人松虫のこゑすなり／〔我か〕と行きていざ訪はむ(4・202)

〔例76〕 世中にいづらわが身の有てなし／〔あはれ〕とや言はむ／〔あな憂〕とやいはむ(18・943)

〔例77〕浅みこそ袖は漬つらめ／〔涙河身さへながる〕と聞かば頼まむ（13・618）
〔例78〕わが庵は宮この辰巳しかぞ住む／〔世をうぢ山〕と人はいふなり（18・983）
〔例79〕知りにけむ聞きても厭へ／〔世中は浪のさはぎに風ぞしくめる〕（18・946）
〔例80〕「住吉」と海人は告ぐともながゐすな／〔人忘草おふ〕といふなり（17・917）

問題は、残りの11例であるが、次の3つのタイプに分けられる。

第一に、〔例40〕と同様、AヲBト「いふ」という、文法的な関係があるタイプである。

〔例81〕〔寝るがうちに見るをのみやは「夢」〕といはむはかなき世をも現とは見ず（16・835）
〔例82〕〔数ふれば止まらぬ物を「とし」〕といひて今年はいたく老いぞしにける（17・893）

第二のタイプは、主語とも呼び掛けとも取れる表現である。

〔例83〕名にめでておれる許ぞ〔をみなへし「我おちにき」〕と人にかたるな（4・236）
〔例84〕名にし負はばいざ言とはむ〔宮こどり「わが思ふ人は有やなしや」〕と（9・411）

〔例83〕の「をみなへし」も、〔例84〕の「宮こどり」も、以下に続く発話に先立っての呼び掛けとして、会話文の中に取り込みうる。

第三は、これがもっとも多いが、修飾句がある場合である。

【例85】〔白河の「しらず」〕とも言はじそこきよみ流て世ゝにすまむと思へば（13・666）
【例86】君が名もわが名も立てじ〔難波なる「見つ」〕ともいふな「あひき」ともいはじ（13・649）
【例87】〔奥山の菅の根しのぎふる雪の「けぬ」〕とかいはむ恋のしげきに（11・551）。

〔例85〕の「白河」、〔例86〕の「難波」はともに歌枕であり、〔例87〕は第三句までが序詞と見られる。これらを除外して会話文の範囲を認定したのは、和歌独自の用語・表現技法であって、発話にはなじまないと判断したからであるが、そうすると、「白河の」「難波なる」「奥山の菅の根しのぎふる雪の」という表現の1首における位置付けがあいまいになる。このような表現は、和歌と発話という区分になじまない融合的な表現と言わざるをえない。もとより、引用マーカーが用いられていなければ、会話文の引用とはみなされないのであるが。

会話文の発話主体

和歌に引用された会話文の発話主体は、3種類に分けられる。

1つめは、当該和歌の詠み手自身が発話主体になるという場合である。その相手は、和歌の表現のみからの推測では、特定されることも特定されないこともある。

2つめは、特定の相手が主体になる場合である。「特定」というのは、当の会話文を含む和歌の受け手ということではなく、引用された会話文によるコミュニケーションにおける、詠み手を聞き手とする相手の意味である。

3つめは、以上2つの場合以外の、主体が特定できない場合である。それは世間一般の人々つまり世の噂ということもあるし、個人であれ、あえて特定しないということもある。ただ、どちらにしても、その発話の相手は詠み手である。

先に示した、一首内複数例の〈例40〉～〈例46〉に当てはめてみると、〈例40〉〈例41〉〈例44〉〈例46〉の各2例はともに詠み手、〈例42〉は「見つ」が特定の相手で、「あひき」が詠み手、〈例43〉の「いかに」の主体は「宮こ人」という不特定者、「山たかみはれぬ雲居に侘ぶ」の主体が特定の相手、〈例45〉は「住吉」が「海人」という不特定者、「人忘草おふ」はそれ以外の不特定者、ということになろう。

このようにして分類した結果は、詠み手自身が32例、特定の相手が20例、不特定者が22例あり、詠み手が多いとはいえ、とくに大きな偏りはない。

詠み手自身が発話主体の場合、それが明示されるのは1例（「我」19・1007）のみである。その発話動詞に意志・推量の助動詞を伴うのが21例（「む」13例、「まし」6例、「じ」2例）あるのが特徴的である。

特定の相手の場合は、主体として示されるのが2例（「きみ」15・800、「人」19・1038）のみである。この場合は、命令表現が5例、禁止表現が3例、見られる。なお、特定の相手のうち、4例は人間以外である（「をみなへし」4・236、「つり舟」9・407、「鹿」19・1034、「案山子」19・1040）。

不特定者の場合で主体表示されるのが6例あり、「人」が5例（1・11、12・584、14・727、18・983、19・1066）、「海人」が1例（17・917）ある。また、発話動詞としての「聞く」の主体はすべて詠み手であり、その発話主体は、6例のうち1例は特定の相手であるが（13・618）、他5例は不特定者であり（10・467、15・824、16・861、17・914、19・1024）、これらは世の噂として耳にすることを示している。

会話文自体の表現

最後に、引用された会話文自体の表現について、見ておく。

まずは会話文の長さを見ると、1句内が49例、2句に及ぶのが16例、3句に及ぶのが6例、そして5句全体にわたるのが1例ある（短歌の72例に限定する）。1句内が全体の7割近くを占めるということは、引用される会話文は総じて短いということである。

1句内の会話文が位置する句の分布は、次のとおりである。

初句：15例、第二句：7例、第三句：5例、第四句：16例、結句：6例

これによれば、初句と第四句に集中していることが分かる。

複数句に及ぶ場合、2句としては、初句と第二句が4例、第二句と第三句が1例、第三句と第四句が6例、第四句と結句が5例あり、3句としては、初句から第三句が3例、第三句から結句が3例あり、全体に位置はばらついている。最長の5句にわたるのは、次の例である。

【例88】「のち蒔きのをくれて生ふる苗なれどあだにはならぬたのみ」とぞ聞く（10・467）

句数とも相関するが、会話文の表現を文節数によって分けると、次のとおりである。

1文節：37例、2文節：15例、3文節：10例、4文節：5例、5文節：4例、7文節：1例

1文節のみが全体の5割を越え、最多7文節まで漸減傾向にある。

1文節のみの37例の品詞は、次のとおりである（下接の付属語がある場合もある）。

動詞：17例、名詞：13例、形容詞：3例、感動詞：3例、副詞：1例

動詞と名詞で、全体の8割以上に及ぶ。

動詞17例の内訳は、動詞単独が9例あり、そのうち命令形が「待て」2例、「いね（去）」「来（こ）」各1例の計4例ある。助動詞が下接する8例のうち、打消し助動詞が3例ある（「思はず」2例、「しらず」1例）。

名詞13例のうち、「夢」2例以外は1例ずつで、時間関係に5例（「昨日」「今日」「今年」「今は」「秋」）、人間関係に3例（「我か」「きみ」「すき者」）などがある。

形容詞3例のうち、1例は「なし（無）」、2例は「とし（疾）」であるが、「とし」は次に示すように、どちらも「年」との掛詞である。

【例89】 数ふれば止まらぬ物を「とし」といひて今年はいたく老いぞしにける（17・893）
【例90】 留めあへずむべも「とし」とは言はれけりしかもつれなく過ぐる齢か（17・898）

感動詞は「あはれ」「いざ」「そよ」の各1例、副詞は「いかに」の1例である。

2文節から成る会話文15例のうち、「無き名」という名詞句の1例以外は、1文の形をとっている。そのうち動詞文が9例（「今＋来む」2例、「はる＋きぬ」「我＋おちにき」「人忘草＋おふ」、「陸奥に＋あり」、「幾世か＋へし」、「我をのみ＋思ふ」、「人しれず＋思ふ」各1例）、名詞文が4例（「主や＋たれ」2例、「こゝぞ＋泊り」「世を＋うぢ山」各1例）、形容詞文が1例（「あな＋憂」）ある。

3文節の10例のうち、6例が動詞文（うち1例が「この一本は避きよ」という命令形）、3例が名詞句、1例が形容詞文であり、4文節の5例のうちの4例が動詞文であり、残り1例は「月夜よし夜よし」という2つの形容詞文になっている。5文節の4例のうちの3例が動詞文、1例が「わが思ふ人は有やなしや」という疑問の2文である。最多7文節の1例は〔例88〕であり、長い連体修飾句になっている。

会話文そのものの表現全体を見渡せば、1句内に収まる短い表現で、動詞あるいは名詞によって構成されるというのが凡その傾向であり、それ以外では、個別的に、1首に複数の会話文が引用されたり、1首の過半となる3句以上に及ぶ会話文が引用されたりなど、会話文を生かした和歌も認められなくもない。全体に関しては、そもそも短い和歌に引用するのであるから、当然の結果とも言えよう。

ただ留意しておきたいのは、これらの引用マーカーのある会話文には、命令や禁止などの、相手に対する働きかけの表現がきわめて少ないということである。これは、先に示した、引用マーカー無しに、人間や人間以外に対する働きかけ表現があるのと、相補的である。つまり、相手に対する働きかけをする場合は直接的に表現し、そうでない場合は引用という間接的な表現にするということである。言い換えれば、前者は発話がそのまま和歌となり、後者は会話文として和歌への引用となると言えるかもしれない。

和歌独自の会話文の引用

以上、古今集における会話文の出現状況を確認してきたが、物語などの地の文に引用される会話文とは、その様相にかなりの違いがあることが明らかになったのではないかと思われる。その要点をまとめれば、次の4点になろう。

第一に、会話文の引用量に関してである。

頻度としても比率としても、きわめて少ない。和歌そのものはもとより、それに付される詞書や左注においても、会話文が引用されることは限られている。

ただし、その中でも、詠歌の成立事情を示す詞書や左注に関しては、それを地の文として、和歌と会話文が引用された文章つまり歌物語の章段の1つとみなすことができなくもない。つまり、観点を変えれば、引用という点で、和歌と会話文が同列にあるということである。

第二に、会話文の引用形式に関してである。

引用マーカーを中心とした表現形式としては、和歌においては「といふ」という後接形式、詞書や左注においては、「曰く」という前接形式に、ほぼ決まっている。

和歌の「といふ」については、引用形式として文法化していて、「いふ」の発話動詞としての実質性が希薄な例も見られなくはない。とくに名詞1語のみの引用の場合には、その傾向が強い。詞書や左注の「曰く」については、それぞれ用のフォーマットに従っているものと見られる。

第三に、会話文の実際性に関してである。

詞書や左注の場合は、物語などと同様、それが実際に発話されたものとして引用・表現されているのに対して、和歌の場合は、引用マーカーとなる発話動詞の表現形式によれば、詠歌時点に想定された発話が会話文として引用されるのがほとんどである。

このことは、たとえ実際の発話が詠歌のきっかけになったとしても、1首全体の表現を構想する際には、その一部として組み込みやすくするための発話が想定されるということであろう。この組み込みには、和歌特有の歌枕や序詞と会話文との融合的な表現にも認められる。それは、会話文の和歌表現化とも言えよう。

第四に、会話文自体の表現に関してである。

和歌に引用された会話文の大方は、動詞あるいは名詞の1文節のみから成る。短歌1首全体からすれば、分量配分的な制約によるものであろう。詞書や左注においても、例外はあるものの、引用される会話文は総じて短い。

それに対して、和歌1首全体が相手に対する働きかけ表現になっている場合は、発話をまるごと引用したと見ることもできるし、発話そのものが和歌化したと見ることもできよう。和歌と発話がそもそも同じく談話を基盤として成り立つものとすれば、位相としての異なりを越えて、そのような見方も決して不可能ではないと考えられる。

あとがき

思い返せば、小著の構想は、拙著『語りの喩楽』（明治書院、２０２２年）に、その由来があったようです。該著には、現代小説の会話文や戯曲の台詞を取り上げた論がいくつか含まれています。ただし、それらはあくまでも対象作品の表現上の特徴を指摘するためだったのですが、その過程で、そもそも会話文とは何かという疑問が湧いてきたのでした。

それで、漫然とながら、関係しそうな文献に当たってみたところ、不思議なことに、こんな、いたって素朴な疑問に答えてくれるものに出会うことがありませんでした。それならば自分なりに手探りで取り組むしかないと思ってまとめてみたのが、小著です。

古典文学作品を、もっぱら会話文に注目して読むというのは、自分としては初めての体験であり、それによって、これまで、いかに会話文を意識していなかったかを思い知らされることになりました。と同時に、会話文独自の魅力や面白さをあらためて味わうことにもなりました。記述中心の内容ではあるものの、少しでもそれらを感じていただければ、幸いです。研究上の意義はともかくとして。

小著はすべて書下ろしですが、出版に先行して、第1章には「公開講演録　日本文学会話表現史の構想」（『表現研究』120、２０２４年）、第3章には『土左日記表現摘記』（笠間書院、２０２１年）の「第八章会話表現」、第4章と第5章には「平安前期の会話表現」（第169回表現学会東京例会発表、２０２４年4月）があります。

古典文学の会話文を取り上げたら、次は当然、では、近代小説ではどうなっているかが問われることでしょう。はたして、その様相に変化があるのかどうか。遠からぬ時期に、その結果が公開できるよう、目下、準備を進めているところです。

発話主体： 発話主体：〔3〕**062**、〔4〕**085**、〔8〕**166**、〔9〕**188**、〔12〕**255**、会話文の発話主体：〔付〕**297**、会話文の構成と発話主体：〔6〕**115**

特徴： 会話文の特徴：〔3〕**076**、会話表現の特徴〔10〕**220**、会話文の役割：〔4〕**095**、〔5〕**110**、会話文の位置付け：〔1〕**035**、〔8〕**177**、会話文のバラエティ：〔7〕**158**、会話の面白さ〔10〕**221**、会話文の多様性：〔12〕**264**、和歌独自の会話文の引用〔付〕**301**、全体傾向：〔終〕**273**、個別傾向：〔終〕**275**

位相： 地の文との違い：〔序〕**002**、地の文の性格：〔10〕**201**、会話文と地の文：〔9〕**197**、位相差：〔3〕**073**、語の位相：〔6〕**120**、文語と口語：**213**〔10〕、序文の会話文：〔1〕**010**、和歌以外の会話文：〔付〕**278**、左注の会話文：〔付〕**280**、詞書の会話文：〔付〕**282**、和歌内の会話文〔付〕**289**

ジャンル： 漢文の会話文：〔1〕**020**、日本書紀との比較：〔1〕**018**、日記の文章〔3〕**055**、作り物語の会話文：〔4〕**079**、歌物語の会話文：〔5〕**097**、日記と物語の会話文：〔6〕**111**、軍記物語の会話文：〔8〕**159**、随筆というジャンル〔9〕**179**、随筆と会話文：〔9〕**198**、読本における会話文：〔12〕**241**、俳諧と会話文：〔11〕**225**、和歌と会話文〔付〕**277**

その他： 調査の観点と資料〔序〕**014**、テキスト問題〔2〕**053**、「よしなしごと」と「このついで」〔7〕**141**、「はなだの女御」と「虫めづる姫君」〔7〕**143**、「思はぬ方に泊りする小将」と「ほどほどの懸想」〔7〕**147**、「逢坂越えぬ中納言」と「貝合」〔7〕**151**、「花折る小将」と「はいずみ」〔7〕**155**、人と作品〔10〕**199**、〔四〕～〔一〇〕の会話文〔11〕**229**、〔一一〕～〔一六〕の会話文〔11〕**231**、〔一八〕～〔三九〕の会話文〔11〕**235**、〔四〇〕～〔四七〕の会話文〔11〕**237**

小見出し語句分類索引

（※〔　〕内は章番号、3桁数字は該当ページ数を示す。）

総論： 会話文の規定〔序〕**001**、会話文の認定〔2〕**037**、会話文一般の特徴〔序〕**006**、会話文らしさ〔序〕**009**、文章史における会話文〔序〕**011**、会話文研究〔序〕**012**、引用の理由〔序〕**005**、二重引用：〔2〕**045**、発話の再現性：〔6〕**128**、記憶の会話：〔11〕**239**

分量・分布： 会話文の分量：〔1〕**017**、〔6〕**111**、〔終〕**267**、会話文の用例〔1〕**022**、会話文の分量と分布：〔4〕**079**、〔5〕**098**、〔7〕**131**、〔8〕**161**、〔9〕**181**、〔10〕**204**、〔11〕**226**、〔12〕**242**、会話文の分布：〔2〕**038**、〔3〕**056**、和歌内の会話文：〔付〕**289**

出現様態： 会話の様態：〔4〕**086**、〔5〕**103**、会話文の連続：〔2〕**043**、〔3〕**060**、〔9〕**186**、〔12〕**250**、会話のやりとり：〔1〕**030**、〔4〕**089**、〔12〕**253**、〔終〕**271**、応答ペア：〔4〕**091**、宮と女のやりとり（1）（2）：〔6〕**122・126**

引用形式： 引用形式：〔1〕**025**、〔2〕**039**、〔3〕**057**、〔4〕**083**、〔5〕**100**、〔6〕**113**、〔7〕**133**、〔8〕**162**、〔9〕**184**、〔10〕**208**、〔終〕**269**、引用マーカー：〔2〕**041**、〔12〕**248**、引用マーカーの表現形式：〔付〕**292**、上接表現：〔12〕**244**、下接表現：〔12〕**246**、会話文の先行表現：〔付〕**295**

表現構成： 会話文の構成：〔2〕**048**、〔3〕**066**、〔4〕**081**、〔5〕**099**、〔7〕**135**、〔8〕**170**、〔9〕**191**、〔10〕**210**、〔12〕**259**、〔終〕**270**、会話文の構成と分布：〔1〕**027**、会話文の構成と発話主体：〔6〕**115**

各表現： 会話文の文末語：〔3〕**068**、文末表現：〔6〕**117**、文末用言：〔10〕**215**、文末助詞・助動詞：〔10〕**217**、会話文の話題〔3〕**071**、指示表現：〔5〕**107**、指示表現の用法：〔5〕**108**、省略表現：〔7〕**138**、文末の省略表現：〔9〕**193**、会話文自体の表現：〔付〕**298**

意図： 会話文の意図：〔1〕**032**、〔2〕**050**、〔5〕**102**、〔7〕**139**、〔8〕**173**、〔9〕**194**、〔12〕**262**、〔終〕**272**、人間への働きかけ表現：〔付〕**284**、人間以外への働きかけ表現：〔付〕**287**

【著者紹介】

半沢幹一（はんざわ かんいち）

1954年、岩手県生まれ。東北大学大学院文学研究科博士課程修了。博士（文学）。共立女子大学名誉教授。表現学会顧問。専門は日本語表現学。主な著書：『村上春樹にとって比喩とは何か』（ひつじ書房、2025年）、『方言のレトリック』（ひつじ書房、2023年）、『直喩とは何か』（編著、ひつじ書房、2023年）、『語りの喩楽』『題名の喩楽』『表現の喩楽』（明治書院、2022、2018、2015年）、『文体再見』（新典社、2020年）、『言語表現喩像論』（おうふう、2016年）など。

古典文学にとって会話文とは何か

What is a Conversational Text for Classical Japanese Literture?
Hanzawa kan'ichi

発行	2025年5月8日　初版1刷
定価	5200円＋税
著者	© 半沢幹一
発行者	松本功
装幀	奥定泰之
印刷・製本所	株式会社 精興社
発行所	株式会社 ひつじ書房
	〒112-0011　東京都文京区千石2-1-2 大和ビル2F
	Tel.03-5319-4916　Fax 03-5319-4917
	郵便振替 00120-8-142852
	toiawase@hituzi.co.jp　https://www.hituzi.co.jp/

ISBN978-4-8234-1292-9

── 刊行物のご案内 ──